U0107397

教育部哲学社会科学研究后期资助项目（14JHQ034）结项成果

山东大学中文一流学科建设经费资助出版

李开军 著

梁启超

与

中国文学的转变

凤凰出版社

图书在版编目（CIP）数据

梁启超与中国文学的转变 / 李开军著. -- 南京 ：
凤凰出版社，2023.12
ISBN 978-7-5506-3883-9

Ⅰ. ①梁… Ⅱ. ①李… Ⅲ. ①中国文学－现代文学－
文学研究 Ⅳ. ①I206.6

中国国家版本馆CIP数据核字(2023)第253787号

书　　　名	梁启超与中国文学的转变
著　　　者	李开军
责 任 编 辑	徐珊珊　单丽君
装 帧 设 计	陈贵子
责 任 监 制	程明娇
出 版 发 行	凤凰出版社(原江苏古籍出版社)
	发行部电话 025-83223462
出版社地址	江苏省南京市中央路165号,邮编:210009
照　　　排	南京凯建文化发展有限公司
印　　　刷	南京凯德印刷有限公司
	江苏省南京市江宁滨江开发区宝象路16号，邮编:210001
开　　　本	880毫米×1230毫米　1/32
印　　　张	8
字　　　数	208千字
版　　　次	2023年12月第1版
印　　　次	2023年12月第1次印刷
标 准 书 号	ISBN 978-7-5506-3883-9
定　　　价	78.00元

(本书凡印装错误可向承印厂调换,电话:025-52603752)

目 录

第一章　引言:从何说起

一、转变:基本问题

我愿意引黄人的一段话作为本书的开始。他说:"中兴垂五十年,中外一家,梯航四达,欧和文化,灌输脑界,异质化合,乃孳新种。学术思想,大生变革。"①这话比较准确地概括了十九世纪末二十世纪初中国文学所置身于其中的学术思想境况,即西学东渐,异质化合,新种萌孳。而此时的文学,作为这一时期文化的重要组成部分,也呈现出多彩多姿的形态。近三十年来,有越来越多的人关注这一时期的文学,而且逐渐形成了一个较为一致的看法:这一时期文学的价值在于它的过渡性。虽然这种看法背后的传统/现代思维模式有其局限性,但这种看法也无疑反映了研究者在何为十九世纪末二十世纪初中国文学"基本问题"上的共识,即转变。也就是说,中国文学在十九世纪末二十世纪初所发生的变化,一些学者用中国文学的"近代化"或"现代化"来指称它。这一基本问题已为不少实证性的研究——如陈平原的《中国小说叙事模式的转变》等——所证实,但关于这一"基本问题"的研究并不能因此而停止。作为某一领域的"基本问题",它不会因为研究者的众多而消失,恰恰相反,它要求一代又一代的研究者不断对它提问并不断给出新的理解,以丰富它的内涵。

---

① 黄人《清文汇序》,汤哲声、涂小马编著《黄人》,中国文史出版社1998年版,第90页。

这也正是它所以能够成为"基本问题"的原因所在。

我也想试着对这一"基本问题"谈些自己的理解,但它的宽泛常常令我视为畏途,无从措手。这是我选择"梁启超与中国文学的转变"作为研究对象的一个很重要的原因。梁启超在论王国维先生治学方法时说:静安先生的学问研究是"从弘大处立脚,而从精微处著力"①。这样做的好处是既踏实又可得通识。我希望自己从"梁启超"这个"精微处"向"中国文学的转变"这个"弘大处"所做的窥探,能够有所收获。

二、梁启超与中国文学的转变:论题的成立

正如题目所示,本书主要研究的应是梁启超对十九世纪末二十世纪初中国文学所产生的影响。但首先要解决的问题是这一论题是否成立,即本书所要研究的对象是否存在。在这一点上,当事人的话应当更有说服力。

"新文学"的干将钱玄同,可谓是揭破梁启超与新文学关系之第一人,他在 1917 年 2 月写给《新青年》主编陈独秀讨论该刊刚发表的胡适的《文学改良刍议》一文时说:"梁任公实为创造新文学之一人。虽其政论诸作,因时变迁,不能得国人全体之赞同,即其文章,亦未能尽脱帖括蹊径,然输入日本新体文学,以新名词及俗语入文,视戏曲小说与论记之文平等(梁君之作《新民说》《新罗马传奇》《新中国未来记》,皆用全力为之,未尝分轻重于其间也),此皆其识力过人处。鄙意论现代文学之革新,必数梁君。"②钱玄同以敏锐的眼光捕捉到了后来被新文学家们视为落伍的梁启超在散文文体和文学观念上对新

---

①　梁启超《〈王静安先生纪念号〉序》,《国学论丛》第 1 卷第 3 号,1928 年 4 月。

②　钱玄同《寄陈独秀》,《新青年》第 3 卷第 1 号,1917 年 3 月 1 日。

文学的先导作用。"论现代文学之革新,必数梁君"一句,可为的论。

1922年胡适受《申报》邀请作《五十年来中国之文学》时,以新文学运动领袖的身份表彰晚清时期梁启超的巨大影响:"当他办《时务报》的时代已是一个很有力的政论家;后来他办《新民丛报》,影响更大。二十年来的读书人差不多没有不受他的文章的影响的。"①约十年之后,他写《四十自述》,更以个人的经验来为"二十年来的读书人差不多没有不受他的文章的影响的"一句下一注脚:"严先生的文字太古雅,所以少年人受他的影响没有梁启超的影响大。梁先生的文章,明白晓畅之中,带着浓挚的热情,使读的人不能不跟着他走,不能不跟着他想……我个人受了梁先生无穷的恩惠……《新民说》诸篇给我开辟了一个新世界,使我澈底相信中国之外还有很高等的民族,很高等的文化;《中国学术思想变迁之大势》也给我开辟了一个新世界,使我知道《四书》《五经》之外中国还有学术思想。"②这位新文学运动的倡导者,与他同时代的众多同龄人一样,差不多都通过阅读梁启超的文章经受了思想的启蒙。

1929年1月19日梁启超病逝,新文学团体"文学研究会"的重要成员郑振铎立刻写了一篇"不能不写"的纪念文章,全面总结梁氏在文艺、政治、学术、新闻等方面的成绩。文学方面,郑振铎专门论及梁启超的"新文体":"他的散文,平心论之,当然不是晶莹无疵的珠玉,当然不是最高贵的美文,却另自有他的价值。最大的价值,在于他能以他的'平易畅达,时杂以俚语韵语及外国语法'的作风,打倒了所谓恹恹无生气的桐城派的古文、六朝体的古文,使一般的少年们都能肆笔自如,畅所欲言,而不再受已僵死的散文套式与格调的拘束;

---

① 胡适《五十年来中国之文学》,《申报》馆编《最近之五十年》,《申报》馆1923年版。

② 胡适《在上海(一九〇四——一九一〇)——〈四十自述〉的第四章》,《新月》1930年第3卷第7期。

可以说是前几年的文体改革的先导。"①此处所言"前几年的文体改革"即胡适、陈独秀等人所倡导的白话文运动,郑振铎认为,梁启超自己的"新文体"写作,实际上是中国散文现代改革的开篇。

与鲁迅一样,读着梁启超的文章长大并参与了清末文学变革进程的周作人,1932年在辅仁大学关于新文学源流的讲演中,洞悉到梁启超文学活动背后的政治目的,但他也承认:"他以改革政治改革社会为目的,而影响所及,也给予文学革命运动以很大的助力。"②显然肯定了梁启超与"文学革命"之间的正面关系。

朱自清在反思中国诗的出路时,认为"近代第一期意识到中国诗该有新的出路人要算是梁任公、夏穗卿几位先生"③,他说:"清末夏曾佑、谭嗣同诸人已经有'诗界革命'的志愿,他们所作'新诗',却不过检些新名词以自表异。只有黄遵宪走得远些,他一面主张用俗话作诗——所谓'我手写我口',——一面试用新思想和新材料——所谓'古人未有之物,未辟之境'——入诗。这回'革命'虽然失败了,但对于民七的新诗运动,在观念上,不在方法上,却给予很大的影响。"④朱自清是把梁启超等人在清末"诗界革命"的倡导和实践,与后来胡适等人的白话诗写作,放在一条脉络上来理解的。

似乎不必再征引下去,钱玄同、胡适、郑振铎、周作人、朱自清这五位"新文学"的创造者和见证人关于梁启超与"新文学"关系的论说,已经足以证明梁启超这位政治家在文学方面给予十九世纪末二十世纪初之中国的深刻影响。我们所要做的,就是去探寻这些影响

---

① 郑振铎《梁任公先生》,《小说月报》第20卷第2号,1929年2月。

② 周作人《中国新文学的源流》,北平人文书店1932年版,第98页。

③ 朱自清《论中国诗的出路》,《我所见的清华精神:朱自清回忆录》,华夏出版社2008年版,第205页。

④ 朱自清《现代诗歌导论》,《中国新文学大系导论集》,上海良友复兴图书印刷公司1940年版,第349页。

的发生和具体表现。

三、研究史:成就与缺陷①

现在回过头去看梁启超的文学成就,尤其是他的文学活动对中国文学发展的影响,我们很难用简单的几句话说清楚,但毫无疑问,他是开风气之先并对中国文学在二十世纪初的转变产生重大影响的人物。这种影响,甚至可以说,在他那个时代无人能比肩。关于梁启超的研究,包括从文学角度对他进行的研究,其实从他还在世时就已经开始了。随着一个世纪的历史变迁,这一研究也在不断变幻着。纵观二十世纪这一百年,关于梁启超文学成就的研究可以大致分成三个阶段:二十至四十年代、五六十年代、八九十年代。虽然在不同的历史时期,梁启超文学成就研究表现出不同的特点,但总体上看,对梁启超文学成就的评价没有出现太多的争论,而是表现出很强的一致性。

(一) 二十世纪二十至四十年代:经验与卓识

梁启超于 1929 年 1 月离开人世,但在此前,钱玄同等就已经揭示了他与二十世纪新文学的关系。而郑振铎在梁启超去世后所撰写的第一篇全面系统总结其生平、评价其学术成就的名文《梁任公先生》中,也没有忘记指明:在为世人瞩目的政治和学术活动之外,梁启超散文创作乃是新文学文体改革的开篇。在这一时期的几部文学史类著作中,对于梁启超的这种先导地位也都给予了承认。除前面提及的周作人,陈子展《中国近代文学之变迁》(1929)虽颇挑剔梁文之毛病,但也承认梁文的"这种解放是'文学革命'的第一步,是近代文

---

① 　此节为博士毕业后重新撰写,曾收入业师郭延礼先生《20 世纪中国近代文学研究学术史》(江西高校出版社 2004 年版)。

学发展上必经的途径"①。卢冀野《近代中国文学讲话》(1930)讲得
较为简略,倒也认为梁氏"新文体""为后来语体文的根源"②。吴文
祺的《新文学概要》(1936)中响应了钱玄同"鄙意论现代文学之革新,
必数梁君"的论断,指出"梁氏的文章,虽然有许多毛病,但他究竟是
第一个冲破古文的藩篱的人,他的新文体,影响了近三十年来的文
坛",并进而指出:"新文学的胎,早孕育于戊戌变法以后,逐渐发展,
逐渐生长,至五四时期而始呱呱堕地。"③而钱基博《现代中国文学
史》(1935)将梁启超列入"新文学"一编,实际上也表明了他对梁启超
新文体与新文学一脉相承的论断。可以看出:在二十世纪二三十年
代,人们已经普遍认同了梁启超对新文学的开启之功和重大影响。

　　对于梁启超的文学成就本身,这一时期的分析主要集中在他的
散文创作上。胡适《五十年来中国之文学》应该是最早引用梁启超
《清代学术概论》中那段名文来评论梁氏散文创作风格的著作,之后
陈子展《中国近代文学之变迁》、郑振铎《梁任公先生》等也都予以
引述:

　　　　启超夙不喜桐城派古文,幼年为文,学晚汉魏晋,颇尚矜炼,
　　至是自解放,务为平易畅达,时杂以俚语韵语及外国语法,纵笔
　　所至不检束,学者竞效之,号新文体。老辈则痛恨,诋为野狐。
　　然其文条理明晰,笔锋常带情感,对于读者,别有一种魔力焉。④

　　　①　陈子展《中国近代文学之变迁》,中华书局 1929 年版,第 121—122 页。
　　　②　卢冀野《近代中国文学讲话》第二讲,上海会文堂新记书局 1930 年版,
第 13 页。
　　　③　吴文祺《新文学概要》,中国文化服务社 1936 年版,第 4、13 页。
　　　④　梁启超《清代学术概论》,《饮冰室合集》专集之三十四,中华书局 1989
年影印 1936 年版,第 62 页。

梁启超的这段文字常为后来的研究者在谈论他的散文创作风格时所引用。陈、郑二先生对梁的散文只是概论,并未展开,胡适有所论列分析,而钱基博在《现代中国文学史》中则以三十五页的篇幅来论析梁启超的散文作品,尤其值得注意的是,该书还以相当大的篇幅来梳理梁启超的散文理论,排列了梁氏关于情感之文、记载之文和论辩之文的文论观点,这是高于时人之处。

　　这一时期的许多论者都注意到了梁启超前后散文创作风格的不同。郑振铎认为自 1920 年欧游归国后,梁启超的"文字已归于恬淡平易,不复如前之浩浩莽莽,有排山倒海的气势,窒人呼吸的电感力了","他的文章体裁也与从前有了一个很大的变化;从前他是用最浅显流畅的文言文,自创一格的政论式的文言文,来写他的一切著作的,在这个时代,他却用当代流行的国语文,来写他的著作了"[1]。胡适则认为"梁启超中年的文章,《国风报》《庸言报》时代的文章,把早年文章的毛病渐渐的减少了;渐渐的回到清淡明显的文章"[2]。郑振铎认为这种变化是年龄和时代所致,钱基博则归为对世人学梁文貌合神离的反思,他说:"启超见世之敩为新民体者,学其堆砌,学其排比,有其冗长,失其条畅,于是自为文章,乃力趋于洞爽轩辟。《国风报》已臻洁净,朴实说理,不似《新民丛报》之浑灏流转,挟泥沙俱下!然排比如故,冗长如故!"[3]对于梁氏新文体的缺点,郑振铎名为"芜句累语",胡适名为"堆砌",钱基博名为"冗长""挟泥沙俱下",认识大体相同。

　　总体上看二十世纪二三十年代对于梁启超文学成就的研究,表现出这样几个特点:一、几乎不见对梁氏文学成就的专文研究。这与梁启超刚刚去世有关,这一时期的文章主要是回忆、纪念、悼怀之

---

[1]　郑振铎《梁任公先生》,《小说月报》第 20 卷第 2 号,1929 年 2 月。

[2]　胡适《五十年来中国之文学》,《申报》馆编《最近之五十年》。

[3]　钱基博《现代中国文学史》,世界书局 1935 年版,第 322 页。

作,或是评述梁启超一生活动的总论性作品,很少有专门论文来深入研究梁启超的文学成就。也许是他的文学成就在当时被他的政治活动和学术成就遮掩了吧。二、论述的经验性。这一时期论及梁启超文学成就的许多人都是梁氏的同时代或是略晚些年代的人,其中不少都是读着梁启超的文章长大的,对梁启超所影响的时代也有深切的感受,因此当他们谈及梁启超的文学成就,尤其是他的先导作用时,大多是凭自己的感受作一经验性的描述,而不是从深入细致的分析出发得出坚实可靠的结论;但后来的研究却证明,这一代人的看法大都极具远见卓识。三、他已经开始被置于文学史的经典序列。毫无疑问,这一时期对梁启超的文学成就研究最为细致的是当时的文学史著作,像胡适《五十年来中国之文学》、周作人《中国新文学的源流》、钱基博《现代中国文学史》、陈炳堃《最近三十年中国文学史》等,在这些书里对梁启超的文学成就都有专章或专节的论述。可以看出,梁氏的文学成就已经被当时的文学史家所承认,并开始进入文学史的经典序列。四、主要是他的散文创作受到了关注。胡适、周作人、钱基博都是专论他的散文,郑振铎虽也提及他的诗词,但却说"他根本上不是一位诗人"。而梁启超在小说方面的巨大影响,则几乎无人提及。

这一时期的研究者,或许是因为他们曾亲身经历了中国文学的转型发展,所以他们的学术思考,都有着很强的问题意识。这种问题意识表现在我们上面提到的两个方面:一、不论是经验描述还是细致分析,他们都承认了梁启超在中国文学史上承前启后的作用。他们都在试图建构起"当代文学"与中国文学史的血脉关系,使他们所开创的那个新的文学景观更具历史合理性。二、这一代研究者主要关注梁启超的散文,而于今天研究者给予更多赞美的小说及其理论,则几乎无人涉及。这种研究视野的偏好,主要与他们的"当代"视野有关。他们是为推翻文言文传统、建立白话文世界而呐喊的一代,所以与白话文运动有谱系关系的梁启超散文自然会成为他们最为关注的对象。

(二) 二十世纪五六十年代:热闹中的寂寞

这二十年中,梁启超周围是很热闹的,尤其在历史学界,六十年代初,梁启超的思想体系问题一度成为论争的焦点,但几乎所有关于梁启超的评价和争吵都没有超越改良/革命的框架。史学界的争论在很大程度上影响了当时文学研究界对梁启超文学成就的分析和评价。1960 年 9 月 25 日《光明日报》发表了佘树森《如何在文学上评价梁启超》一文,他认为评价梁启超必须结合其政治思想与政治活动,运用阶级分析的方法,这样才能得出正确的结论。他依据梁启超整个创作的倾向,结合时代特点和他本人的政治活动,将其创作分为三个时期:一、戊戌变法前后(1895—1900)。这一时期梁的文学作品数量上并不丰富,但思想内容大都表现了他的救国救民、改良社会的政治抱负和基于这种抱负而产生的爱国主义和积极乐观的斗争精神。二、由改良主义走向反动的初期(1900—1903)。这一时期梁的创作和文学活动既有积极意义和进步的倾向,也有着不小的局限和反动性,这与当时的历史条件有关,特别是与他的资产阶级改良主义的阶级本质有着不可分割的关系。三、改良主义的反动后期(1904—1927)。这一时期梁的创作和文学活动,随着他在政治上的反动性而呈现出暗淡和衰落的状态,没有什么值得肯定的地方①。

这是第一次对梁启超的文学创作活动进行了明确分期,虽然这种分期有着很强的阶级分析色彩。佘树森认为:在中国革命发展的过程中,梁启超的文学创作和文学活动逐渐地由进步走向反动;过去的一些资产阶级学者,他们离开梁启超所生活的时代,离开他的政治活动,离开他的世界观,对他的成就作了过分的肯定和夸大,崇拜他的才华,甚至断章取义地说他的某些著作具有革命思想,这都是不符

---

①　佘树森《如何在文学上评价梁启超》,《光明日报》1960 年 9 月 25 日。

合事实的。可以看出,佘树森对梁启超改良而非革命派的身份定位,影响了对他文学成就的客观评价;而阶级分析方法的运用,更使得佘树森的分析评价看起来是那么绝对,甚至有几分荒诞的意味。

佘树森对梁启超文学成就的分析评价是那个时代典型的文学研究的话语方式:观察一个文学创作者的阶级属性,看他在政治活动中是落后的、改良的还是革命的,由此出发而判定他的文学创作是进步的还是反动的,一个作家的思想和创作不可能超越他的政治或阶级立场。这种偏执的阶级分析方法流行一时,这种方法对于那些遵循阶级斗争原则创作的作品而言,或许是行之有效的,但对于大部分作家和作品,显然是捉襟见肘、无能为力的。

这时候有人开始注意梁启超的小说理论和"小说界革命"的倡导。朱眉叔《梁启超与小说界革命》一文主要研究梁启超对小说界革命的倡导之功,他认为梁启超的倡导所起的积极影响大致可从四个方面来看:一、推重小说为改良群治的利器,引起很多人对小说的重视;二、引起小说作家对新小说创作的重视;三、很多人在他的影响下发表了很多小说理论、批评文字,引起了关于小说问题的论争,促进了清末小说理论批评、考证、研究工作的发展;四、促进了清末文学通俗化的发展。当然,他忽视艺术性、否定古典小说等观点也对当时造成了一定的消极的影响。不过总体看来,朱眉叔认为梁启超所倡导的小说界革命,作为改良主义文学运动的一个组成部分,它的成功和失败不应狭隘地以是否实现君主立宪政治为尺度,它基本上取得了胜利,完成了它的历史任务。发生巨大变化的清末小说界,显著地影响了当时的政治,促进了政治斗争,有利于社会进步,所以梁启超的倡导作用必须充分估计①。

朱眉叔的这篇文章应该被视作对 1960 年佘树森《如何在文学上

---

① 　朱眉叔《梁启超与小说界革命》,《文学遗产增刊》第九辑,中华书局 1962 年版,第 120—125 页。

评价梁启超》一文的回应,他显然不同意阶级决定论,或者更准确地说,他不同意以政治立场为尺度来为梁启超的文学改良运动盖棺定论,他努力地想使对于梁启超文学活动和文学成就的评论能站在文学而不是政治的立场上来进行。可以说,朱眉叔的努力是值得肯定的。正由于他对阶级分析方法的某种程度的超越,由于他把梁启超置于文学的尺度之内来思考,他对梁启超所倡导的小说界革命的影响的讨论,得出了比较客观科学的结论。他的观点即便在今天看来,也不失为一种持平之论。

　　针对朱眉叔的观点,王立兴1963年发表《梁启超的小说理论与"小说界革命"》一文,重点分析了梁启超小说理论上所存在的局限性,并结合当时的历史和梁启超的政治活动,得出了这样一个看法:梁启超的小说理论,既含有积极进步的因素,起了一些好作用,同时也包含有一些消极反动的因素,产生过一些坏影响。"小说界革命"号召提出后,确曾推动了当时小说的改良运动,促成了小说界一度繁荣的局面,但是由于号召本身有着很大程度的软弱性和不彻底性,这种小说的改良运动很快就为外国帝国主义的奴化思想和中国封建主义的复古思想的反动同盟所击败,因此小说界并没有发生根本性的革命的变化[①]。其他如陈则光、李育中、周维德等,也都发表了相关论述。

　　总的来看,这一时期,在文学方面,主要是梁启超的小说理论受到了关注,相对于他所涉及的文学领域,仅仅关注小说理论显然过于单薄。就小说理论的研究而言,由于方法的单调——主要是阶级分析方法,也受到了极大的限制,不但其理论倡导的重大意义不能得到应有的评价,而且动不动还会被扣上反动的帽子。在关于梁启超小说理论、创作和影响的研究中,学者们显然大都没能超越改良/革命这样的思考框架,大多研究者都以梁启超乃是资产阶级维新改良派

---

① 　王立兴《梁启超的小说理论与"小说界革命"》,《南京大学学报》1963年第3—4期。

而非革命派,所以想当然地将阶级分析中的什么"软弱性""不彻底性"等术语都带入了文学批评中,即使是注重梁启超文学成就和影响的朱眉叔,虽然指出梁的成功与失败不应狭隘地以是否实现君主立宪政治为尺度来进行评价,但他仍把梁的文学进步性归结于影响了当时的政治,促进了政治斗争。这一切都显示了五六十年代政治话语(阶级分析话语)对文学研究的渗透。

(三)二十世纪八九十年代:深入与危机

1979 年李泽厚发表《梁启超王国维简论》一文是梁启超研究"拨乱反正"和逐渐繁荣的开端,从此学术界展开了对梁启超的全方位研究。在文学方面,涉及梁启超文学活动的各个领域,下面将从五个主要方面来看一下二十世纪八九十年代梁启超研究的情况。

1. 关于梁启超在二十世纪中国文学转变中作用和地位的评价

在很大程度上,梁启超在中国文学史上的地位是由他对二十世纪中国文学转变所发生的影响决定的。早在 1983 年,钟贤培就在他的《梁启超和近代文学革新运动》一文中对这一问题作了比较全面的论述。他分析了梁启超在诗、文和小说领域所发动的"革命",认为梁启超的这些活动"完全是在为了宣传政治维新的历史背景下自觉进行的,是在有阵地、有理论指导、有步骤地进行的一次崭新的文学革新运动","它反映了向西方寻求真理的开放时代的要求,接触了文学为改造社会服务的问题,强调了文学为社会人生的现实主义创作道路,并注意了文学创作的通俗化问题,这在当时无疑是新的文学观点,不仅促进了近代文学的发展,也对'五四'新文学运动的产生起着积极的促进作用",尽管这场运动有着种种局限和缺陷,但它"体现了资产阶级要将中国文学从封建主义的桎梏中解放出来的胆识和尝试,它的最大功绩是加速了封建文学向现代新文学过渡的进程"①。

---

① 　钟贤培《梁启超和近代文学革新运动》,《语文月刊》1983 年第 9 期。

十四年后,蒋英豪几乎以同样的切入角度,在他的《梁启超与中国近代新旧文学的过渡》中,从"新小说""诗界革命""新文体"三个方面对这一问题作了更为细致和令人信服的分析,尤为值得注意的是,蒋英豪把梁启超所倡导的文学改良运动与他对西方文化文学的了解和学习联系在了一起,认为梁启超在戊戌变法失败后流亡日本,"阅读日本文学作品及有关文献",并通过日文著作及翻译去了解西方文学,这才使改良派的文学计划全面展开,"真正动摇了传统文学的根本,把中国文学送上了通往世界的列车"①。西方文学视角的加入,丰富了对梁启超文学革新活动的阐释。而第一本研究这一问题的专著当推《梁启超与晚清文学革命》(1991),连燕堂在这本书的"绪论"《梁启超的文学革命论与文学活动,兼论晚清文学革命运动》中,除"散文的解放""诗歌的革新""小说的崛起和戏剧的改良"外,他认为梁启超与晚清文学革命的贡献和影响还表现在"翻译的勃兴"和"报刊的发展与新文学队伍的联络",他得出的结论是:"梁启超所倡导的文学革命,不仅尖锐地批判旧文学,强烈地要求建设新文学,而且具有适应时代需要的、较为科学的理论体系,产生了一代形式较为通俗新颖的、表现资产阶级思想意识和社会要求的文学作品。这些理论和作品为社会所广泛接受,不仅达到了思想宣传的效果,而且改进了长期以来旧的文学观念和仅以诗文为正宗的传统文学结构,使文学的各个领域都出现了空前繁荣的局面。散文的解放,诗歌的革新,小说的崛起和戏剧的改良,都有去旧图新的划时代意义;翻译的勃兴进一步打开了中西文学交流的大门,为新文学的发展输入了新鲜血液;报刊的发展为新文学开辟了理论和创作阵地,联络并培养了队伍,使文学革命更为深入和普及。""这场文学革命运动给'五四'运动前夕的新文化运动以直接的影响,或者说为新文化运动开辟了道路。""前者是

---

①　蒋英豪《梁启超与中国近代新旧文学的过渡》,《南开学报》1997年第5期。

发动,后者是发展;前者是初级阶段,后者是高级阶段;前者是第一次,后者是第二次。"①但作为该书主体部分的第一、二、三、四章,主要是研究梁启超在散文、诗歌、小说和戏剧四个方面所取得的成就,不知为何,作者不但没有集中论述梁启超的翻译和报刊活动,而且于梁启超对晚清以来文学发展的影响,也缺乏更为深入的展开。关于这一问题的论述主要是集中于前面提到的"绪论"部分,而且是"引述前人论说,以为历史之见证"。这就为后来者留下了进一步研究和完善的线索。郭延礼在《中国近代文学发展史》中,给予梁启超以专章六十七页的篇幅,其中第二节论述了梁与近代文学革新的关系。他在从诗界革命、文界革命和小说界革命入手分析之后,认为梁启超的文学革新运动主要有以下四个方面的特点:一、为资产阶级变法服务的政治色彩;二、冲破传统桎梏,更新文学观念;三、文学通俗化的发展趋向;四、借鉴和汲取西方文学的成功经验,以欧美和日本文学为榜样,革新中国文学,带有开放文学的特色。尽管梁启超所发动的这次文学革新运动有明显的弱点,但其成就和历史意义是不可抹煞的。这是一次自觉的文学革新运动,它标志着中国近代新的资产阶级文艺思潮的崛起和新的文学观念的诞生,它打破了封建的儒家文艺思想大一统的局面,吹进了西方哲学、美学、文学思想的新鲜空气,使千百年来形成的中国文学的封闭状态由此被打破,并开始在世界进步文学殿堂中结构自己文学的骨架。而梁启超则是这次"近代文学革新运动的主将",是"近代资产阶级文学革新运动的旗手"②。

　　以上所举四位学者,都是近代文学研究领域卓有成就的人物,也许他们对近代文学的划分时限有不同的见解,但无疑他们都接受古

---

①　连燕堂《梁启超与晚清文学革命》,漓江出版社 1991 年版,第 52—54 页。

②　郭延礼《中国近代文学发展史》第二卷,山东教育出版社 1991 年版,第 955 页。

代文学、近代文学、现代文学这样的划分，他们也是在这样一个文学史分期框架中来对梁启超的文学活动进行评述的。因为他们对近代文学的基本定位是过渡性，所以对梁启超文学活动的评价，就主要是发掘他对现代文学的开启作用，也即他的文学活动中所表现出的与古代文学之间的"异"和与现代文学之间的"同"。

八十年代末九十年代初，"二十世纪文学"观念兴起并广为流传，许多研究现代文学的学者拓展其研究领域，"回到晚清"成为一时流行的口号，从这时起写作的许多文学史和研究文章，都将起笔定在了十九世纪末二十世纪初，这实际上就是从梁启超说起，正视他与"五四"新文学的血脉联系。因为这些学者是从"五四"新文学回望梁启超，所以脉络往往看得更为真切，有很多精彩的剖析和论断。曾主持编写了《二十世纪中国文学史》(1997)的孔范今在《梁启超与中国文学的现代转型》一文中从宏观角度高屋建瓴地论述了梁启超与中国新文学的诸多联系，他从以"五四"新文化运动为标的所归纳的五个特征出发，逐条分析论证了两次启蒙思潮之间的内在一致性及其施之于文学革命影响的一致性：第一，"五四"时期为人们时时标榜的"进化论"，实则正是梁启超那个时代予以奠基的；第二，梁启超此时已将思考的重点由政治转向了思想文化，明确提出"新民为今日中国第一急务"，并对传统文化和积累结果表示了明确的批判态度；第三，对国民性的关注和批判，这一二十世纪启蒙运动中的中心话题始自梁启超；第四，与"五四"时期相比，梁启超采取的也是激烈主义的历史态度；第五，与"五四"时期相同，梁启超的启蒙思潮必升起文学革命之舟。为批驳有些学者否认梁启超文学观念缺乏现代性的认识，他还专门分析了梁启超文学主张中的现代性表现：他对"三界"革命的提倡，是在开放性的世界视野中提出的，而且主张从根本上进行变革；他的文学观念与传统文论已明显不同，现代性已成为其基本属性；以小说为诸种文体中心的现代文体格局，是与梁启超不无偏激的鼓吹密不可分的。基于以上诸点，孔范今认为中国文学的现代转型从梁启超就已起始①。

可以说,到目前为止,将"五四"新文学与梁启超及其所倡导的那个时代的文学视为一体,已经为众多的研究者所接受,它正在成为许多研究者视为当然的研究工作展开的前提。现代文学研究者将新文学的发展上溯至梁启超,这不但是对文学史事实的澄清,而且还标志着方法论上的转变——从断裂到连续。以前现代文学的研究者往往强调"五四"新文学与近代文学之间的断裂,强调它与新文学之前的中国文学相比所表现出的新异和它与西方文学之间的密合承传;现在开始承认新文学对近代文学的继承与发展,即转向了二者之间的连续性表现上,转向了对"五四"新文学之所以发生的中国语境的关注。从近代文学角度来讲,即它的过渡性在更为广泛的范围内被更为深入地确认。

2."新文体"研究

梁启超文学作品中数量最多、成就最高的无疑是散文,因此他的散文创作及其巨大影响一直为研究者所关注,这方面的研究文章也最多。

有不少研究者在研究梁启超的散文时,常将"新文体"作为一个泛称概念使用,来指称梁启超的散文,实际上这却是一个需要辨析的概念,即我们首先要明白,何为"新文体"? 王杏根在他的《论梁启超"新文体"的形成、特点及其影响》一文中指出:"新文体"即指梁启超"前期的散文",是他在"约起自《时务报》,迄于《新民丛报》的十年间",在自己所主编的《时务报》《清议报》《新民丛报》等报刊上所发表的包括《变法通议》《少年中国说》《新民说》等名文在内的大量新体散文,这些文章"议论风发,感情充沛,形式新颖,条理明晰,语言流畅,别创一格","梁启超自称他这一时期的报刊文章为'新文体',以区别

---

① 孔范今《梁启超与中国文学的现代转型》,《文史哲》2000 年第 2 期。

于当时占正统地位的桐城派古文、骈文和时文八股等类‘旧文体’”①。夏晓虹在她的《觉世与传世——梁启超的文学道路》一书中讨论梁启超散文成就的第五章“开文章之新体,激民气之暗潮”中则认为:用“时务文体”和“新民体”来指称“新文体”都是不恰当的,从梁启超个人对其“新文体”出现时间和文体特征的表述来看,“新文体”的形成当起自他的戊戌东渡,经仿日文体,进步到“新民体”,这时“新文体”的各个特点都得到了充分、协调的发挥。在“五四”之前,梁启超都在使用“新文体”写作,“五四”之后抛弃“新文体”而使用白话文,这期间 1906 年与《民报》的大论战是“新文体”演变的转折点②。而朱文华在《简论晚清“新文体”散文》一文中则用“新文体”来概括整个晚清散文创作的一派,他指出:“‘新文体’是一个动态的总概念,本身有一个发展过程。冯桂芬、薛福成式的散文、王韬式的‘报章文’和戊戌期间的‘时务文’、经梁启超改造的‘新民体’,乃是它发生发展的三个阶段,而‘新文体’在与梁式‘新民体’同时或稍后的发展,则分别导向了仿效‘新民体’和转向白话文的两个分支。”③

　　我个人觉得朱文华有将“新文体”外延扩大化的倾向,他所说的晚清散文一派也许用“新体散文”来称谓更为合适。“新文体”应该属于梁启超,他的“新文体”是近代“新体散文”的代表。就梁启超本人的创作而言,夏晓虹的界定比较合理,她紧紧抓住梁启超本人对“新文体”特征的描述来讨论“新文体”的时间上下限问题,可谓得其本根。而且夏的界定与梁启超散文创作实践比较符合,仔细辨析梁启超《时务报》时期的文章和政变发生逃亡日本之后的文章,它们的语

---

　　①　王杏根《论梁启超“新文体”的形成、特点及其影响》,《中国近代文学研究》第二辑,广东人民出版社 1985 年版,第 93—94 页。

　　②　夏晓虹《觉世与传世——梁启超的文学道路》,上海人民出版社 1991 年版,第 123—127 页。

　　③　朱文华《简论晚清“新文体”散文》,《复旦学报》1995 年第 3 期。

言风格之间的差别是很大的。

在散文方面,研究者们最关心的当是梁启超"新文体"的文体特征问题,只看各时期研究文章的题目就可以感觉得出。对于"新文体"的文体特征,梁启超自己在《清代学术概论》中有一段著名的表述,许多论者就以此为线索,从中抽绎出梁启超"新文体"的文体特征若干条并进行深入论证分析。比如连燕堂的《梁启超与晚清文学革命》,在对梁启超散文各个时期不同的思想内容分析梳理完毕之后,将"新文体"在形式和艺术上的特色概括为五个方面:一、"纵笔所至不检束"。这是新文体的总特点,也是文体解放的总表现。二、"务为平易畅达"。这是新文体在语言文字方面的特色。三、"时杂以……外国语法"。这里的"语法"二字应作广义的理解,包括体例、标点符号及新词语等。四、"条理明晰"。这是新文体在结构和修辞方面的特色。五、"笔锋常带情感"。这是新文体在表情艺术方面的特色。在每条下面,连燕堂都辅以细致的分析论证①。夏晓虹在其《觉世与传世——梁启超的文学道路》中也认为梁启超在《清代学术概论》中对"新文体"基本特征所作的描述是"完整的分析",她从中抽出七条,指出"'新文体'的各个特点是互补互成的。它在畅达浅白的半文言中夹入大量当时颇觉生硬、刺眼的外来语,又用一泻千里的丰富情感活跃、调动因受日文影响而形成的长句子,并在行文的自由无拘中注重条理的清晰"②。但她并没有对自己所抽绎出的七个特点逐条展开论述,而是另辟蹊径,将梁文分成政论文、传记文和杂文三类,对各类散文的特点分别予以讨论。她指出:梁启超的政论文既"晓之以理",又"动之以情",同时还体现了深入现实的历史感;传记文既有传统史传体裁的佳品,又有以"泰西传记新体"变"中国旧文体"的新体评传之作;其杂文在内容上包罗万象、巨细并存,形式上也

---

① 连燕堂《梁启超与晚清文学革命》,第 123—144 页。

② 夏晓虹《觉世与传世——梁启超的文学道路》,第 119 页。

变化多端，如《自由书》《少年中国说》《呵旁观者文》《过渡时代论》等，都将"新文体"的特点发挥得淋漓尽致。

连、夏两书的写作已是八十年代末，早在八十年代初，刘增杰、牛仰山、王杏根等人就已经撰文从总体上对梁启超的散文特征进行了分析概括。刘增杰认为梁启超散文的艺术魅力来源于作品感人的爱国激情、独创的散文形式和精湛的语言艺术[1]。牛仰山《梁启超散文的艺术特色及其评价问题》一文从扩大散文的题材，体裁多样，文笔变化多姿；描绘形象与塑造性格，鲜明生动；运用多种修辞手法，引用成语、谚语和吸收外国词语文法等方面总结了梁启超的散文特色，他认为梁启超的"新文体"表现了一个忧国忧民的爱国者关心国家前途命运的诚挚情感，这种情感与他的散文形式和语言水乳交融，形成了一股强大的艺术魅力[2]。王杏根则在《论梁启超"新文体"的形成、特点及其影响》一文中认为，梁启超散文写作以"社会改革和国民思想启蒙"为指向，这就把新体散文的写作"从书斋扩展到整个社会"，不但从根本上改变了散文的社会功能，提高了散文的社会地位，而且也极大地改变了散文本身的面貌，使"新文体"的特征表现得更为鲜明。他将梁启超的"新文体"特征概括为这样四个方面：一、国民关注、"闻者足兴"的论题；二、多种报章政论样式，"纵笔所至不检束"；三、"大声疾呼""笔锋常带感情"的风格；四、"平易畅达"，文辞优美[3]。进入九十年代以后，宋荫芝首先在《形象·哲理·情感·声音》中，将梁启超散文的艺术魔力归功于形象的思想、深刻的哲理、真挚的情感

---

[1]　刘增杰《略论梁启超散文的艺术魅力》，《河南师大学报》1983 年第2 期。

[2]　牛仰山《梁启超散文的艺术特色及其评价问题》，《中国近代文学研究》第一辑，广东人民出版社 1983 年版，第 126—151 页。

[3]　王杏根《论梁启超"新文体"的形成、特点及其影响》，《中国近代文学研究》第二辑，第 93—120 页。

和铿锵的声音四个方面①。专门从事近代散文研究的谢飘云在 1998
年对梁启超"新文体"散文的特征进行了新的概括,他在《论梁启超新
文体散文的特征》一文中,将"新文体"的特点总结为六个字:阔、多、
深、真、长、畅。"阔"指题材广阔,内容阔大;"多"指体裁样式多,句式
变化多,修辞手法多,吸收外国语汇多;"深"指具有深刻的哲理、深邃
的思想;"真"指描摹逼真,形象真切,情感真挚;"长"指喜用长篇,善
用长比,引例甚长;"畅"指语言明快畅达。"综而言之,梁启超的新体
散文创作,其成就和影响是巨大的。他的散文在内容上锋芒毕露,无
所畏忌,字里行间,富于情感和蓬勃的战斗朝气,给人以思考,给人以
警醒,给人以奋发向上的精神,表现出资产阶级文化的特征,显示了
其包融万汇的胸怀与气度;在艺术形式上,不受框框束缚,表现出较
大的变革,第一次真正意义上实现了散文的社会化。""他创造的'新
文体',结束了桐城派的一统天下,开创了一代新文风。"②从刘增杰、
牛仰山到谢飘云,这些论者对梁启超"新文体"特点的概括,有一种欲
图挣脱梁启超自我评说的倾向,但无疑,诸多的总结都包括了梁启超
自我评说中的几个基本方面,表现出更大的包容性,尤其是谢飘云的
六字概括,即使后来者怕也难以超出它的范畴。

　　在对梁启超"新文体"特征作总体评价的同时,也有不少论文对
梁氏散文名作如《少年中国说》《论毅力》《呵旁观者文》等进行了细读
赏析,从微观上支持了上面所举论者得出的结论。

　　面对梁启超"新文体"取得的成就,人们自然会对它的产生发生
兴趣。王杏根认为"新文体"的产生离不开那个时代所提供的社会条
件,如维新思潮的高涨、社会思想的解放、西学的扩大输入、报刊书局

①　宋荫芝《形象·哲理·情感·声音》,《中国人民警官大学学报》1991 年
第 3 期。

②　谢飘云《论梁启超新文体散文的特征》,《中山大学学报》1998 年第
5 期。

的增多等；同时它还有自己的文学渊源，它是借鉴了前人如龚自珍、魏源、冯桂芬、王韬等所创制的新体散文的成果，吸收了包括桐城派古文、八股文、骈文在内的旧文体中尚能表现新生活的有用成分，并接受、融合外来文体的新名词、新语法等因素而逐渐形成的。此外，"新文体"能在梁启超手中成熟，他的才情和地位也是应予考虑的因素①。夏晓虹认为一种新的文体的产生，总与时代条件及实践者个人的文化思想修养有关。在促使"新文体"产生的直接的文化史因素中，以西学东渐的关系最为密切，而科举制度的失势以至废止、近代报刊的出现，也都是不容忽视的因素；从梁启超自身来看，他在帖括之学、训诂之学以及西学方面的修养，也为"新文体"的产生提供了复杂、雄厚的基础；从文学自身的发展来看，"新文体"又与中国古代散文有着千丝万缕的联系，梁启超的高明之处在于他能入能出，吸纳众长，为我所用②。夏晓虹《觉世与传世——梁启超的文学道路》一书还辟有专章讨论梁启超"新文体"对日本明治散文的学习和仿作，阐明了"新文体"的产生与日本文体之间的密切关系。易树人《梁启超新文体的产生》一文专门讨论这一问题，他指出梁启超的学术思想和文学观是新文体产生的内在根据，历代散文的滋润则是新文体诞生的催化剂，而康有为在新文体的创立过程中起到了决定性作用，他促使梁启超的思想发生了根本性的转变③。概括起来看，研究者们对这一问题的探讨不外乎这样四个方面：时代环境的巨变、传统散文的滋养、日本散文的影响和作者自身的才情。

　　虽然关于梁启超散文研究的论文数量最多，但若细究起来，这些文章讨论的内容没有超出这样三个方面：梁启超散文的产生、特征和

---

　　①　王杏根《论梁启超"新文体"的形成、特点及其影响》，《中国近代文学研究》第二辑，第 93—120 页。

　　②　夏晓虹《觉世与传世——梁启超的文学道路》，第 122 页。

　　③　易树人《梁启超新文体的产生》，《江汉论坛》1992 年第 7 期。

影响。其产生和影响属于文学的外部研究,这二十年来研究得已经足够全面和细致,几乎不可能再有什么新的拓展。而作为梁文研究最应该受到重视的文本本身的研究,却仍主要停留在总结文体特点的层次上,远没有达到如上的程度;并且,这种总结基本上是对梁启超《清代学术概论》的重复,或者是在其自述的基础上略有增饰,几乎没有突破。也就是说,梁启超散文的文本研究还有很大的开掘空间。那为什么这二十年中梁启超散文文本研究没有什么大的突破? 最主要的原因可能是缺乏一种行之有效的研究方法或者研究范式。这不仅仅是梁启超散文研究遇到的问题,整个中国散文研究都遭遇了这一瓶颈,所以,不论古代、近代、现代还是当代,散文发展蔚为大观的中国,有关散文的研究却丝毫不见起色。这是繁荣背后的危机。

3. 小说理论与创作研究

梁启超在小说方面的成就可以从理论和创作两个方面来看,但相比较来说,他的小说理论更加引人注目。进入二十世纪八十年代以来,比较早地对梁启超小说理论发表看法的是简茂森,他在《高论千言出胸臆——评梁启超的小说理论》一文中对梁启超的小说理论评价很高。他认为:梁启超的小说理论深刻揭示了小说的性质,从而把小说的社会作用和文学地位提高到了一个空前的高度;梁启超深刻揭示了小说的特殊规律,即形象性和典型性原则;梁启超的小说理论有力地促进了当时的小说创作和小说理论的发展和繁荣。尽管他的理论也存在着种种局限,但取消不了他的这些理论贡献①。他的这种礼赞引来了王齐洲的反对,这篇发表于五年后的《重评梁启超的小说理论》,在细读梁启超有关理论论著的基础上,结合他的创作实践,并把理论和实践放在梁所处的历史时代来加以考察,得出了与简茂森评价迥然不同的结论。王齐洲认为:梁启超"小说界革命"的口

---

① 简茂森《高论千言出胸臆——评梁启超的小说理论》,《古代文学理论研究丛刊》(第二辑),上海古籍出版社 1980 年版,第 318—336 页。

号是为了抵抗资产阶级民主革命思潮而提出的,在政治上是落后甚至反动的。从文学的角度来看,梁启超的小说理论颠倒了文学与生活的关系;不适当地强调小说的社会政治作用,助长了小说创作中脱离现实的概念化倾向;在过分注重研究小说如何教化群众的问题的同时,严重忽视了小说形象化和典型化的基本艺术规律的探讨,因而在理论上的价值是有限的,在实践上也是有害的。当然,这并不排斥他的小说理论中仍有可资借鉴的内容,也不否认他的小说理论在客观上对于小说地位的提高起过一定的积极作用①。

　　过高地评价梁启超的小说革命理论不科学,其理论中所表现出的强烈的功利色彩确实值得我们时刻警戒,但像王齐洲那样激进的见解,自然也不会得到人们的响应。随着研究的深入,人们的认识日趋成熟稳健。后来写成《晚清小说理论》一书的颜廷亮在 1988 年写出《梁启超和我国小说理论的近代化》一文,他认为梁启超的小说理论贯穿着政治小说论这样一条线索,但这并不是说梁启超的小说理论涉及的仅仅是政治小说的重要性以及提倡政治小说著译方面的问题,他论政治小说是以论整个小说为基础的,其小说理论的基本内容主要有:强调小说的社会作用;强调小说在整个文学内部结构中的重要地位;探讨小说的本质和特点。在颜廷亮看来,梁启超的小说理论具有这样一些鲜明特色:一、它与资产阶级维新改良运动结合紧密;二、它对有关小说的一系列重要问题的认识,具有科学精神;三、吸收外国资产阶级小说理论。他的结论是,梁启超的小说理论是我国小说理论从其古代形态正式转向近代形态的开始期的小说理论。它既宣告了我国小说理论古代形态的结束,又留存有传统小说观念的明显的烙印;既宣告了我国小说理论近代化过程在经历了约五十年的酝酿之后的正式开始,又显而易见地有待深化。就其宣告我国小说理论古代形态的结束及近代化过程的正式开始来说,其功绩是很

①　王齐洲《重评梁启超的小说理论》,《荆州师专学报》1985 年第 1 期。

大的和不可磨灭的;就其还留存着传统小说观念的烙印和有待深化来说,其局限性也是不小的和不容忽视的①。可以说,颜廷亮对梁启超小说理论内容的把握和地位的论断,都是比较准确的。值得注意的是,次年滕维雅《梁启超小说理论新探》一文中提出他对梁启超"小说界革命"观点的分析,他认为有三个原因:宣传改良主义思想,通过小说来推动政治改革;使中国文化有一个更大的发展;改变当时小说界的腐败状况②。这时候出现了一篇见解比较深刻的文章——《高扬小说:梁启超的得与失》。左鹏军在这篇文章中对梁启超小说理论基本内容的五点概括与颜廷亮的三个方面大体相当,他的深刻之处在于他在指出重视小说的社会作用、把小说看作一种可以直接参与现实的社会改革的工具是梁氏小说理论核心的同时,发现了这样一个秘密:梁启超把小说抬高到了无以复加的地步,仿佛挣脱了传统的羁绊,实际上他是以另一种方式,从另一个方向复归了传统——从他焦急的呐喊中,可以听到文章"经国之大业,不朽之盛事"的遗响;他的小说可畏可爱可以左右世界的高叫,又与传统中小说"诲淫诲盗"的谩骂多么相似。"文以载道"的中国传统深潜在梁启超意识的深层,并且在他那里走向了极端③。这一看法与夏晓虹在《觉世与传世——梁启超的文学道路》一书中的看法十分一致。整个九十年代,也出现了几篇论述梁启超小说理论的文章,如陈方的《近代小说进化关揆:政治化,俗语化——评梁启超小说理论》(1993)、周渡的《晚清小说理论是五四小说理论的先导:梁启超与胡适小说观之比较》(1993)、钟贤培《梁启超对中国近代小说革新的贡献——梁启超与晚清"小说界革命"》(1996)、李开军《梁启超的小说本体理论初探》

---

①　颜廷亮《梁启超和我国小说理论的近代化》,《兰州教育学院学报》1988年第 2 期。

②　滕维雅《梁启超小说理论新探》,《上海大学学报》1989 年第 1 期。

③　左鹏军《高扬小说:梁启超的得与失》,《广州师院学报》1990 年第 3 期。

(1996)等,但都没有什么突破性的见解,仍然停留在颜廷亮、左鹏军的认识水平。

梁启超自己创作的小说只有《新中国未来记》一篇,作为梁启超所提倡的"政治小说"的代表作,人们首先关注的是它与梁启超思想的联系。郑永福《〈新中国未来记〉与二十世纪初梁启超的思想》一文在叙述了戊戌政变至光绪二十八年(1902)梁启超的思想变动之后,指出:从《新中国未来记》可以窥见梁启超的许多思想,如他对资产阶级民主国的向往,赞颂立宪党又不排斥必要时使用暴力手段,对清政府的腐败统治失望却又寄希望于光绪帝,等等。郑永福最后认为,《新中国未来记》是梁启超鼓吹革命的最高点,也由鼓吹革命转向主要鼓吹君主立宪的起点①。欧阳健的《晚清新小说的开山之作》在分析了《新中国未来记》在思想史上的巨大价值之后,又从艺术方面进行了探讨。他认为该小说按照原构想是一部气势恢宏的作品,在这部未完成的作品中,作者仍塑造了一批颇具时代特征的新型人物,但更为重要的是,它以一种"与寻常说部稍殊"的具有空前创造性形式,为晚清小说创作提供了可资借鉴的楷模,它所开创的展望体、讲演体、论辩体、游历体、现形体和近事体等小说模式,影响了整整一代的小说发展的过程②。正是因为表现思想的新颖、艺术形式的独创和影响巨大等方面,欧阳健把《新中国未来记》封为晚清新小说的开山之作。但说起对《新中国未来记》进行艺术性分析,最细致的当数夏晓虹的《觉世与传世——梁启超的文学道路》一书,该书的第三章《"新小说之意境"与"旧小说之体裁"》专门从"新意境"和"旧体裁"两个方面研究梁启超的这篇小说,写得最精彩的是分析"新意境"对"旧体裁"突破的第四节。夏晓虹认为这种突破不仅表现在诸体混杂所

① 郑永福《〈新中国未来记〉与二十世纪初梁启超的思想》,《中州学刊》1987 年第 1 期。

② 欧阳健《晚清新小说的开山之作》,《山东社会科学》1989 年第 2 期。

代表的小说文体的革新，以及政治幻想小说所代表的小说类型的革新上，而且表现在小说叙述手法的革新上，倒叙手法、双重叙事结构、限知视角叙事等的运用，虽然不是很成功，却预示了小说革新的方向。夏晓虹最后还指出了《新中国未来记》所体现出的梁启超小说文雅化的艺术追求。

　　二十世纪八九十年代梁启超小说创作研究的突破，显然体现在夏晓虹的《觉世与传世——梁启超的文学道路》一书中，而这一突破无疑得力于小说叙事分析这一研究方法的引入。叙事分析超越了关注人物塑造、情节安排、语言风格等传统小说的研究方法，而将目光集中在对于小说而言更为本质的叙事，这种研究角度和方法自八十年代后半期引入中国之后，直接促成了中国小说研究中新的跨越。

　　4. 诗歌理论与创作研究

　　相对于"文界革命"和"小说界革命"的研究而言，"诗界革命"研究得不是很充分。"诗界革命"起自何时？ 张永芳认为梁启超、谭嗣同、夏曾佑三人在一起作"新诗"的时期，即是"诗界革命"的幼稚时期；连燕堂在《梁启超与晚清文学革命》一书中将"诗界革命"的开始定在梁、谭、夏居于北京交往密切的 1894—1895 年间。梁启超是"诗界革命"的倡导者和实践者，张永芳认为他的功绩主要表现在组织和理论方面。他首先提出"诗界革命"的口号，使这样一种诗歌实验成为自觉的运动，并且在自己的报纸上开辟专栏，发表这类诗作，没有他的倡导和组织，就没有近代轰轰烈烈的诗歌革新运动。对于梁启超的"诗界革命"理论，张永芳总结为：强调文艺的社会功用，强调吸收西方思想文化影响的重要，自觉顺应通俗化的趋势，清醒地认识到客观历史条件对诗界革命的制约①。连燕堂把梁启超的"诗界革命"理论"三长"理解为："新意境"是革新内容，"新语句"是革新形式，"以古人之风格入之"是要继承和发扬古典诗歌的优秀风格。他从七个

――――――――

① 张永芳《梁启超与诗界革命》，1982 年 8 月近代文学史学术讨论会论文。

方面分析了"新意境"的内涵,随后指出"诗界革命"理论在诗歌形式创新上的影响表现为四个方面:提倡"新语句",主要是以"日本译西书之语句"入诗;提倡以俗语入诗,提倡诗歌的通俗化;提倡史诗式的磅礴气势和宏伟规模;提倡诗歌和音乐的结合①。最后他提出,梁启超所说的"古人之风格"不是笼统不实之词,也非拟古摹古之论,而是指古人在写作中所达到的理想的艺术境界和他们所创造出的各具特色的表达方式②。《饮冰室诗话》是与《夏威夷游记》同等重要的"诗界革命"理论文献,它通过采诗与评诗的方式,对"诗界革命"进行了总结,其中有很多重要的理论见解,也有不少专门研究这一文献的文章。刘健芬将《饮冰室诗话》中所体现出的诗歌思想概括为四点:强调诗歌与现实的密切关系;主张创新,提倡新的理想和新的意境;强调诗人应有独创的艺术风格;强调诗歌感情的真实性③。王英志通过细读《饮冰室诗话》发现:此时梁启超对"诗界革命"的要求已与前此很不相同,他用"能以旧风格含新意境"一语来概括"诗界革命"的理论追求,于"新名词"不再强调。梁所谓的"新意境"在王英志看来大体包括这样两个方面的内涵:表现西方文明,即抒发资产阶级的爱国主义思想感情(尚武精神和忧患意识);而"旧风格"是指中国古典诗歌的传统形式,诸如体式、声律、语言、风格等。王英志同时指出:在诗的体式上,梁启超特别欣赏乐府体,风格则推崇含蓄蕴藉,还倡导诗的音乐性④。张芹苏《梁启超诗论的"新民"内涵》(1999)一文则主要讨论了《饮冰室诗话》的"新民"旨趣问题。

　　梁启超的诗歌创作数量不多,但其中颇多优秀之作。连燕堂在《梁启超与晚清文学革命》一书中认为:梁启超的诗歌表现了他的政

---

① 　连燕堂《梁启超与晚清文学革命》,第 35—36 页。
② 　连燕堂《梁启超与晚清文学革命》,第 172 页。
③ 　刘健芬《梁启超的诗歌理论》,《四川教育学院学报》1987 年第 2 期。
④ 　王英志《〈饮冰室诗话〉论略》,《齐鲁学刊》2000 年第 1 期。

治理想、对人民疾苦的同情、爱国御侮思想等,在形式上的革新之处主要有三方面:以散文句法入诗;按乐谱的要求写诗;形式变化多样,注意通俗化。夏晓虹的《觉世与传世——梁启超的文学道路》也以专章对梁启超的诗歌作了研究,通过对梁启超诗歌创作历程的考察,她认识到:梁启超的诗歌创作基本上是沿着一条从挣脱传统到复归传统的路走过来的,其间,产生于流亡初期的诗篇最具特色、价值最高;而随着理论上对"古风格"的让步,遂导致了创作的退步,传统诗歌流派的影响越来越明显地显现出来,当初的"新诗"作者,到头来仍不免与旧诗人为伍。梁启超的诗歌创作道路典型地反映出近代知识分子自身的软弱,他们无力与传统势力抗争到底。

相比较而言,研究梁启超诗歌理论的文章要比研究其诗歌创作的文章要多,而且讨论也更为透彻。这一现象与前面所提及的散文研究十分相似,也反映了当前古典诗歌研究所面临的一个大问题,即应该如何研究古典诗歌的问题。传统的研究,或考证,或艺术分析,或知人论世,总之不外艺术形式、思想内容两个方面。目前大多数的研究仍然囿于这种老套路,包括对梁启超的诗歌进行的研究,所以很难有创新之处。方法,在这里再次凸显其重要性。

5. 其他方面的研究

毫无疑问,如果没有外国文化文学的影响,梁启超的文学理论和创作都不会表现为现在这种面貌,因此探讨他所受到的外国文学方面的影响就很有必要。1987 年何德功发表《梁启超的新文体和日本明治文坛》一文专门研究"新文体"与日本文学之间的关系,他指出"新文体"在四个方面表现出受到了日本明治文坛的影响:一、新文体的"条理明晰"较多受益于日本明治时期的理论文章;二、新文体的"平易畅达"较多受益于日本的口语文学;三、新文体时杂以"韵语"的写法,由日本小说、散文笔调的影响所致;四、新文体的语法和词汇也受到日本文坛的影响。同时,由于学习过于急促,梁启超的新文体也出现了不少瑕疵,如"委蛇复沓之病"等①。同年夏晓虹发表了《梁启超与日本明治小说》,文中主要研究了梁启超倡导的"小说界革命"与日本明治"小说改良"的关系问题。通过细密的对照分析,夏晓虹得出这样一个结论:梁启超在"小说界革命"中所提出的种种理论观点以及他在此期间文学理论观念上所发生的种种变化,都与他当时所身在的明治文坛有密切关系②。夏晓虹在后来成书的《觉世与传世——梁启超的文学道路》中以三章的篇幅来研究梁启超与日本文学的关系问题,除了上面已经提及的小说,她还探讨了梁启超与日本明治文化、梁启超与日本明治散文之间的影响关系。

在梁启超的散文类作品中,传记引起了不少研究者的特别注意,大家一致认为梁启超的传记文学作品是中国传记文学由古代向现代发展的过渡。早在八十年代,刘可就写有《梁启超传记文学理论及作品初探》的长文,他根据梁启超传记文学理论和作品的自身特点,将他的传记文学生涯分为四个时期:1896—1898 年为"向近代传记转变的蓄积和准备时期";1901—1905 年为"近代传记的理论建树和作品发皇时期";1908—1917 年为"进一步创革时期与逐渐趋旧的开始";1920—1929 年为"传记理论的成熟与系统化时期"。这四个时期分别标志着梁启超开创的近代传记文学的酝酿、发轫、成型和成熟的不同阶段。刘文在分别论述了各个时期梁启超传记文学的创新与局限之后,认为中国近代社会的政治、经济、文化土壤培育了梁启超的传记文学思想和作品;他的传记之所以不同于封建时代的旧传记,主要在于它以资产阶级的世界观和历史观来观察、认识、分析现实,批判封建历史,用资产阶级的治史方法创造了一整套的传记文学创作的原则和方法,在理论及实践上较旧传记都有了质的规定性的变

---

① 何德功《梁启超的新文体和日本明治文坛》,《中州学刊》1987 年第 2 期。

② 夏晓虹《梁启超与日本明治小说》,《北京大学学报》1987 年第 5 期。

化和提高；梁启超的传记思想与其政治思想、史学思想密切相关，其传记作品所具有的独特风格，除了时代和社会原因，他的个性特点也是形成其风格的重要因素；梁启超把传记作为启迪民智、新民启蒙的工具之一，影响教育了一代人，在传记文学的理论和创作方面，也开启了一代新风①。陈兰村的《传记文学由古代向现代发展的桥梁——梁启超传记文学初探》则集中研究了梁启超传记创作在思想内容、人物性格刻画、情感力量、结构形式和语言五个方面所体现出的桥梁作用②。

梁启超所从事的报业活动一直有人关注，但报刊与文学这个角度却为大多数的研究者所忽略，即使谈及此事的，也往往是从报刊为文学提供阵地这样的角度切入，流于表面。在这方面研究比较深入的是程华平的《梁启超报业思想对其小说理论及小说创作的影响》一文。他在这篇文章中分析了梁启超用办政论报刊的方法办小说刊物、用写报刊政论文的方法来创作小说、对报刊宣传方法的认识与小说移情作用之间的联系等问题，阐明了梁启超的报业思想带给中国近代小说与小说理论的积极与消极的影响③。

这二十年来梁启超文学成就的研究呈现出以下几个特点：第一，研究领域广泛。和前两个研究阶段相比，这个特点是很明显的。这二十年来的研究涉及梁启超文学活动的方方面面。从体裁看，散文、小说、诗歌、戏剧、翻译、传记、报告文学等，应有尽有；从时期来看，戊戌变法前后、流亡日本期间、"五四"前后，都有论及；从活动类型来

---

① 刘可《梁启超传记文学理论及作品初探》，《清史研究集》第六辑，光明日报出版社 1988 年版，第 344—382 页。

② 陈兰村《传记文学由古代向现代发展的桥梁——梁启超传记文学初探》，《浙江师大学报》1992 年第 1 期。

③ 程华平《梁启超报业思想对其小说理论及小说创作的影响》，《文艺理论研究》1999 年第 3 期。

看,组织倡导、理论阐发、创作作品,均予囊括。第二,研究深入细致。在世纪初,许多文章多系记述和概论,或者由于距离梁启超太近,很多事情还看不清楚;新中国成立后三十年里,思想方法上的局限限制了梁启超研究的深入展开。二十世纪八十年代以来,思想上的诸多禁忌被打破,研究方法也丰富了,自由活泼的学术氛围自然会带来学术研究的长足进步。梁启超文学成就的研究同样受益于此,在很多问题上的看法不但客观了,而且深入了。第三,某些方面的研究给人一种山穷水尽的感觉。像"新文体"的研究,几乎每篇以此为论题的文章都要总结它的特点,但给人的感觉是在做重复工作,没有什么进步,从学术研究的角度来说,这些文章已经失去了存在的必要。与此情况相似的还有小说理论、诗歌理论的研究等。也就是说,这些方面的研究已经陷入危机之中,亟待突破。在我看来,这种突破不外乎研究的细化和转换角度(方法)两个方面。第四,许多结论又回到了世纪初年。这让我对那一代研究者充满了敬佩。

对于梁启超的文学成就,将近一百年的研究已经取得了很多成果,尤其集中在他的散文、小说和诗歌的理论与创作上。百年之中,研究之途虽然略有波折,但总体上向着深入切实的方向发展,向着文学本身逼近。而且,百年的研究历程也向我们昭示着,在学术研究中,研究观念和研究方法的重要性。观念和方法的每一次调整,都会使学术研究发生重大变化。所以,在二十一世纪,除了在可能的领域内继续开掘,我们最需要做的是调整自己的研究观念和研究方法。梁启超本人是一个百科全书式的人物,其文学活动的复杂性一如十九世纪末二十世纪初的中国社会,新与旧,中与西,分拆不开。我们的视野应该从文学本身延伸开去,关注文学与政治、文学与学术,贯通古代与近代、中国与西方。如果能做到这一点,梁启超文学成就的研究将会出现一片新的景象。

四、研究设想

本书主要从四个方面讨论梁启超与中国文学转变的关系这一问题：

1. 启蒙：主要以"小说界革命"理论为中心，探讨梁启超的启蒙文学观对十九世纪末二十世纪初中国文学观念及文学创作的影响。

2. 语言：主要从理论和创作两方面，探讨在中国文学语言从文言走向白话的过程中，梁启超所做出的贡献和所产生的影响。

3. 文体：主要以小说、诗歌两种文体为例，探讨梁启超的理论倡导和创作实践对此后这两种文体创作的渗透影响。

4. 传播：主要从文学杂志这一角度入手，探讨梁启超对中国文学杂志发展以及由此而对文学理论、创作所产生的影响。

这四个方面基本上涵括了梁启超在十九世纪末二十世纪初的文学活动，而且这四个方面在二十世纪中国文学的发展中极为重要，可以说它们显示了梁启超在十九世纪末二十世纪初中国文学转变中无以替代的地位。这四个方面之所以这样安排，是出于以下考虑：启蒙是梁启超文学活动的目的和出发点，它影响甚至决定了他对其他三个问题的提出和理解；在语言、文体和传播三者中，语言的文白转换是中国文学史上最大的问题，梁启超比较早地意识到这一点并大力进行倡导，而且他还主要以自己的散文创作参与了这一进程；文体的革新他虽然力倡并实践，但更多是从教训的方面提供给中国文学发展以警示；启蒙观念、语言转变、文体革新等方面的文学实验活动主要是靠了新的传播方式产生影响，而在文学传播方面，梁启超也开启了推动中国文学发展的新路径。

在讨论了以上四个问题之后，本书又以一章的篇幅专门梳理梁启超在新文学运动中的立场和看法，看一下这位曾经的文学革新主将，以何种方式参与一场由"别人"领导的文学革命活动。

前面已经说过,本论题所要研究的主要是一种影响,但这一研究却离不开对梁启超文学实践本身的理解和分析。本书将借鉴比较文学研究中"影响研究"的"流传学"研究方法,贴近文本,对在不同的文本序列中影响的发生、发展作实证性考察;同时结合接受理论,注意考察接受过程中被影响者所作的调整和它对梁启超的反影响。即将梁启超和十九世纪末二十世纪初的中国文学放在一种互动的关系中来研究,希望借此能够发现中国文学在转变中实现了的和被压抑着的可能性。

本研究力求从新角度阐释老问题,并努力发现新问题;在论述时,注意吸收已有的研究成果。

五、梁启超

似乎到了应该切入正题的时候;但在切入正题之前,对梁启超作简要的介绍也许并不多余。

梁启超(1873—1929),广东新会人。他叙述自己的出生说:"余生同治癸酉正月二十六日,实太平天国亡于金陵后十年,清大学士曾国藩卒后一年,普法战争后三年,而意大利建国罗马之岁也。"[①]他在三十之年将自己的出生与一系列国内国外大事联系在一起,反映了他视野的开阔,但更重要的是表明了此时他意欲登车揽辔澄清天下的志向和心胸。此前一年他所写的《自励》一诗中说:"献身甘作万矢的,著论求为百世师。誓起民权移旧俗,更研哲理牖新知。十年以后当思我,举国犹狂欲语谁。世界无穷愿无尽,海天寥阔立多时。"[②]便可见他此时心境之一般。梁启超的一生可以 1918 年为界分为两个时期,前一时期他主要从事政治活动,从 1918 年开始则转向了学术

---

① 梁启超《三十自述》,《饮冰室合集》文集之十一,第 15 页。
② 梁启超《自励》,《饮冰室合集》文集之四十五(下),第 16 页。

研究和教育。在前一时期里，有两件事对他的成长颇为重要：一是光绪十六年（1890）结识康有为，康有为的"大海潮音"使他尽弃旧学，从此在思想学术上开始追随康有为；一是光绪二十四年（1898）的戊戌政变，梁启超在对这一事件的思考中逐渐成熟起来，走出康有为身影的笼罩而成为中国思想界的领袖人物。梁启超的文学活动主要在这一时期，他的政治志向和实践成为理解他文学活动的最重要的背景。1912 年民国建立后，他积极投身于民国建设，但若干实践最后都归于失败，这导致了他政治救国理想的破灭。他在《欧游心影录》中记述自己 1918 年前后的心境云："是晚我们和张东荪、黄溯初谈了一个通宵，着实将从前迷梦的政治活动忏悔一番，相约以后决然舍弃，要从思想界尽些微力，这一席话，要算我们朋辈中换了一个新生命了。"①梁启超的最后十年主要从事教育和学术研究，但他并没有退隐书斋，而是积极地参加了当时的文化思想活动。1929 年 1 月 19日，梁启超病逝于北平协和医院。

---

① 　梁启超《欧游心影录节录》，《饮冰室合集》专集之二十三，第 39 页。

第二章　梁启超与启蒙文学

在文学创作,尤其是文学理论上,梁启超文以觉世的启蒙意识十分强烈,可以说,他就是十九世纪末二十世纪初中国启蒙文学最有力的倡导者。在他的影响下,启蒙成为这一时期的强势话语,一时所向披靡,席卷整个文坛,中国文学因之而作出调整,并形成了自己的新的启蒙文学传统。

一、从文学误国到文学救国

在中国历史上,虽然未必每个朝代都能如曹丕所说的那样,视文学为"经国之大业,不朽之盛事",但总体上看,靠学而优则仕所造成的绵绵不绝的文以载道的传统,文学受到了应有的重视。但到了晚清,光绪二十四年(1898)的戊戌政变之前,在中国颇有新学(西学)修养的知识分子当中,却出现了文学误国的认知倾向。

王韬(1828—1897)是在中西接触时代比较早地走出国门、接受西学的时务人士,他在《上当路论时务书》中描述当时的言论风气云:"其谈富国之效者,则曰开矿也,铸币也,因土之宜,尽地之利,一若裕民而足国,非此不可。至于学问一端,亦以西人为尚,化学光学重学医学植物之学,皆有专门名家,辨析毫芒,几若非此不足以言学,而凡一切文字词章,无不悉废。"①虽然在他看来,这些并非时务之急,也

---

① 王韬《上当路论时务书》,王韬著《弢园文录外编》,中州古籍出版社1998年版,第365页。

非富国之本,但从他的描述中确实可以看出,当时洋务人士中间普遍存在的"悉废"文学词章的态度——当然,王韬对这种态度并不以为然①。何启(1858—1914)和胡礼垣(1847—1914),他们在合著的《康说书后》("戊戌政变"前不到两个月写成)中批评了当时文人的讲文体论笔阵:"今者四方告病,盗贼蜂起,失地失权,一月数见,内外交逼,无过此时。而犹谆谆然讲文体之盛衰,论笔阵之强弱,其去时务二字亦云远矣。"②谭嗣同在《莽苍苍斋诗补遗》识语中也忏悔说:"天发杀机,龙蛇起陆,犹不自惩,而为此无用之呻吟,抑何靡与?三十前之精力,敝于所谓考据辞章,垂垂尽矣!施于世,无一当焉,愤而发箧,毕弃之。"③为什么这些处在当时中国思想前沿的知识分子比较一致地对"词章"(文学)表示了自己的排斥和否定?这与他们对中国局势的估计和对西学的理解有关系,严复的解释庶几近之。严复认为,所谓的"古文词""古今体""碑版"之类,都可归为"无用",但"非真无用也,凡此皆富强而后物阜民康,以为怡情遣日之用,而非今日救弱救贫之切用也"④。严复的思考具有普遍性。这些满怀爱国热情的先进中国人,对当时祖国的危急局势有清醒的认识,用康有为的话说就是"方今当数十国之觊觎,值四千年之变局"⑤,灭亡即在眼前,国家只有富强,才能免此灾难。对比中西的历史与现实,他们以为兴"实学"乃救国第一义,而"实学所重不在词章","词章"乃是富强之后

---

① 王韬《变法自强(中)》,王韬著《弢园文录外编》,第88页。

② 何启、胡礼垣《康说书后》,《新政真诠》,辽宁人民出版社1994年版,第270页。

③ 谭嗣同《莽苍苍斋诗补遗》,蔡尚思、方行编《谭嗣同全集》(增订本),中华书局1981年版,第81页。

④ 严复《救亡决论》,王栻主编《严复集》(一),中华书局1986年版,第44页。

⑤ 康有为《上清帝第二书》,汤志钧编《康有为政论集》(上),中华书局1981年版,第122页。

的事。不但如此，严复甚至认为"词章"于国之害甚大："若夫词章一道，本与经济殊科，词章不妨放达，故虽极蜃楼海市，惝恍迷离，皆足移情遣意。一及事功，则淫遁诐邪，生于其心，害于其政矣；苟且粉饰，出于其政者，害于其事矣。而中土不幸，其学最尚词章，致学者习与性成，日增惝慢。又况以利禄声华为准的，苟务悦人，何须理实，于是惝慢之余，又加之以险躁，此与武侯学以成才之说，奚啻背道而驰。"①词章一道养成了人们苟且粉饰、惝慢险躁的心理和风气，隳政败事，其害无穷。"词章"一事成了误国之行。

戊戌变法之前，梁启超的想法与这些人大体相同，基本上没能超出文学误国的水平。他认为"词章不能谓之学也"②，一个人"苟无他所学，而专欲以此鸣者，则亦可指为浮浪之子"③。他曾规劝喜欢吟咏的林旭说："词章乃娱魂调性之具，偶一为之可也；若以为业，则玩物丧志，与声色之累无异。方今世变日亟，以君之才，岂可溺于是！"④梁启超这种以词章为非学、溺之则玩物丧志的鄙薄态度，从他奉师命所作的《学要十五则》中也可以看出来。康有为光绪二十年（1894）游桂林时，应士子们的要求作了一部《桂学答问》，这是一部解难答惑的为学指南书，刊出后康有为"虑学者疑其繁博"，于是命梁启超"抽绎其条，以为新学知道之助"⑤。梁启超所作即为《学要十五则》。那么梁氏抽绎了哪些内容呢？康有为在《桂学答问》将近结束的地方总结："读书宜分数类：第一经义，第二史学，第三子学，第四宋学，第五小学及职官天文地理及外国书，第六词章，第七涉猎。"⑥

①　严复《求亡决论》，王栻主编《严复集》（一），第 45 页。

②　梁启超《万木草堂小学学约》，《饮冰室合集》文集之二，第 35 页。

③　梁启超《变法通议·论女学》，《饮冰室合集》文集之一，第 39 页。

④　梁启超《林旭传》，《饮冰室合集》专集之一，第 104 页。

⑤　康有为《〈学要十五则〉序》，《长兴学记·桂学答问·万木草堂口说》，中华书局 1988 年版，第 45 页。

⑥　康有为《桂学答问》，《长兴学记·桂学答问·万木草堂口说》，第 41 页。

而《学要十五则》及相匹配的《最初应读之书》中则只论列经学、史学、子学、理学、西学五类，"词章"之学被排除在"学要"和"应读"之外，这样的处理正与梁启超"词章非学"的态度相映成趣，可谓互文。

但到了戊戌政变之后，流亡日本的梁启超的文学观念却发生了很大的变化，他先后提出了诗界、文界、小说界、戏剧界"革命"的口号，开始倡导"文学救国"了（下文具论）。

与"戊戌政变"之前相比，表面上看来，"文学"似乎又恢复了它往日"经国之大业"的崇高地位，实际上其中已经有了很大的不同。这不同就表现在对"文学"本身的认识上。我们现在所理解的"文学"（literature）是一个在近代中国才出现的日源词，它与中国古代汉语中的"文学"的意义很不相同。古汉语中的"文学"多指"文章博学"，实际上是"文"与"学"构成的联合词组，而对现代意义上的"文学"（literature）的指称常用"诗文""词章"等词，或直称其体，如诗文词赋等。这种对"文学"的传统理解在近代中国仍然很流行，如前面所提到的王韬，他在陈述自己对学校课程设置的意见时，即云："其一曰文学，即经史掌故词章之学也。"①康有为编辑的《日本书目志·文学门》虽然以收录诗歌、俳谐、唱歌、戏曲为主，但也收录了"习字本""习字帖""往来物"等书类，尤其在他为"文学二十四种"所写的"识语"中，更是透露了他对"文学"（literature）一词的隔膜。他说："日本古无文学，所传肥人书、萨人书，及镰仓八幡寺、河内国平冈寺、和州三轮寺，体如蝌蚪，不过代结绳而已。自王仁传经以来，博士段杨尔、漠安茂并来，大行吾中土学矣。及吉备朝臣空海作为假名，以便愚民，于是其书杂和汉而成体，佛法大流。适当武门柄政之世，儒学绌焉。至德川氏兴，崇尚孔学，林信胜、伊藤维桢、物茂卿、赖襄之伦出，彬彬

①　王韬《变法自强》(中)，王韬著《弢园文录外编》，第88页。

称盛焉。"①可见康有为仍然在以"文章博学"来解"文学"。而此时梁启超眼中的"文学"已与中国古代的"文学"有很大的不同,从文体构成看,他关注的主要是小说、散文、诗歌、戏曲,可以说已是现代意义上的"文学"(1iterature),但这不同更主要的是表现在:在中国古代,现代"文学"(1iterature)所涉及的诸种文体中,诗文无疑处于核心地位,小说、戏曲如果能够被视为文学的话,也是位于文体结构的边缘而已。但到了梁启超这里,这种文学结构发生了深刻的变化:小说从边缘走向了中心,此即为梁启超那句惊人之语:"小说为文学之最上乘也。"②因此,梁启超在戊戌政变之后对文学的推崇,其本质上是对小说地位的提升。

二、"新小说"以"新民"

光绪二十八年(1902)十月十五日《新小说》杂志创刊号上发表的《论小说与群治之关系》,是梁启超小说理论的集中体现,也是十九世纪末二十世纪初中国小说理论的纲领性文献。在这篇文章中,梁启超提出了两个重要的理论观点:一、"小说为文学之最上乘也";二、"今日欲改良群治,必自小说界革命始;欲新民,必自新小说始"③。

---

① 康有为《日本书目志》,《康有为全集》(三),上海古籍出版社1992年版,第965—966页。王宝平已经令人信服地指出,康有为《日本书目志》乃是译自光绪十九年(1893)日本刊行的《东京书籍出版营业者组合员书籍总目录》,略予合并改编而已,故而分类及书目,基本上算不得康有为的贡献,只有每类后的评语,可视为窥探当时康有为思想观念的一个窗口。详见王宝平《康有为〈日本书目志〉资料来源考》,《文献》2013年第5期。

② 梁启超《论小说与群治之关系》,《新小说》第1号,转引自陈平原、夏晓虹编《二十世纪中国小说理论资料》(第一卷)(以下简称"《资料》"),北京大学出版社1989年版,第34页。

③ 梁启超《论小说与群治之关系》,引自《资料》,第34、37页。

将小说推为文学的最上乘确是梁启超对前人的超越,这里的超越有两个层面:小说首先成为文学,然后又成为文学的最上乘。然而梁启超只从导人游于他境界、发露人心之感觉这两项"文章之真谛,笔舌之能事"来论证小说是诸文中"能极其妙而神其技者"①,即证明小说乃文学之最上乘,而于小说为文学之一种这一问题却毫不着墨,似乎在他看来,这已是天经地义的事情,任何论证均属多余。而实际上,这倒是个大问题。在传统士人眼中,文学已是小道,但还是一件严肃的事情,而小说却是难与其列的。这种观念到十九世纪末依然如故。像桐城散文大家吴汝纶,他在给严复《天演论》作序时就说:"吾则以谓今西书之流入吾国,适当吾文学靡敝之时,士大夫相矜尚以为学者,时文耳,公牍耳,说部耳。舍此三者,几无所为书。而是三者,固不足与文学之事。"②就连康有为,虽然重视小说,但《日本书目志》中,却将新增的小说一类,与所据底本原有的文学类并列,而没有合并一处,可见传统观念影响之深远。梁启超至少到光绪二十四年(1898)在《清议报》发表《译印政治小说序》时,似乎仍然没有摆脱康有为的影响,继续固守着小说与文学的传统分野。次年,他在《自由书·传播文明三利器》中介绍日本民权自由运动中政治小说的翻译和创作情况,当提及矢野龙溪的《经国美谈》时,他有一句小注云:"矢野氏今为中国公使,日本文学界之泰斗,进步党之魁杰也。"③这是梁启超观念中小说跨入文学队列的一个信号。因此,我把梁启超视小说为文学,看作是他流亡日本后阅读日文书、观察日本文学界所获得的一个观念上的跨越。

实际上,"小说为文学之最上乘"不过是《论小说与群治之关系》中的一个辅助性观点,梁文的中心议题为"今日欲改良群治,必自小

① 梁启超《论小说与群治之关系》,引自《资料》,第 34 页。
② 吴汝纶《天演论序》,王栻主编《严复集》(五),第 1318 页。
③ 梁启超《自由书·传播文明三利器》,《饮冰室合集》专集之二,第 42 页。

说界革命始；欲新民，必自新小说始"，梁启超在这里提供了一个革新文学以启蒙民众，从而实现国家救亡的思路。

在梁启超的论述中，这种"新小说"以"新民"、革命小说界以"改良群治"的文学启蒙价值观，主要建立在"小说有不可思议之力支配人道"的基础之上。在他看来，小说的支配人道之力表现在"易入人"和"易感人"两方面。"易入人"指前面已经提到的在描写理想境界、发露人心所感上，小说为"诸文体之中能极其妙而神其技者"，是为"二种德"。此外，小说还有为自己所特有的"四种力"，即人们所熟知的"熏、浸、刺、提"，此为"可以卢牟一世，亭毒群伦"之物，而为小说所"最易寄"。由于"两种德"的存在，嗜读小说成为"人类之普遍性"；而"四种力"则使小说的影响"如空气如菽粟，欲避不得避，欲屏不得屏"，发挥到极致①。

梁启超的小说价值观与中国正统观念已很不相同。明清之际的中国文人对（通俗）小说价值的认识大体上不出娱目、醒心、抒怀三方面，而又以醒心说最为流行。所谓醒心，"木铎醒世""劝善惩恶"八字可尽之。梁启超超越了这种狭隘的维持人心教化的局限，而把小说与民众素质的更新、国家救亡的实现联系在一起，并对小说具有支配人道之力的原因作了富有创造性的解释。从现有的资料看，梁启超这种启蒙文学观念所汲取的最直接的思想资源主要有四个：一是《万国公报》，二是《国闻报》，三为康有为的《日本书目志》，四为日本的"政治小说"热潮。

《万国公报》是来华传教士在清同治七年七月十九日（1868 年 9 月 5 日）所创办的一份中文刊物，这份刊物在晚清知识分子中间曾经产生过很大的影响。时当光绪二十一年（1895）夏，《万国公报》举办了一次小说征文活动，傅兰雅在《求著时新小说启》中云："窃以感动人心，变易风俗，莫如小说，推行广速，传之不久，则能家喻户晓，气习

---

① 梁启超《论小说与群治之关系》，引自《资料》，第 33—37 页。

不难为之一变。今中华积弊最重大者计有三端:一鸦片,一时文,一缠足。若不设法更改,终非富强之兆。兹欲请中华人士愿本国兴盛者撰著新趣小说,合显此三事之大害,并祛各弊之妙法,立案演说,结构成编,贯穿为部,使人阅之心为感动,力为革除,辞句以浅明为要,语意以趣雅为宗,虽妇人幼子,皆能得而明之。述事务取近今易有,切莫抄袭旧套,立意毋尚希奇古怪,免使骇目惊心。"①这则启事的出发点仍然是世道人心,但它将小说与"中华积弊"联系在一起,并对通过小说感动民众,从而革除积弊表达了自己的信心。梁启超于光绪二十一年前后曾担任李提摩太的书记员,对《万国公报》也相当熟悉②,应当读到过这则启事。无疑这则启事给他的印象很深,所以他在《变法通议·论幼学》中谈到"说部书"时说:"上之可以借阐圣教,下之可以杂述史事,近之可以激发国耻,远之可以旁及彝情,乃至宦途丑态,试场恶趣,鸦片顽癖,缠足虐刑,皆可穷极异形,振厉末俗。"③剽用之迹,显而易见。

《国闻报》的影响主要指连载于其上的《本馆附印说部缘起》。梁启超曾于《新小说》的《小说丛话》中云:"天津《国闻报》初出时,有一雄文,曰《本馆附印说部缘起》,殆万余言,实成于几道与别士二人之手。余当时狂爱之。"④《本馆附印说部缘起》一文由严复、夏曾佑撰成,文章从人类的两种性情谈开去,几乎涉及了"小说界革命"提出的所有理论观点,虽然梁启超说只记得文中对男女、英雄的议论,但其中所提出的诸如"宗旨所存,则在乎使民开化"等观点,未必没有在梁启超的脑海中留下一些印痕,启发了他的小说新民思想。

---

① 傅兰雅《求著时新小说启》,《万国公报》1895 年第 77 册。

② 参见朱维铮《〈万国公报文选〉导言》,李天纲编校《万国公报文选》,生活·读书·新知三联书店 1998 年版。

③ 梁启超《变法通议·论幼学》,《饮冰室合集》文集之一,第 54 页。

④ 饮冰《小说丛话》,《新小说》第 7 号,引自《资料》,第 67 页。

　　当然，若从影响的大小来看，首推康有为。在戊戌变法之前，康有为是中国维新运动当之无愧的领袖，梁启超从拜师到参与编写书稿，再到组织变法运动，可说是唯康有为之马首是瞻，无论学术还是思想上，受其影响都很大。光绪二十三年(1897)，康有为从借径日本的想法出发，以日本明治二十六年(1893)出版之《东京书籍出版营业者组合员书籍总目录》为底本①，译编成《日本书目志》一书，其中将小说专列为第十四门，与文学门并列。他还专为小说门写了一段"识语"，来鼓吹小说的"易逮于民治，善入于愚俗"。梁启超肯定对自己老师的这段文字醉心之极，故而在写于光绪二十四年(1898)冬的《译印政治小说序》中，他几乎对康有为的"识语"作了全文援引，以增加自己文章的说服力。康有为的这段被引用的话说："仅识字之人，有不读经，无有不读小说者。故《六经》不能教，当以小说教之；正史不能入，当以小说入之；语录不能谕，当以小说谕之；律例不能治，当以小说治之。天下通人少，而愚人多，深于文学之人少，而粗识之无之人多。《六经》虽美，不通其义，不识其字，则如明珠夜投，按剑而怒矣。孔子失马，子贡求之不得，圉人求之而得。岂子贡之智不若圉人哉？物各有群，人各有等，以龙伯大人与僬侥语，则不闻也。今中国识字人寡，深通文学之人尤寡。"②这段话至少可以为梁启超提供两点信息：一、小说的读者应为"仅识字之人"；二、小说对这些读者的作用巨大，可补经史律录之不逮。这些看法在梁启超小说理论的阐述中有所体现。

　　其实，从当时整个小说理论界来看，在光绪二十八年(1902)《论小说与群治之关系》发表之前，小说开启民智这种文学启蒙思想已经出现，人们认为：由于小说语言通俗易解，故事引人入胜，它在普通民

---

　　①　参见王宝平《康有为〈日本书目志〉资料来源考》，《文献》2013 年第 5 期。

　　②　康有为《日本书目志》，《康有为全集》(三)，第 1212—1213 页。

众中间很受欢迎,也因此可以成为开启民智的很好的工具。因此可
以说,梁启超小说新民思想的提出正是中国文学发展合情合理的产
物。但"戊戌政变"后流亡在日本所受的影响也不可忽视。时当光绪
二十四年(1898)的日本,文学上已经进入了写实主义和浪漫主义时
代,自然主义文学也已开始萌芽①,但梁启超却将目光更多地投向了
随着自由民权运动的消歇而已经沉寂下去的启蒙文学,诸如政治小
说、改良文学观念等。他的这种选择上的偏向与他的政治背景有关
系,同时也与他对中国社会过渡时代的定位紧密相连。随着对日本
文学历史与现实的进一步了解,他更加明确了小说新民这一取径的
可行,同时对西方文学理论和心理学修养的日益加深,也为他将这一
思想系统化提供了学理上的基础。

于是,"新民必新小说"的启蒙文学口号呼之欲出了。但我们还
应注意,在梁启超这里,"新民"的内涵已远非此前的"开启民智"所能
包容,它有自己独特的内容,所以,要想正确全面地理解梁启超"欲改
良群治,必自小说界革命始;欲新民,必自新小说始"的启蒙文学观
念,还应该考察一下他的"新民"思想的形成和发展。

还在光绪二十二年(1896),他就在春秋三世的思想中,融入了关
于世界发展的新思考,他说:"据乱世以力胜,升平世智力互相胜,太
平世以智胜。"而"世界之运,由乱而进于平,胜败之原,由力而趋于
智"②。但胜于智,并不是胜于一人之独智。他依据严复引进的"治
功天演论"指出:"有体积有觉运之物,其所以生而不灭存而不毁者,
则咸恃合群为第一义。"③一个国家想立身于这样一个物竞天择、适
者生存的世界上,它必须依靠群体的力量,因此他认为:"言自强于今

---

①　参阅叶渭渠、唐月梅《日本现代文学思潮史》,中国华侨出版社 1991 年
版,第 1—81 页。

②　梁启超《变法通议·学校总论》,《饮冰室合集》文集之一,第 14 页。

③　梁启超《说群序》,《饮冰室合集》文集之二,第 5 页。

日，以开民智为第一义。"①而民智之开，又归本于教育，这一时期他关于办学校、兴女学、重幼学、废科举等的言论，都是围绕着这一思想展开的。在这前后，梁启超又计划编辑《经世文新编》一书，他在给夏曾佑和汪康年的信中都提到过此事，云此书目的在于"以新法新义移易旧重心"，"专采近人通达之言，刻以告天下"，并相信"其予转移风气"，当"视新闻纸之力量似尚过之"②。但因其他活动，抽不出时间，"未之作也"。光绪二十四年(1898)麦仲华编成此书，梁启超为该书所作的序中云："《易》曰：穷则变，变则通。昔尝窃取斯旨作《变法通议》以告天下，又欲集天下通人宏著有当于新民之义为一编，以冀吾天子大吏有所择焉。"此时专标"新民"之旨，言论取向已与向时不同。"新民"一词来自儒学经典，他在此序中开篇便说："《易》曰：'日新之谓盛德。'《书》曰：'人惟求旧，器惟求新。'又曰：'作新民。'《中庸》曰：'温故而知新。'新旧者，固古今盛衰兴灭之大原哉。"③虽然他用了儒学的词汇，但这里的"新民"一词显然已非本意，他的所谓"作"，是要用西学来新其民了④。但从此书的分门目录(通论、君德、官制、法律、学校、国用、农政、矿政、工艺、商政、币制、税则、邮运、兵政、交涉、外史、会党、民政、教宗、学术、杂纂共二十一门)看，仍然不过是一本时务维新文章的集汇而已，与两年前梁启超所云"以新法新义移易旧重心"之旨十分吻合，于"新民"并未特别突出，故而梁启超的这篇序言，不过是借他人之酒杯，浇自己之块垒，援以标举"新民"之意罢了。这一时期，梁启超的"国民"思想也渐趋成熟，光绪二十五

---

① 梁启超《变法通议·学校总论》，《饮冰室合集》文集之一，第 14 页。

② 梁启超《与穰卿足下书》，丁文江、赵丰田编《梁启超年谱长编》，上海人民出版社 1983 年版，第 48—49 页。

③ 梁启超《〈经世文新编〉序》，《饮冰室合集》文集之二，第 46—47 页。

④ 参见张灏《梁启超与中国思想的过渡(1890—1907)》第四章"梁启超改良主义思想的形成"，江苏人民出版社 1995 年版。

年(1899)他在《论近世国民竞争之大势及中国前途》一文中正式表达了他对"国民"的理解,他说:"国民者,以国为人民公产之称也。国者积民而成,舍民之外,则无有国。以一国之民,治一国之事,定一国之法,谋一国之利,捍一国之患,其民不可得而侮,其国不可得而亡,是之谓国民。"①并云:当今世界之竞争实乃国民之竞争,只有国民万众一心,自觉竞争,才能实现保民保国;但如今的中国却是国不知有民,民不知有国。以如此之国如此之民处国民激烈竞争之世,其前途之惨淡可想而知。这里,梁启超指出了国家与国民的关系,以及"新民"的重要和急迫。到了此时,"国民"开始成为梁启超思考和论述的核心,他已经完成了从上层控制到国民启蒙的政治变革思路的转换,光绪二十四年(1898)《清议报》到光绪二十八年(1902)《新民丛报》刊名的更迭,即是这一转换的外在表现。而所有关于"新民"启蒙的思考,都在他光绪二十八年(1902)开始写作的《新民说》中得到了系统的呈现。《新民说》从论证"新民"为当今中国第一急务开始,接着就提出了他那著名的"新民"之定义。何为"新民",其义有二:"一曰淬厉其所本有而新之,二曰采补其所本无而新之,二者缺一,时乃无功。"②从他对"新民"此二义的阐释来看,梁启超比较好地处理了承继与创新的关系,在新与旧关系的理解上达到了一个新的境界。虽然在他提出"新民"之义之前,已说明必须使中国四万万人的"民德民智民力"皆可与欧美之国相抗衡,才能不怕外力侵略而立于世界之上,但在此后的展开论述中,梁启超关注的无疑是"民德"一事,并且他的思考也开始主要集中在"新民"的第二义——"采补其所本无",表现出强烈的西化色彩。总体而言,梁启超的《新民说》可分为两大部分:一至十七为第一部分,十八至二十为第二部分。两部分之间的思想有

---

①　梁启超《论近世国民竞争之大势及中国前途》,《饮冰室合集》文集之四,第 56 页。

②　梁启超《新民说》,《饮冰室合集》专集之四,第 5 页。

较大的差别，这从第十八节前的小序即可看出，其云："吾自去年著《新民说》，其胸中所怀抱欲发表者，条目不下数十，而以《公德》篇托始焉。论德而别举其公焉者，非谓私德之可以已，谓夫私德者，当久已为尽人所能解悟能践履。抑且先圣昔贤，言之既已圆满纤悉，而无待末学小子之哓哓词费也。乃近年以来，举国嚣嚣靡靡，所谓利国进群之事业，一二未睹，而末流所趋，反贻顽钝者以口实，而曰新理想之贼人子而毒天下。噫！余又可以无言乎？作《论私德》。"①从"公德"到"私德"，这是梁启超新民思想转变的大关节。此文第一至第十七所论，涉及国家思想、进取冒险、权利思想、自由、自治、进步、自尊、合群、生利分利、毅力、义务思想、尚武等，即所谓"公德"，从题目所含的这些关键词，我们大体可以知道梁启超对中国民众国民性的理解，或云反映了他国民现代化的思路，可以说这是当时最前沿的思考。今日读之其心仍然跃动不已，它的风行当时并影响了一代青年也就不难理解。

"新民"启蒙的途径不外教育，具体而言，就是普及西方文明，至于施行之方法，梁启超在《自由书》的《文明传播三利器》里，已经讲得十分清楚：学校、报纸和演说，"小说亦其一端也"②。"新民"思想在梁启超这里的成熟和当时文学理论的发展趋势，共同成就了小说与新民的结盟。

在这些核心思想之外，《论小说与群治之关系》一文在具体的分析中，还有一些值得注意的理论问题：一、阅读中读者的被动地位。《论小说与群治之关系》因为要证明小说支配人道的伟力，故而它的分析基本不出文学阅读这一环节，即关注作品与读者之间的状态。"两种德"虽然是从小说品格与读者人性的相合立论，但读者不是被导引"游于他境界"，就是心中所不喻被人"和盘托出，彻底而发露

---

①　梁启超《新民说》，《饮冰室合集》专集之四，第118页。

②　梁启超《自由书·传播文明三利器》，《饮冰室合集》专集之二，第41页。

之",他只有"拍案叫绝"的份,被动地位于此已露端倪。在为众人所熟知的"四力"的分析中,小说的颐指气使和读者的任人宰割,则更是有目共睹,这种关系状态也弥漫在对中国旧小说的批判之中。其言曰:"夫既已嗜之矣,且遍嗜之矣,则小说之在一群也,既已如空气如菽粟,欲避不得避,欲屏不得屏,而日日相与呼吸之餐嚼之矣。于此其空气而苟含有秽质也,其菽粟而苟含有毒性也,则其人之食息于此间者,必憔悴,必萎病,必惨死,必堕落,此不待蓍龟而决也。于此而不洁净其空气,不别择其菽粟,则虽日饵以参苓,日施以刀圭,而此群中人之老病死苦,终不可得救。"①这种对读者阅读过程中创造性活动的无视,恰与对小说作者力量的推崇形成对比,他在完成了对旧小说的批判之后,将责任归在小说作者身上,"斯事既愈为大雅君子所不屑道,则愈不得不专归于华士坊贾之手","遂至握一国之主权而操纵之矣"②。他的逻辑不过是作家写出作品,作品决定读者,读者造成风气,所以作家力量甚大。这种理论处理,与他的启蒙思路是相辅相成的。梁启超的启蒙,其实已经预设了被启蒙者的受动状态,有一点蔑视他们的味道;而主动权操在启蒙者的手中,于小说而言,即操在小说家的手中,这为启蒙即小说新民的进行提供了实现的思路,即呼唤更多的"大雅君子"参与新小说的创作。二、视戏曲为小说。梁启超虽然将小说奉为文学之最上乘,但他的所谓"小说",并不是纯正的小说概念,它还将戏曲包括在内。从中国文学发展历史来看,戏曲、小说显然异途;即使从文本来看,戏曲与小说之间从语言到体制,也有太多的差异。但梁启超何以毫不顾及于此,将戏曲纳入小说的范围,并且还有很多人跟在后面摇旗呐喊呢? 除了二者共有的叙事性,他考虑的角度似乎更偏重于这两种文体在与群治关系上所表现出的共同性。无论是小说还是戏曲,在梁启超看来,它的读者和观众

---

① 梁启超《论小说与群治之关系》,引自《资料》,第 35—36 页。
② 梁启超《论小说与群治之关系》,引自《资料》,第 37 页。

主要是下层社会的普通民众;对讲故事的关注,使它们具有强烈的吸引力,由此对读者观众产生了巨大的影响。梁启超所看重的正是这种影响,这当也是戏曲成为"新民"启蒙工具而梁启超不再将之与小说区别分论的重要原因。但从文学的角度看,小说、戏曲的分途是必然的,这是迟早要解决的问题。光绪二十九年(1903),夏曾佑在《小说原理》中对小说与戏曲不同的渊源关系作了简要的论述①,但似乎无阻于梁启超的戏曲属于小说观念的流行;光绪三十四年(1908)一篇署名为"棣"的文章中仍然认为"剧本者,小说界之一部分也"②;同年"老伯"的文章虽然区分了"曲本"与"小说",但仍将"曲本"视为小说之一种,称作"曲本小说",以与"白话小说"并称,他说:"有曲本小说,则负贩之流,得以歌曲之唱情,生发思想也;有白话小说,则市井之徒,得以浅白之俚言,柢触观念也。此其所以为'普通'也。"③直到1914 年,成之发表了长文《小说丛话》,才第一次从理论角度对小说和戏曲的差异作了较为细致的评论,并云:"戏剧遂能于小说之外,别树一帜。"④强调了戏剧独立于小说之外存在的价值。三、对中国古代小说的极端贬斥。梁启超列举种种群治的腐败表现,将之归"功"于旧小说,并毫不迟疑地说:小说乃"吾中国群治腐败之总根原"⑤。这种不分青红皂白,将中国古代小说视为铁板一块的看法,显然不符合中国古代小说的实际;即使在梁启超本人,也未必真心相信自己所说。但梁启超却将古代小说统统归入应当摒弃的"旧小说"之列,予以毫不留情地贬斥,这不过是为了强调旧小说的应该退场、新小说的

①　夏文见《绣像小说》第 3 期,光绪二十九年闰五月初一日。

②　棣《改良剧本与改良小说关系于社会之重轻》,《中外小说林》第 2 年第 2 期,引自《资料》,第 294 页。

③　老伯《曲本小说与白话小说之宜于普通社会》,《中外小说林》第 2 年第 10 期,引自《资料》,第 309 页。

④　成之《小说丛话》,《中华小说界》第 1 年第 8 期,引自《资料》,第 454 页。

⑤　梁启超《论小说与群治之关系》,引自《资料》,第 36 页。

亟需浮出而已,其逻辑仍是"新小说"以"新民"。当然,此后不久,中国小说评论界已开始作出调整,注意区分旧小说中的优秀与低劣。

三、承续与反驳

新小说以新民,革命小说界从而改良群治:这种文学启蒙思想在梁启超的《论小说与群治之关系》一文发表之后,很快形成一种潮流,呈席卷全国之势,套用他的一句话——"欲避不得避,欲屏不得屏"。

中国古代的小说理论见解主要保存在一些小说作品的序跋之中,专门的单篇论文比较少见。《论小说与群治之关系》发表之后,以单篇论文形式发表小说理论见解的文章才渐渐多起来,这与小说受到重视直接相关,可也不能忽视梁启超这篇奇文的巨大影响力,可以说最初的小说理论文章都在模仿此文。不妨先看看下面所列出的论文题目:

　　　　论小说与社会之关系(《东方杂志》1905 年)
　　　　论写情小说于新社会之关系(《新小说》1905 年)
　　　　论科学之发达可以辟旧小说之荒谬思想(《新世界小说社报》1906 年)
　　　　论小说之教育(《新世界小说社报》1906 年)
　　　　文风之变迁与小说将来之位置(《中外小说林》1907 年)
　　　　义侠小说与艳情小说具输灌社会感情之速力(《中外小说林》1907 年)
　　　　学校教育当以小说为钥智之利导(《中外小说林》1907 年)
　　　　中国小说家向多托言鬼神最阻人群慧力之进步(《中外小说林》1907 年)
　　　　小说之功用比报纸之影响为更普及(《中外小说林》1907 年)

探险小说最足为中国现象社会增进勇敢之慧力(《中外小说林》1907 年)

小说种类之区别实足移易社会之灵魂(《中外小说林》1907 年)

小说之支配于世界上纯以情理之真趣为观感(《中外小说林》1907 年)

论小说之势力及其影响(《游戏世界》1907 年)

论小说与改良社会之关系(《月月小说》1907 年)

学堂宜推广以小说为教书(《中外小说林》1908 年)

小说发达足以增长人群学问之进步(《中外小说林》1908 年)

改良剧本与改良小说关系于社会之重轻(《中外小说林》1908 年)

普及乡间教化宜倡办演讲小说会(《中外小说林》1908 年)

小说与风俗之关系(《中外小说林》1908 年)

曲本小说与白话小说之宜于普通社会(《中外小说林》1908 年)

以上所列篇目,约占光绪二十八至三十四年(1902—1908)所有小说理论文章的三分之二,这些文章所关注的问题、思路、论旨乃至于题目,都与《论小说与群治之关系》相近甚至相同,大多是在重复梁启超的声音,最多是对某些问题有所细化和深入。但这样做其效果也是明显的,它产生了一种集束式效应,使小说新民、新小说以改良群治这种带有明显缺陷和幻觉的观点在十九世纪末二十世纪初的中国流行起来。

光绪二十八年(1902)十月十五日《新小说》创刊之后,文学杂志尤其是小说杂志在中国开始兴起,在 1914 年之前,大部分小说杂志在理论倾向上都将《新小说》的主张——新小说以新民——"引为同

调,畅此宗风"。光绪二十九年(1903)五月初一日创刊于上海的《绣
像小说》欲"远摭泰西之良规,近掇海东之余韵","借思开化夫下愚,
遄计贻讥于大雅"①;光绪三十年(1904)八月初一日创刊上海的《新
新小说》则认为"小说有支配社会之能力,近世学者论之綦详","本报
纯用小说家言,演任侠好义、忠群爱国之旨,意在浸润兼及,以一变旧
社会腐败堕落之风俗习惯"②;光绪三十二年(1906)五月二十五日创
刊于上海的《新世界小说社报》认为,对于小说,人们已经"不视为遣
情之具,而视为开通民智之津梁,涵养民德之要素……种种世界,无
不可由小说造;种种世界,无不可以小说毁。过去之世界,以小说挽
留之;现在之世界,以小说发表之;未来之世界,以小说唤起之……有
新世界乃有新小说,有新小说乃有新世界",该刊的创办,即是将小说
视作"传播文明之利器",从而"企图教育之普及"③;光绪三十二年
(1906)九月十五日创刊于上海的《月月小说》直接认为今日"实为小
说改良社会、开通民智之时代也","本社集语怪之家,文写花管,怀奇
之客,语穿明珠,亦注意于改良社会、开通民智而已矣"④;光绪三十
三年(1907)创刊的《中外小说林》认为:"处二十世纪时代,文野过渡,
其足以唤醒国魂,开通民智,诚莫小说若。"该刊即"以觉迷自任,谐论
讽时,务令普通社会,均能领略欢迎,为文明之先导"⑤;光绪三十三
年(1907)十二月创刊于香港的《新小说丛》认为小说可以御侮、振武、
采风、浚智、博物、绩学,"所以变国俗,开民智,莫善于此"⑥;宣统三
年(1911)大声小说社创办,亦认为"小说之力,足以左右风俗,鼓吹社

---

① 《本馆编印〈绣像小说〉缘起》,引自《资料》,第 52 页。

② 《〈新新小说〉叙词》,引自《资料》,第 124 页。

③ 《〈新世界小说社报〉发刊辞》,引自《资料》,第 183、186 页。

④ 《〈月月小说〉发刊词》,引自《资料》,第 177 页。

⑤ 《〈(中外)小说林〉之趣旨》,引自《资料》,第 204 页。

⑥ 《〈新小说丛〉祝词》,引自《资料》,第 345 页。

会,敦进国民之品性,催促政治之改良,不仅茶余酒后供人谈笑已也"①。

开通民智,涵养民德,改良社会,创造新世界:众声喧哗,却不出梁启超《论小说与群治之关系》一文之范围。小说杂志所代表的不是个人观点,而是一个编辑团体、出版机构的集体意见,他们以这样的观点来号召天下,反映了当时文学(小说)理论思潮的走向。

另一个可以注意的方面是当时各种正式出版的小说,其序言中也常以开启民智、改良群治自我标榜,如光绪二十九年(1903)出版的《月界旅行》,自信小说"改良思想,补助文明,势力之伟"②,同年刊行的《万国演义》认为"养蒙正俗,兴起其感心,通达其智力者,莫捷于小说"③,同年《空中飞艇》亦以为在"输入西欧之学潮"、普及科学知识方面,科学小说相比于"科学书"有"事半功倍"之效④,林林总总,不外是顺着梁启超呼喊罢了。

在观点上重复《论小说与群治之关系》也就罢了,最夸张的是有些文章甚至在句式上都直接照搬此文,形成了一种"定式"。像光绪二十九年(1903)的《月界旅行》,其"辨言"中云:"故苟欲弥今日译界之缺点,导中国人群以进行,必自科学小说始。"⑤光绪三十年(1904)《〈新新小说〉叙例》云:"故欲新社会,必先新小说;欲社会之日新,必小说之日新。小说新新无已,社会之变革无已,事物进化之公例,不其然欤?"⑥光绪三十三年(1907)陶祐曾《论小说之势力及其影响》云:"欲革新支那一切腐败之现象,盍开小说界之幕乎?欲扩张政法,

---

①　《创办大声小说社缘起》,引自《资料》,第 368 页。

②　周树人《〈月界旅行〉辨言》,引自《资料》,第 51 页。

③　沈惟贤《〈万国演义〉序》,引自《资料》,第 89 页。

④　海天独啸子《〈空中飞艇〉弁言》,引自《资料》,第 90 页。

⑤　周树人《〈月界旅行〉辨言》,引自《资料》,第 50 页。

⑥　侠民《〈新新小说〉叙例》,引自《资料》,第 124 页。

必先扩张小说；欲提倡教育，必先提倡小说；欲振兴实业，必先振兴小说；欲组织军事，必先组织小说；欲改良风俗，必先改良小说。"①光绪三十四年（1908）老棣《学堂宜推广以小说为教书》亦云："且果使风气从此阻窒，国民不欲求进步则已，国民而欲求进步，势不得不研攻小说；学堂而不求进步则已，学堂而欲求进步，又势不能不课习小说。"②此种咄咄逼人的"欲……必……"的判断句式，正是梁启超《论小说与群治之关系》中"欲新一国之民，不可不先新一国之小说。故欲新道德，必新小说；欲新宗教，必新小说；欲新政治，必新小说；欲新风俗，必新小说；欲新学艺，必新小说；乃至欲新人心、欲新人格，必新小说"的回声③。而光绪二十九年（1903）《支那之真相》云："支那人之机械变诈，口蜜腹剑，人人以诸葛孔明、徐茂公自拟，美其名曰神机〔妙〕算，足智多谋，则《三国演义》《隋唐演义》之为之也。支那人之江湖亡命，拜盟结会，绿林铜马，漫山遍野，则《水浒》《七侠五义》《施公案》《彭公案》之为之也。支那人之妖言惑众，见神见鬼，白莲教、八卦教、义和拳、红灯照，种种之变相，则《封神传》《西游记》之为之也。支那人之儿女情长，英雄气短，以善病工愁为韵事，以逾墙钻穴为佳期，则《西厢》《花月痕》《红楼梦》之为之也。"④1912 年管达如《说小说》云："今试一观吾国之社会，则各种人所具有之心理，殆无一非小说之反映也。彼士人之孜孜矻矻，穷年不倦者，何为乎？由有十年窗下，一举成名等状元宰相之小说，以为之诱导也。彼深于迷信者，所以甘掷无量数之资财，以献媚于神佛者，何为乎？由有为善获福，为恶获祸，天堂地狱诸小说，为之诱导也。彼绿林豪客，市井武夫，所以好勇斗狠，一言不合，白刃相仇，杀人越货，恬不为怪者，何为乎？由有《水

---

①　陶祐曾《论小说之势力及其影响》，引自《资料》，第 228 页。

②　老棣《学堂宜推广以小说为教书》，引自《资料》，第 290 页。

③　梁启超《论小说与群治之关系》，引自《资料》，第 33 页。

④　《支那之真相》，《大陆》第 6 期，光绪二十九年五月。

浒传》《施公案》《七侠五义》等小说为之诱导也。青年男女，缠绵床第，春花秋月，消磨豪气，甚至为窬墙穿穴之行，而曾不以为耻者，何故乎？由其有《红楼梦》《西厢记》诸书，以为之诱导也。"①则基本是梁启超《论小说与群治之关系》中"今我国民惑堪舆，惑相命，惑卜筮，惑祈禳，因风水而阻止铁路、阻止开矿，争坟墓而阖族械斗杀人如草，因迎神赛会而岁耗百万金钱、废时生事、消耗国力者，曰惟小说之故。今我国民慕科第若膻，趋爵禄若鹜，奴颜婢膝，寡廉鲜耻，惟思以十年萤雪、暮夜苞苴，易其归骄妻妾、武断乡曲一日之快，遂至名节大防，扫地以尽者，曰惟小说之故。今我国民轻弃信义，权谋诡诈，云〔翻〕雨覆，苛刻凉薄，驯至尽人皆机心，举国皆荆棘者，曰惟小说之故。今我国民轻薄无行，沉溺声色，绻恋床第，缠绵歌泣于春花秋月，销磨其少壮活泼之气，青年子弟，自十五岁至三十岁，惟以多情多感多愁多病为一大事业，儿女情多，风云气少，甚者为伤风败俗之行，毒遍社会，曰惟小说之故。今我国民绿林豪杰，遍地皆是，日日有桃园之拜，处处为梁山之盟，所谓'大碗酒，大块肉，分秤称金银，论套穿衣服'等思想，充塞于下等社会之脑中，遂成为哥老、大刀等会，卒至有如义和拳者起，沦陷京国，启召外戎，曰惟小说之故"一段视小说为"吾中国群治腐败之总根原"的改写②。

　　这些文字在逻辑推导上存在着明显的失误，但这种"真理性宣言"读起来都有一种不容置疑的激情和愤慨，好像自己占尽了天下的道理，没有商量余地。十九世纪末二十世纪初中国的小说理论表述常常被这样一种情绪左右着：不是事情理应如此，而是相信理应如此。但这里也不是没有理性，而是有太沉重的理性自觉——对国势劣弱的感受和对救国的热望。这种情绪在陶祐曾写于光绪三十三年

①　管达如《说小说》，引自《资料》，第 377 页。
②　梁启超《论小说与群治之关系》，引自《资料》，第 36 页。

(1907)的《论小说之势力及其影响》一文中得到了淋漓尽致的发挥①。

　　"自小说有开通风气之说,而人遂无复敢有非小说者"②:这种千人一腔、万人一面的现象,在当时已经受到了批评。吴趼人《〈月月小说〉序》中云:"今夫汗万牛充万栋之新著新译之小说,其能体关系群治之意者,吾不敢谓必无;然而怪诞支离之著作,诘曲聱牙之译本,吾盖数见不鲜矣!凡如是者,他人读之不知谓之何,以吾观之,殊未足以动吾之感情也。于所谓群治之关系,杳乎其不相涉也。然而彼且嚣嚣然自鸣曰:'吾将改良社会也,吾将佐群治之进化也。'随声附和而自忘其真,抑何可笑也。"③这虽然主要是针对了当时小说创作翻译的扯大旗作虎皮,但也更加真实地反映了当时小说理论和创作的现状。吴趼人反感的是当时小说创作与理论的割裂和文学界发言的千篇一律,缺乏独创性,他并没有否定梁启超小说新民理论本身。而且,他在自己的文章中还对梁启超的理论作了一些补充,云"于群治之关系之外,复索得其特别之能力"二:一为"足以补助记忆力",二为"易输入知识"④。其实这也算不上什么新观点,不过是对新民开智的边角修补。当时真正称得上补充和拓展了梁启超小说理论的是对小说文学性(艺术性)的论述。

　　梁启超虽然在《论小说与群治之关系》中将小说推为文学之最上乘,但他整篇文章都是围绕支配人道、启蒙新民来立论的,于小说的文学性着墨很少,追随他的许多文章也是不出所师,这显然失之偏

---

　　①　陶文见《游戏世界》第 10 期,引自《资料》,第 226—228 页。

　　②　冷《论小说与社会之关系》,《时报》光绪三十一年五月二十七日,引自《资料》,第 150 页。

　　③　吴沃尧《〈月月小说〉序》,《月月小说》第 1 年第 1 号,引自《资料》,第 169—170 页。

　　④　吴沃尧《〈月月小说〉序》,引自《资料》,第 170 页。

颇,在人们的观念上也易产生不良影响。比较早地指出小说应注意自身文学性的,倒是一个书商,"公奴"(夏颂莱)在其光绪二十八年(1902)出版的《金陵卖书记》中说:"小说书亦不销者,于小说体裁多不合也。"已觉出小说当有一副自己的"笔墨",所谓"常法以庄,小说以谐;常法以正,小说以奇;常法以直,小说以曲;常法则正襟危坐,直指是非,小说则变幻百出,令人得言外之意;常法如严父明师之训,小说如密友贤妻之劝",即是他对这种"笔墨"的理解,而这种"笔墨",他认为可以从中国的"词章"中学习得来①。似乎由于理论词汇的缺乏,此文对小说文学性的描述,采取了统而化之的处理方式,很像中国古代的文论,让人觉得说得很在理,但却很难抓住什么。次年(1903),"楚卿"发表《论文学上小说之位置》,则专以"文学之眼观察"小说,从繁简、古今、蓄泄、雅俗、虚实五个方面,来论述小说的叙事性(繁)、现实性(今)、细节性(泄)、通俗性(俗)和虚构性(虚),已经很有见地②。后来管达如的《说小说》(1912)、成之的《小说丛话》(1914)都在这个问题上有很好的见解,丰富了十九世纪末二十世纪初中国小说界对小说文学性的思考。尽管这是一条不受当时人们重视,甚至被湮没的线索,但我们必须予以注意,这样才能比较全面地理解在梁启超《论小说与群治之关系》一文的引导下,中国小说理论界的视野和局限,走向与歧途。

小说新民启蒙就这样在梁启超的倡导和他人的响应下,成为十九世纪末二十世纪初中国文坛的主流话语。但细绎在梁文之前发表的《本馆附印说部缘起》(1897),我们可以发现,《论小说与群治之关系》一文中的几乎所有观点都在该文中出现了,但为什么在那时没有引起人们的普遍关注呢? 这一疑问把我们引向对《论小说与群治之

① 公奴《金陵卖书记》,引自《资料》,第48页。
② 楚卿《论文学上小说之位置》,《新小说》第7号,引自《资料》,第62—64页。

关系》一文所以在二十世纪初产生如此重大影响之原因的检讨。

鸦片战争以来，近代中国人的主要任务是富强救亡，对梁启超等维新派而言，就是政治改良运动，无论是戊戌政变之前还是之后，这一点都没有变。他们的一切活动，均围绕着这一点展开。但重要的是在戊戌政变前后，梁启超等人的处境发生了很大的变化，导致所采取的施行方式出现了差异。在此前，康、梁等人的维新变法活动得到了清朝光绪皇帝和一些实权派要臣的支持，基本上处于在朝派的地位，这使得他们的改革方案可以通过亲身参与和政治立法的方式实施。这时全国反维新的势力虽也十分强大，但舆情总体上看是倾向改革一边的，所以改良运动进展得比较顺利，人们对通过自上而下的政治改良实现国家的富强充满了热情和信心。许多人此时已经注意到了民智的低下并倡导对之进行启蒙，但人们认为教育是一种更为有效的方式，文学启蒙这种迂远的思路还不能引起人们的兴趣。梁启超光绪二十八年（1902）为《新中国未来记》所作绪言中说的"况年来身兼数役，日无寸暇，更安能以余力及此"，即可以移来描述这一处境。戊戌政变发生后，维新派失势，成了在野派，他们不得不远离政治改良的实践；同时，维新变法的失败也使维新派人士普遍认识到了清政府的"难与维新"，他们对那种自上而下的改革方式产生了怀疑，而在西方思想影响下国民意识的觉醒则促使他们把目光投向了下层，启蒙民众的思路立刻成为他们的首选，他们认为从启蒙民众入手虽不能见效于目前，但却是一条更为根本的救亡之路。这种从捷近的政治救亡到迂远的文化启蒙的转换，正是小说新民、文学启蒙思潮兴起和产生重大影响的大背景。

文学启蒙不过是救国方式中的一种，但与教育救国思想的亲缘关系，却使它给人一种亲切易于接受的感觉。教育救国是近代中国极盛行的一种思潮，在改革教育这一点上，晚清维新派人士有着比较一致的看法，可以概括为"变科举兴学校"六个字，文学启蒙与之在开启民智即新民这一点上则相通，它们的区别在于：教育救国是维新派自上而下政治改革方案中的一部分,通过国家政权它的实施才能更好地发挥作用;文学启蒙则是失势后的维新派的一种自觉的民间选择。这种思路上的相似性,使文学启蒙思想的接受变得十分自然。文学启蒙不过是教育救国思想的变形或曰继续,它是梁启超在特定处境里的一种无奈选择,一旦他脱离这种处境,他仍然要选择更为直接有力的方式参与到强国救亡的运动中去,民国之后重返仕途即为明证。

梁启超在当时思想界的领袖地位也是一个应予考虑的因素。戊戌政变之后,梁启超已实际上接替康有为成为中国思想界的领袖,他靠着自己在《时务报》《清议报》《新民丛报》上花团锦簇的文章,成为登高一呼应者云集的英雄。他的发言极具影响力,黄遵宪光绪二十八年(1902)给梁启超的一封信中说:"《清议报》胜《时务报》远矣,今之《新民丛报》又胜《清议报》百倍矣。惊心动魄,一字千金,人人笔下所无,却为人人意中所有,虽铁石人亦应感动,从古至今文字之力之大,无过于此者矣。"[1]严复 1916 年在致熊纯如的信里批评梁启超说:"往者杭州蒋观云尝谓:梁任公笔下大有魔力,而实有左右社会之能,故言破坏,则人人以破坏为天经;倡暗杀,则党党以暗杀为地义。溯自甲午东事败衄之后,梁所主任之《时务报》,戊戌政变后之《清议报》《新民丛报》及最后之《国风报》,何一非与清政府为难者乎? 指为穷凶极恶,不可一日复容存立。于是头脑单简之少年,醉心民约之洋学生,至于自命时髦之旧官僚,乃群起而为汤武顺天应人之事。迨万弩齐发,堤防尽隳,大风起而悔心萌,即在任公,岂不知误由是。"[2]当时能读书看报之人,尤其是年轻人,崇拜任公的风气由此可见。作为《新小说》社论文章的《论小说与群治之关系》自然会受到人们的重

---

　　① 黄遵宪《致饮冰室主人书》(光绪二十八年四月),丁文江、赵丰田编《梁启超年谱长编》,第 274 页。

　　② 严复《致熊纯如书》,王栻主编《严复集》(三),第 645—646 页。

视。即从文章写作本身来看,《论小说与群治之关系》是比较典型的任公文章,它不但以自己的心理学解释令人耳目一新,而且"其文条理明晰,笔端常带情感",对于读者,确有一种"魔力"。相比之下,《国闻报》的《本馆附印说部缘起》则显得漫衍拖沓,笔墨不够集中,加之连载多期,其影响力被削弱不少。

　　文学启蒙这种观念所以得到普遍接受,也与当时人们对西学的态度很有关系。对西学的态度随着人们对西学的认识而变化。晚清以来的中国对西学的认识大体经历了一个由器物到制度再到文化的过程①。在这个过程中,人们会反对一些东西,这些东西后来可能也会被接受,但有一点几乎没有变化:在趋新人们的头脑里,西学是应予尊敬并接受的。尤其自甲午战败后,他们看到一个蕞尔小国仅是由于学习西方进行变革便打败了像中国这样的泱泱大国,西化的思想更为坚决。所以西方国家强盛的方法,对他们来说,都有一种吸引力,几乎在每篇宣传文学启蒙的文章里都要引到的西方国家靠小说而实现富强的事例,一定打动了这些人的心,他们并不想细究此事的真伪但却深信此法在中国的可行。"这些人"其实主要指士人阶层,所以他们的趣味、局限和他们在二十世纪初的处境不可忽视。中国读书人古来就有忧患天下的传统,但他们手无缚鸡之力,又乏为国家出力的机会,尤其在光绪三十一年(1905)科举制度废除之后,他们丧失了进身之阶,更多的人只好退守民间,一腔忧世之情,只有在舞文弄墨中才能得以宣泄。文学启蒙思想合理化也崇高化了他们的写作行为,为他们提供了一个实现"天下兴亡,匹夫有责"的理想途径。

　　另外,文学启蒙思想与中国古代"文以载道"在思维模式上的一

---

　　①　参阅梁启超《五十年来中国进化概论》的相关论述,以及杨念群《儒学地域化的近代形态》(生活·读书·新知三联书店1997年版)一书对梁氏认知的修正。

致，是它得以被接受并产生影响的重要的心理基础①；传播方式在十九世纪末的惊人进步，即报刊的出现，是这种思想得以扩大影响的不可忽视的条件（此一方面将在后面相关章节中论述）。

在这"吠声四应，学步载途"之中，也有一种微弱的异样的声音出现，这种声音来自光绪三十三年（1907）创刊的《小说林》杂志。在该杂志的《发刊词》里，摩西（黄人）指出：在当时小说风行大生影响的形势之下，存在着一种错误的认识，即"昔之视小说也太轻，而今之视小说又太重"。过去把小说视为博弈俳优，而现在却"自尸国民进化之功"，"大倡谣俗改良之旨"，甚至以为国家法典、宗教圣经、学校课本，家庭标准均受赐于小说，而从本质上看，小说不过是"文学之倾于美的方面之一种"，并不能也不应该承受这样的重负。那些以"立诚明善"为宗旨、不屑于小说"审美之情操"的所作所为，远离了小说的"本质"，"名相推崇，而实取厌薄"。他说：《小说林》的创办，就是要倡导一种与当下时贤大异其趣的小说创作观念②。觉我（徐念慈）在《〈小说林〉缘起》一文中进一步深化"小说乃文学倾向于美的方面之一种"的思想，指出小说是"合理想美学、感情美学，而居其最上乘者"，并从理性之自然、具象理想、实体性、形象性和理想化五个方面作了详细解释（其中不乏理解上的混乱），一反功利心态而从审美性的角度规定小说的本质③。《小说林》的思想在当时确为超拔之见，但由于这种思想脱离了中国社会危亡现实的需要，加之大多数中国人对"美学"的隔膜，它在当时遭受冷遇是可想而知的，而中国小说理论也由此错过了一次深化拓展的机会。

与小说美学理论的自生自灭相比，当时对小说造社会这种说法

①　参阅夏晓虹《觉世与传世——梁启超的文学道路》。

②　摩西《〈小说林〉发刊词》，《小说林》第 1 期，引自《资料》，第 233—234 页。

③　觉我《〈小说林〉缘起》，《小说林》第 1 期，引自《资料》，第 235—236 页。

进行反驳的命运则稍好一些。还是在光绪三十一年(1905),曼殊(梁启勋)就对时下流行的关于小说与社会关系的看法表示了怀疑,并提出了自己的意见:"小说者'今社会'之见本也。"他通过分析未来纪实小说和神怪小说,指出这些小说所反映的都是对现实世界的思考和态度。他反对将中国社会的腐败归罪于旧小说,恰恰相反,中国社会的腐败产生了"恶小说"。他认为从小说之中最能看出一国的风俗、国民的程度和社会风潮的趋向,因为"小说者,乃民族最精确、最公平之调查录也"①。显然,他所反思、批评的正是以梁启超为代表的一群人所倡导的小说新民、文学救国的论调,是对神化小说力量的一种纠偏。这种见解虽然有削弱小说新民、文学启蒙之影响的危险,但它是显而易见的道理,容易为人们所理解,故而被一些态度温和的人所接受。同年,知新室主人(徐桂笙)在《小说丛话》中说:"社会与小说,实相为因果者也。必先有高尚之社会,而后有高尚之小说;亦必先有高尚之小说,而后有高尚之社会。"②这种见解较之曼殊更全面,但属于各打五十大板,对二者的关系地位仍未能作出合乎事实的解释。光绪三十四年(1908),"蛮"(黄人)在《小说小话》中云:"小说之影响于社会,固矣,而社会风尚,实先有构成小说性质之力,二者盖互为因果也。"③既指明了小说与社会之间相互影响的关系,又认识到了社会风尚先于小说存在并构成小说的基本事实;这在承续曼殊反思主流话语的基础上,在社会与小说关系的认识上达到了一个新高度。这种辩证性的理解也为后来的一些论者所承袭,在觉我的《余之小说观》、管达如的《说小说》、成之的《小说丛话》等文中均有所体现④。真理往往平淡无奇并且不为时势所重,甚至为时所弃湮没于冷寂之

---

① 曼殊《小说丛话》,《新小说》第 13 号,引自《资料》,第 79—80 页。

② 知新室主人《小说丛话》,《新小说》第 20 号,引自《资料》,第 86 页。

③ 蛮《小说小话》,《小说林》第 9 期,引自《资料》,第 245 页。

④ 成之的《小说丛话》情况复杂一些,他对不同的小说类型有不同的认识。

中。关于小说与社会关系的认识就是一个很好的例子，但它竟在众声喧哗之中弱脉独续了，这也是一个奇迹。这里尤其要注意《小说林》，"蛮"即黄摩西，"觉我"即徐念慈，二人是《小说林》理论倡导的主将，他们在这个问题上的看法代表了十九世纪末二十世纪初最成熟的思考。

在时势需要面前，学理常常是无力的。小说的美学思考、小说与社会关系的辩证认识，二者的命运再一次证明了这一点。真正的反驳来自时势的变迁、风尚的转移。

我以前一直奇怪，为什么在政务繁忙的 1915 年，在远离了文学多年之后，梁启超会写一篇《告小说家》，循着他十多年前的思路，表达他对"新小说"十年来发展的失望和对小说家们的严厉批评？看来他已经意识到了十年前文学启蒙旧梦的破碎，看到了一股新的文学势力已经浮出历史水面并开始主宰文坛。仍然像当年将旧社会的腐败归因于中国之旧小说进而归罪于旧小说的作者一样，在这篇声嘶力竭的文章中，梁启超将近十年来社会风习的一落千丈归因于"新小说"并进而归罪于新小说家们。像十年前以他为代表的许多人自视为"小说家"一样，他仍以"小说家"来称呼十年后的小说作者；他竟没有发现，此时的小说作者已经自视为"文人"了。

诚如前面所言，梁启超等人在光绪二十八年（1902）前后倡导小说新民、文学启蒙时，对小说作者的地位是十分重视的，因为在他们看来，这是旧小说之所以为"旧"的原因，又是新小说可以被创造的入手之处。他们每引西方的事例，必云其小说作者乃"魁儒硕学，仁人志士"，不是一世的大英雄，即为不二的大政论家；他们"推崇小说家也，曰大豪杰，曰大圣贤，曰大教育家，其位置之高，将升诸九天以上"[①]。这种推崇其实是他们对自身社会定位和自信事功实现心态

---

① 天笑生《〈小说大观〉宣言短引》，《小说大观》第 1 集，引自《资料》，第 486 页。

的反映。正如前面多次提及的，梁启超等人此时以政治改良为活动的中心，他们自觉地以拯天下之苍生、救国家之危亡为己任，有一种"舍我其谁"的气概。他们就是要做大教育家，做大豪杰大圣贤，把天下的使命放在自己的肩上。这种"澄清天下"的精英意识既是对士人忧患传统的继承，也是新的历史情境对一个爱国士人良心的唤起。十年之后的中国，社会动荡，文学上也在发生新的转换。文坛新生力量（主要指在1915年前后开始被文坛瞩目的"礼拜六"派）在目睹中国十年来的政治经济文化诸方面的变化中成长起来，意识与十年前大生变异。其中一个很重要的方面即为作家对自身位置的定位。由于目睹十年来新小说的大力提倡与社会的日益堕落之间的巨大反差，新生作家们觉察到了文学的无力，他们再也难有十年前小说家们的那种信誓旦旦、舍我其谁的气魄了。创刊于1914年的《小说旬报》在宣言中云："时当大陆风云，千变万化；神州妖雾，惨淡迷漫。本同人哀国土之丧沦，痛人心之坠落；恨乏缚鸡之力，挽救狂澜，愧无诸葛之才，振兹危局；整顿乾坤，且让贤者，品评花月，遮莫我侪；清谈误国，甘尸其咎，结缘秃友，编集稗乘；步武苏公，妄谈鬼籍，聊遣斋房寂寞，免教岁月蹉跎。"[1]《小说丛报》发刊词中亦云："吾辈佯狂自喜，本非热心励志之徒；兹编错杂纷陈，难免游手好闲之诮……有口不谈家国，任他鹦鹉前头；寄情只在风花，寻我蠹鱼生活。"[2]天下非我所能澄清，只好退守斋房；国事难言，却还可以寄情风月。如果说前此的小说家们满怀"兼济天下"的野心，这时的小说家们只剩"独善其身"的残余情怀了。尤其当我们注意了某些作家自称时用到的"文人"二

---

①　羽白《〈小说旬报〉宣言》，《小说旬报》第1期，引自《资料》，第457页。

②　徐枕亚《〈小说丛报〉发刊词》，《小说丛报》第1期，引自《资料》，第461页。

字①,这种情怀当更易理解:它上接了旧式(传统)文人在为世所弃时的抑郁感伤和带有讽世和解嘲意味的自轻自贱。这种对自身的定位除了与作家们对大时代中个人脆弱无力的感受之外,还与他们这一代人成长过程中与政治的疏离有关。与十年前由政治活动起家的新小说家相比,这一群人更年轻,是纯粹得多的"文人",他们长大成人、步入社会的时代已不像维新变法时期那样激情洋溢,而是混乱多多;他们大多生活在政治活动的边缘,政治参与意识较为淡薄,治国理民的宏大事业他们似乎不感兴趣,而更愿意在风花雪月中低吟浅唱。这种对自身的定位自然影响了他们对文学价值(功能)的看法,他们一改新小说家小说新民的伟大抱负,拾起了寄情遣怀、自娱娱人的旧说:所谓"游倦归斋,挑灯展卷""一编在手,万虑都忘"是也②,所谓"失意无聊""借以自娱""自娱娱人"是也③。"爱情读新装简册,伦理讽旧日文章"④,这正透露了他们的兴趣所在。至此小说完成了由"大说"到"小说"的回归。总体上看,这一时期的作家有种回归传统的倾向:由"小说家"到"文人",由"天下"到"斋房",由"国事"到"花月",由"大说"到"小说"——他们竟成功地实现了对新小说家们的反叛,以"复古"的方式开辟了"新"的理论和创作方向。

　　这种建立在作家主体意识萎缩基础上的寄情遣怀、自娱娱人的小说价值观,对文学启蒙观形成了严重冲击,理所当然地受到了文学启蒙主义者们的反击,但此时,当年的启蒙干将们大多已经返身政治,很少关注文学发展的态势了,而新一代启蒙论者也拿不出

---

　　①　徐枕亚《〈孽冤镜〉序》(1914)和吴双热《〈枕亚浪墨〉序》(1915)中多次用"文人"一词来描述他们这一群体,详见《资料》第463、490页。

　　②　钝根《〈礼拜六〉出版赘言》,《礼拜六》第1期,引自《资料》,第459页。

　　③　徐枕亚《〈铁冷碎墨〉序》,引自《资料》,第468页。

　　④　李定夷《〈小说新报〉发刊词》,《小说新报》第1卷第1期,引自《资料》,第488页。

什么新理论，仍然唱着多年前的旧调调，即使梁启超，也只是"敢遣愤怒上笔端"而已，他语调激昂的"罪骂"，似乎正映衬了其理论上的枯竭。

四、在"新文学"中的续脉

基于"立人"思想上的共识，"五四"新文学的倡导者们传承了由梁启超等人开创的新民启蒙的变革路径，并在启蒙的深在逻辑上，显示出高度的一致性，即都表现出传统"诗教"少数精英启蒙普通民众这一教化结构的深刻影响，而不是倒向西方"启蒙运动"社会精英依赖理性和思想批判摆脱自身蒙昧困境这一认知框架①。

"五四"一代新文学家们，主张通过文学革命，赋予文学新的形式和内容来进行思想文化启蒙，推动"新人格"的建立。其中的胡适虽言论多集中于文学形式方面的变革，但从他文字中对梁启超的推重，和他在《留学日记》中所说的"近来别无奢望，但求归国后能以一张苦口，一支秃笔，从事于社会教育，以为百年树人之计"来看②，其思想中潜在的文学启蒙意识不言而喻。鲁迅更是从很早就追随梁启超，他在光绪二十九年(1903)的《〈月界旅行〉辨言》中就说："故苟欲弥今日译界之缺点，导中国人群以进行，必自科学小说始。"③完全是梁启超一派的腔调。"五四"之后，他仍然说："在中国，小说不算文学，做小说的也决不能称为文学家，所以并没有人想在这一条道路上出世。

---

① 关于梁启超和"五四"新文学家们文学启蒙思想与"诗教"传统的互通及与西方"启蒙运动"的差异，可参阅郑焕钊《"诗教"传统的历史中介：梁启超与中国现代文学启蒙话语的发生》(社会科学文献出版社 2017 年版)一书的精彩分析。

② 胡适《胡适留学日记》，海南出版社 1994 年版，第 188 页。

③ 周树人《〈月界旅行〉辨言》，引自《资料》，第 51 页。

我也并没有要将小说抬进'文苑'里的意思,不过想利用他的力量,来改良社会。"①陈独秀像鲁迅一样,可以说都在二十世纪初年就已经参与了文学启蒙运动,而他的名文《文学革命论》更是"新文学"运动最重要的文献之一,对"新文学"运动影响至巨,此文在胡适《文学改良刍议》的基础上,提出文学革命的三大主义,指出贵族文学、古典文学、山林文学"与吾阿谀夸张、虚伪迂阔之国民性互为因果,今欲革新政治,势不得不革新盘踞于运用此政治者精神界之文学"②,其中透露出"新文学"运动与梁启超们所倡导的文学新民启蒙的血脉相联和"五四"新文学运动中激进派的政治企图③。

可以说,"新文学"的实行者们正是沿着梁启超等人所开创的文学启蒙的道路前行的,并且,他们以自己的力量和方式,将这条道路塑造成为一种新的传统,这种传统在以后的历史上时隐时现:三十年代"化大众"与"大众化"的讨论是这一传统并不遥远的回声,八十年代对启蒙传统的重提,则是文化文学界对自身位置和前路的郑重反思。从十九世纪末到二十世纪末,人们对文学启蒙的迷恋清晰可见。

五、启蒙的文学与文学的启蒙

文学启蒙思想将文学作为新民启蒙的凭借,有很强的功利倾向,但这种思想将小说与新民救国这一宏大的事业联系在一起,确实有助于提高小说的地位,从而引起整个社会对小说的关注,改变人们头

---

① 鲁迅《南腔北调集》,《鲁迅全集》(四),人民文学出版社 1981 年版,第511 页。

② 陈独秀《文学革命论》,《新青年》第 2 卷第 6 号,1917 年 2 月 1 日。

③ 关于"新文学"主将们对近代启蒙思想的继承,可参阅张玉明《启蒙与革命》(学林出版社 1998 年版)第一章"文化与政治的歧路"。

脑中固有的游戏视之、稗乘视之的旧观念,吸引更多更优秀的人参与小说创作,推动小说创作的繁荣,同时在社会上形成阅读小说的风气。

　　这其实已经成为中国自十九世纪末以来文坛的事实,当时人们就已经感受到了风气的变化。光绪三十三年(1907)紫英回忆二十世纪初年上海《采风报》登载译著小说的情况说:"至庚子春夏间,创议附送译本小说……请于周子,周子慨然以义务自任……当时风气远不如今,各种小说,亦未盛行。周子以公余之暇,时有译述,而书贾无过问者。"①上海尚且如此,十九世纪末二十世纪初整个中国的风气也就可想而知。自梁启超光绪二十八年(1902)倡导小说新民启蒙之后,文坛风气发生了转换。吴趼人《〈月月小说〉序》中云:"夫饮冰子《小说与群治之关系》之说出,提倡改良小说,不数年而吾国之新著新译之小说,几于汗万牛充万栋,犹复日出不已而未有穷期也。"②披发生为《红泪影》所作的序中亦云:"然吾国文人之心理、之眼光,皆视小说为游戏文章,殊鲜厝意,即有奇作异制,迥越恒溪,亦屏诸文学界外,不肯稍挂齿牙。自连年西风输入,事事崇拜他人,即在义理词章,亦多引西哲言为典据,于是小说一科,遂巍然占文学中一重要地位。译人猬起,新著蜂出,直推倒旧说部,入主齐盟;世之阅者,亦从风而靡,舍其旧而新是谋焉。"③小说创作和翻译的境况都发生了天翻地覆的变化,以至于不止一个人宣布:二十世纪是小说的世界④。下面的1895—1907年中国小说创作、翻译年际数量折线图将这一变化呈现得一目了然:

────────────

① 紫英《〈新庵谐译〉》,《月月小说》第1年第5号,引自《资料》,第253页。

② 吴沃尧《〈月月小说〉序》,引自《资料》,第169页。

③ 披发生《〈红泪影〉序》,引自《资料》,第355页。

④ 参阅耀公《普及乡间教化宜倡办演讲小说会》、陶祐曾《论小说之势力及其影响》等文,分见《资料》第215、226页。

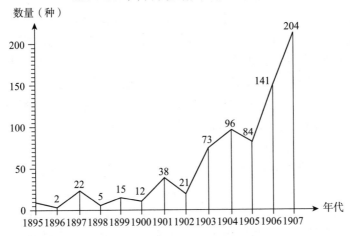

1895—1907年中国小说创作年际数量折线图

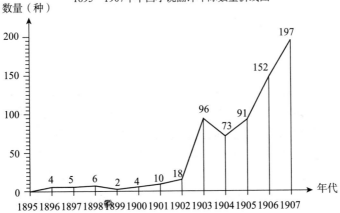

1895—1907年中国小说翻译年际数量折线图

注：这两张图表依据日本樽本照雄编《清末民初小说年表》（日本清末小说研究会1999年10月10日版）统计制作而成。

文学启蒙观念的盛行带来了文学创作的繁荣，同时其所潜在的浮躁情绪也会将创作自身斫伤。也就是说，由于急近的开启民智、变革现实的目的，人们在创作时往往会忽略文学作品的文学性，而把文学作品写得更像布道的宣传品。二十世纪初的新小说的创作之上，就悬着这把双刃剑。当时的人们（从理论者到创作者）将小说视为传播文明的利器、普及教育的好教材、宣传政治思想的工具，所谓开启民智在是，所谓新民以强国在是。这种心理上的紧张使得二十世纪初出现了许多"开口便见喉咙"①"论议多而事实少"的作品②，"不失诸直，即失诸略；不失诸高，即失诸粗"，"于小说体裁多不合"③。如三不像的《新中国未来记》，满篇政谈；而"专重德育"又欲图汇女学、算术、胎教、卫生、医学之教于一炉的《闺中剑》，也有人对其"谈天""说性""论情""胎教"四篇文字赞不绝口，以为"既具精微奥妙之义，又能明白晓畅，苟非学贯天人，焉得有此煌煌大著作哉"④。从《新世界小说社报》光绪三十三年(1907)推出的《读新小说法》大体可以知晓彼时的阅读期待和创作风尚。该文云：新小说"宜作史读"，"宜作子读"，"宜作志读"，"宜作经读"，"无警察学不可以读吾新小说"，"无生理学不可以读吾新小说"，"无音律学不可以读吾新小说"，"无政治学不可以读吾新小说"，"无论理学不可以读吾新小说"，否则是对新小说的辜负⑤。因此，当时的人们对这类小说文学性的缺乏并不苛责，反而以其开启民智、普及教育、不汲汲于谋利而推重它们。本来，新小说家们将新小说的读者就直接定位于下层民众，在他们眼中，这一群体"需要"的不是文学欣赏而是思想启蒙，因此是否具有文学性并不重要。在这种风气的娇宠之下，新小说创作的艺术性不难揣度。

　　可以说，二十世纪初的文学启蒙观念已经使文学创作开始远离文学自身，而走向一种非文学。这一现象引起了当时头脑尚且清醒

①③　公奴《金陵卖书记》，引自《资料》，第48页。

②　海天独啸子《〈女娲石〉凡例》，引自《资料》，第132页。

④　荫庵《〈闺中剑〉评语》，引自《资料》，第199页。

⑤　佚名《读新小说法》，《新世界小说社报》第6、7期，引自《资料》，第274—278页。

的人士的担忧,他们提出要还小说以文学的本位,首先要把小说写得像小说,要有味,之后再讲有益之事。但这种科学性的言论却不能取得与启蒙声音并驾齐驱的地位,二者之间存在着一种并不对等的紧张关系:启蒙的文学压抑了文学的启蒙。这一问题到了"新文学"时期,在一些小说作家手里得到了较好的解决,他们仍抱着文学启蒙的宏愿,但他们明白:是要用文学进行启蒙,而不是用其他。这是在二十年来新小说创作教训经验基础之上的一个进步。如此看来,启蒙的文学和文学的启蒙并不是一对不可调和的矛盾。文学启蒙观念是要以文学为工具,来传播知识、思想和情感,而这正是文学所做着的事情;所有的文学都在发出某种声音,关键不在于它能否承担启蒙的重任,而在于如何完成这样的承担,如何实现对知识、思想和情感的传达。正确的做法似乎是,不要宣讲,而要描写。还是鲁迅先生那句话来得透底和朴实:"一切文艺固是宣传,而一切宣传却并非全是文艺。"①

---

① 鲁迅《文艺与革命》,《鲁迅全集》(四),第 84 页。

第三章　从文言到白话

　　无论人们怎样挑剔新文学运动的成就,有一点总会得到承认:它实现了中国文学语言从文言到白话的转变。两千多年以文言写作为主流的传统终于得以终结,中国人开始尝试各种体裁的白话文学创作。但这种转变的实现却不能仅仅归功于新文学一代前辈如胡适、陈独秀等人的大力提倡和躬身实践,至少我们还要上溯到清末,关注十九世纪末二十世纪初那一代人的努力。胡适曾说:"这个'白话文学工具'的主张,是我们几个青年学生在美洲讨论了一年多的新发明,是向来论文学的人不曾自觉的主张的。"①这却是一向以具有历史癖和自觉的历史观念自许的胡适的一句颇乏历史眼光的论断。他在《〈中国新文学大系·建设理论集〉导言》中对白话文学所以发生的分析中,尽管谈到梁启超的报章政论,谈到晚清的音标文字运动,但却以死文字,以我们/他们的区分,宣布了这些革新的失败,显示了他无视清末一代人对中国文学语言转变具有巨大贡献的立场。当然,在其他一些文章里,如《逼上梁山》和《四十自述》等,他对自己早年白话活动的讲述实际上透露了新文学运动与清末文学活动的紧密关联②。本章主要讨论十九世纪末二十世纪初中国思想界、文学界的中心人物梁启超与中国文学语言转变的关系。

---

　　①　胡适《〈中国新文学大系·建设理论集〉导言》,赵家璧主编《中国新文学大系·建设理论集》,上海良友图书印刷公司1935年版,第19页。
　　②　参阅陈万雄《五四新文化的源流》,生活·读书·新知三联书店1997年版。

一、文白之争

对于发生在 1919 年的蔡（元培）、林（纾）之争，人们都比较熟悉。尽管严复自信文言优于白话，以为此事不必争，自有天演证明将来文白的命运①，大家仍然将这场论争视为文言已近末路的征兆。其实这种关于文学话语的文白之争，早在戊戌年间（1898）就发生了。事涉白话运动的早期倡导者裘廷梁。当时他和一些同志在家乡刊行《无锡白话报》，大力鼓吹推行白话。他的好友邓似周却不能同意他的意见，以为"白话兴，文言废，文学必亡"，很为"文学"的前途担忧。裘廷梁安慰他说：自己倡导白话只为普及教育，并不是要废除文言，并且文言、白话是可以并存于世的。邓却坚定地认为："文白必不能共存。"②这话虽不准确，但却暗合了新文学时代"激进"一派的话语态度。这可能是最早的文白之争，但因为限于朋友之间的口舌之争，并没有对当时的白话文运动形成什么影响，所以随着时间的流逝也就湮没了。在蔡、林论争之前，对当时产生较大影响的文学话语之争，当是裘、邓论争三年之后（1902）的梁（启超）、严（复）之争。

在十九世纪的最后几年中，由于创办《国闻报》和翻译《天演论》，严复已蜚声海内。梁启超与严复交往比较多，并且十分尊重他，以至于有"今而知天下之爱我者，舍父师之外，无如严先生；天下之知我而能教我者，舍父师之外，无如严先生"之言③。正因为与严氏有比较密切的交往，梁启超得以较早地阅读了《天演论》稿本，成为中国最早接触并接受进化论的人物之一。戊戌政变之后，梁启超逃亡日本，开

---

　①　严复《书札六十四》，《中国新文学大系·文学论争集》，上海良友图书印刷公司 1935 年版，第 96—97 页。

　②　裘廷梁《粜庵集序》，《可桴文存》，裘翼经堂 1942 年版，第 57—58 页。

　③　梁启超《与严幼陵先生书》，《饮冰室合集》文集之一，第 106—107 页。

始创办一系列报纸杂志。约在光绪二十八年(1902)初,他读到了严复的新译《原富》一书的前两篇①,遂在《新民丛报》创刊号的"绍介新著"一栏中,予以介绍②。就是这篇文字,引来了严复的回应——《新民丛报》第7号刊载了严复写于"壬寅三月"的《与〈新民丛报〉论所译〈原富〉书》。这两篇文字显示了二人在关于文学语言这一问题上见解的分歧。

分歧之一即表现在各自读者定位的差异,这是其他差异所以产生的原因。严复、梁启超都是当时新民启蒙思想的倡导者,但严复将广大普通民众的启蒙主要归于国家教育制度的改革和确立,他认为国家应该兴学校、废科举、讲实学、开荣途,只有这样才能开启民智、富强国家。他同意所谓著译之业就是要"播文明思想于国民",但在具体的实践中却有深浅等差的不同,至少在他看来,他自己的著述之业所针对的人群不是那些"市井乡僻之不学",而是"多读中国古书之人",即所谓的"大雅"之士,或曰知识分子阶层③。而梁启超批评的正是他的这种读者定位。在梁看来,像《原富》这种书中所表达的美好思想应该传播到最普通的国民中去,而不是拘泥于什么"多读古书之人"。这种写作关注普通国民的思想,在梁启超那里一直表现得很强烈。早在光绪二十三年(1897)的《湖南时务学堂学约》中,他就表达了"学者以觉天下为任"的想法④,这从他的系列文章《变法通议》中也可以看出来。但由于他那时与国家政权的接触比较密切,关注点在制度变革方面,所谓的"觉天下"主要是一种志向,所指还比较模

---

① 《原富》一书始译于1898年,1900年脱稿,1901—1902年间由南洋公学译书院陆续分篇出版,共五篇。

② 此篇"绍介"文字未署名,但从内容和情势来看,当为梁启超手笔。严复亦拟之以梁氏。

③ 严复《与〈新民丛报〉论所译〈原富〉书》,《新民丛报》第7号,光绪二十八年四月一日。

④ 梁启超《湖南时务学堂学约》,《饮冰室合集》文集之二,第27页。

糊。戊戌政变逃亡海外之后，"天下"具化为"民众"，正如王照意识到"富强治理，在各精其业、各扩其识、各知其分之齐氓，不在少数之英隽也"一样①，梁启超也醒悟到中国上层社会的不可倚靠，以为国家"文野之分，恒以国中全部之人为定断，非一二人之力所能强夺而假借也"，"善治国者，必先进化其民"②，所以他转手从事民众启蒙事业。这时他的读者定位自然不离普通民众，他此一时期所提出的各种文学主张，也是以此为基点的。

　　由于读者定位的不同，梁、严二人在文学语言的选择上自然出现了分歧。严复对梁启超"文笔太务渊雅"的批评，不但"不以为忤"，反而"转以之欣欣也"。可见他在文章运辞上的自觉追求。他曾在《〈天演论〉译例言》中云："故信达而外，求其尔雅，此不仅期以行远已耳。实则精理微言，用汉以前字法、句法，则为达易；用近世利俗文字，则求达难。往往抑义就词，毫厘千里。审择于斯二者之间，夫固有所不得已也，岂钓奇哉！不佞此译，颇贻艰深文陋之讥，实则刻意求显，不过如是。"③在严复眼中，信达雅最后都归结为"雅"，所以吴汝纶赞他在中国"文学靡敝"之时，竟然写出了"骎骎与晚周诸子相上下"的"可久之词"④。在《原富》的翻译中，他仍然坚持了信达雅三合一的思想，说："仆之于文，非务渊雅也，务其是耳。"但他在吴汝纶的鼓励和怂恿下，实际上可能强化了雅的一方面。吴汝纶在回答严复求教的一封信中说："来示谓行文欲求尔雅，有不可阑入之字，改窜则失真，因仍则伤洁，此诚难事。鄙意与其伤洁，毋宁失真。凡琐屑不足道之事，不记何伤。若名之为文，而俚俗鄙浅，荐绅所不道，此则昔之知言

---

　　①　王照《官话合声字母原序》，《小航文存》卷一，《近代中国史料丛刊》影印庚午年(1930)刻本，台湾文海出版社。

　　②　梁启超《自由书·文野三界之别》，《饮冰室合集》专集之二，第9页。

　　③　严复《〈天演论〉译例言》，王栻编《严复集》（五），第1322页。

　　④　吴汝纶《〈天演论〉序》，王栻编《严复集》（五），第1318—1319页。

者无不悬为戒律。"①这种训诫，对严复当不无影响。另外，严复对行文尔雅的追求，也与他的语言观念有关，在他看来，语言不仅仅是一种单纯的表达工具，它还有精雅、粗俗之分，并且这种精雅、粗俗与所表达的情理之间有一定的对应关系："理之精者不能载以粗犷之词，而情之正者不可达以鄙倍之气。"②这种观念即使到了新文学时期，也仍然没有改变③。严复这种文言尔雅的选择，并不仅仅是他的个人信仰，还是整个古文传统在十九世纪末二十世纪初的凸显。梁启超对严复文言尔雅的选择表示了不满，他认为这种渊雅的文辞风格，是文人固有之结习，它会影响书中思想的被接受：越是学理邃赜之书，越应该"以流畅锐达之笔行之"④，以使文明思想传播到最广大的国民中去。所以他的选择与严复正相反，他看重的是在严复看来言庞意纤、文辞近俗、取便不学的报章文体。报章文体的目的在于觉世，梁启超说："觉世之文，则辞达而已矣。当以条理细备，词笔锐达为上，不必求工也。"⑤用以觉世的报章文体与作为传世之文的著述文体对言，在这一问题上，梁启超和严复在四年前就有过论争：从光绪二十三年（1897）三月梁启超给严复的回信中可知，严复在来信中对梁氏报章文体议论无边、不作修饰的写作风格进行了批评，而梁启超则委婉地表示了不予接受，并阐述了自己创报"为椎轮、为土阶、为天下驱除难，以俟继起者之发挥光大"的意趣取向⑥。《清议报》《新民报》时

---

①　吴汝纶《致严复书》（六），王栻编《严复集》（五），第 1564 页。

②　严复《与〈新民丛报〉论所译〈原富〉书》，《新民丛报》第 7 号，光绪二十八年四月一日。

③　在新文学时期，严复仍然以为：在"导达要妙精深之理想，状写奇异美丽之物态"方面，文言远胜于白话，这是不必争之事实，天演自会证明。他并有周鼎、康瓠之喻。见《致熊纯如信》（八十三），王栻编《严复集》（三），第 699 页。

④　《原富》，《新民丛报》第 1 号，光绪二十八年元月一日。

⑤　梁启超《湖南时务学堂学约》，《饮冰室合集》文集之二，第 27 页。

⑥　梁启超《与严幼陵先生书》，《饮冰室合集》文集之一，第 107 页。

期,他在觉世思想的指导下,创作更加通俗自由,这一时期文章的风格,他后来曾概括说:"至是自解放,务为平易畅达,时杂以俚语韵语及外国语法,纵笔所至不检束,学者竞效之,号新文体。老辈则痛恨,诋为野狐。然其文条理明晰,笔锋常带情感,对于读者,别有一种魔力焉。"①正是这种靠通俗文体写就的畅达之文,影响了一代乃至几代中国人。所谓"开文章之新体,激民气之暗潮"②,二者是密切联系的。

梁启超由严氏文体的渊雅引发了"文界之宜革命久矣"的感叹③,严复对此却不以为然,他觉得不但不能革命,反而应该复古。他也承认梁启超文体变化与时代文明程度成正比例的论断,但他认为:既然中国学术盛在战国隋唐(此为梁氏看法),"则宜用之文体,舍二代其又谁属焉"④? 他以史迁、韩愈之文为中国文章的典范,以为现时代的文章写作学习他们二人就足够了。与严复这位进化论引进者的复古选择相比,梁启超的观念之中倒是更多地渗进了进化论思想。他在光绪二十五年(1899)提出"文界革命"口号,主张引"欧西文思"入文,为中国文界别开生面;到二十九年(1903),他已经认识到"文学之进化有一大关键,即由古语之文学,变为俗语之文学是也。各国文学史之开展,靡不循此轨道"⑤。此时,他已经超越了因启蒙需要而讲求为文通俗的偏于功利的思想,具有一种"世界一体化"的进化眼光。他在评介严复《原富》时说:"欧美日本诸国文体之变化,常与其文明程度成比例。"⑥实际上是指欧美日本这些国家在走向现代民族国家的过程中所经历的言文合一的历史事件。诚如裘廷梁于

　　① 　梁启超《清代学术概论》,《饮冰室合集》专集之三十四,第 62 页。

　　② 　梁启超《本馆第一百册祝辞并论报馆之责任及本馆之经历》,《清议报》第 100 册,光绪二十七年十一月十一日。

　　③⑥ 　《原富》,《新民丛报》第 1 号。

　　④ 　严复《与〈新民丛报〉论所译〈原富〉书》,《新民丛报》第 7 号。

　　⑤ 　梁启超《小说丛话》,《新小说》第 7 号,引自《资料》,第 65 页。

光绪二十四年(1898)所云：泰西人士"始用埃及象形字，一变为罗马新字，再变为各国方言，尽译希腊、罗马之古籍，立于学官，列于科目，而新书新报之日出不穷者，人无智愚，各皆读之。是以人才之盛，横绝地球，则欧西用白话之效。"①而于日本明治前后汉和的语言变迁，梁启超当更为熟悉。世界平民化是一个不可阻挡的潮流，各国语言由言文分离到言文合一的变迁是这个潮流中必不可少的部分，普通人正是在这个潮流中通过分享语言来分享知识和权力并获得生存的能力。梁启超无疑是要顺应这个潮流的，他从反面——言文分离，从学理角度并结合中国的现实分析了悖离这个潮流的危害，他认为有三：一、社会日进，新事物新思想日出不已，言文分离，则语言日增而文字不改，"或受其新者而不能解，或解矣而不能达，故虽有方新之机，亦不得不窒"；二、言文分离使百年来学者不得不集中毕生精力从事于《说文》《尔雅》这些古书古义，没有时间从事于实用之学的研究；三、言文分离且为衍声文字者，字数太多，不易掌握，甚而至于有就学十几年者仍然冬烘一个。梁最后总结说："夫群治之进，非一人所能为也。相摩而迁善，相引而弥长。得一二之特识者，不如得百千万亿之常识者，其力逾大而效逾彰也。我国民既不得不疲精力以学难学之文字，学成者固不及什一。即成矣，而犹于当世应用之新事物、新学理，多所隔阂。此性灵之浚发所以不锐，而思想之传播所以独迟也。"②所以，语言从言文分离到合一的这种变迁是人类求善意识催生的一个自然而然的过程，梁启超把它称作"进化"，并据文学语言的这种"进化"来重新审视中国文学史，结果有新的认识：他一反"宋元以降为中国文学退化时代"的论调，认此一时代为中国文学大

---

① 裘廷梁《论白话为维新之本》，《近代史资料》1963 年第 2 期，中华书局1963 年版，第 123 页。

② 梁启超《新民说·论进步》，《饮冰室合集》专集之四，第 57 页。梁启超论言文离合的文字很多，这是比较具有代表性的一段。

进化之时代，原因即为宋元之后"俗语文学大发达"，出现了"语录"和"小说"两种俗语体文学；而唐代韩、柳诸贤的文章，他认为实无多少文学史的价值，主要原因即在于他们取法三代两汉，而不能着眼于时代和未来；今日中国，不仅仅是小说应采用俗语体（即白话）来创作，"凡百文章，莫不有然"①。这话很有"新文学"时代的人们要在一切文体中推行白话文的勇气。

以上围绕着梁启超与严复的论争，讨论了梁启超的话语思想，可以集中作如下表述：无论从学理、现实还是历史来看，言文合一都是不可阻挡的潮流，俗语创作是文学进化的必然方向。

梁、严二人的争论引起了赋闲乡里的黄遵宪的关注。他在给严复的信中支持了梁启超行文当求流畅锐达的建议，并以十分委婉的方式，反驳了严复的用汉以前字法句法更易传达西书精理微言的想法。他指出，四千年前创造的古文相对于二十世纪的新事新理，已经不能敷用，他希望严复能造新字，变文体，不必追求文章尔雅，而只求"人人遵用之而乐观之"的文体就可以了②。

前后对照着看梁、严之争和蔡、林之争，我们可以发现，就在这十几年中，文白之间的力量对比发生了转换。在二十世纪初年，文言仍然端坐在帅字旗下，是俗语文学的先知先觉。梁、黄等人向文言的宗师吴汝纶、严复等人提出委婉的质疑和建议；而十几年后，林纾已经感觉到"古文一道，已厉消烬灭之秋，何必再用革除之力"，他欲图凭借"古文者白话之根柢"的逻辑，争取文言作为个人志趣的一席之地③，这

---

① 梁启超《小说丛话》，《新小说》第 7 号，引自《资料》，第 65 页。

② 黄遵宪《与严复书》，王栻编《严复集》（五），第 1571—1573 页。

③ 林纾《论古文白话之相消长》，赵家璧主编《中国新文学大系·文学论争集》，第 80—81 页。林纾的《与蔡鹤卿先生书》中有云："弟闽人也，南蛮鴃舌，亦愿习中原之语言，脱授我者以中原之语言，仍令我为舌鴃之闽语可乎？"见赵家璧主编《中国新文学大系·建设理论集》，第 173 页。

一次义正辞严的是蔡元培,他以并不激进但更为科学的态度回答了林纾的批评。这种转换就叫作进步吧。这之中有一个有趣的现象:在梁、严论争的时候,林纾正热心于写他的白话道情;而当林纾在十几年后为文言请命的时候,严复则表现得十分沉着,他自信文学革命学说的必然湮灭,而白话根本无法撼动文言的地位,他说:"林琴南辈与之较论,亦可笑也。"①但自始至终,严、林二人有一点是共通的:他们都相信文言的美好,相信文言是国粹的维系,他们对文言的固守,渗透着他们对中国传统文化的无限深情,这在白话之声四壁喧嚣的时代,不也仍然值得尊敬吗?

　　正如同胡适不能说白话文学工具论是他的新发明一样,梁启超的语言思想也不是天上掉下来的,他不过是中国自十九世纪八十年代兴起的文字革新运动中的一个比较醒目的环节而已,他的思想明显地继承了他的先辈,并代表了那个时代所达到的高度。他列举这个谱系上的人物说:

　　　　于是通人志士,汲汲焉以谐声增文为世界一大事。吾所闻者,有刘继庄氏,有龚自珍氏,颇有所述造,然世无传焉。吾师南海康长素先生,以小儿初学语之声为天下所同,取其十六音以为母,自发凡例,属其女公子编纂之,启超未获闻也。而朋辈之中,湘乡曾君重伯、钱塘汪君穰卿,皆有志于是业,咸未成。去岁,从《万国公报》中,获见厦门卢戆章所自述,凡数千言。又从达县吴君铁樵,见崔[蔡]毅若之快字,凡四十六母,二十六韵,一母一韵,相属成字,声分方向,画别粗细,盖西国报馆,用以记听议院之言者,即此物也……此后吾中土文字,于文质两统,可不偏废,文与言合,而读书识字之智民,可以日多矣。沈学,吴人……年

　　① 严复《书札六十四》,赵家璧主编《中国新文学大系·文学论争集》,第96—97页。

十九而著书,五年而书成,名曰《盛世元音》。其自言也,曰以十八字母可切天下音,欲学其技,半日可通,其简易在五大部洲一切文字之上。①

由此可见梁启超对中国的言文合一运动十分关注,而且很看重这一事业,上文中他举刘继庄就是一个例子。刘继庄是明末清初人,梁启超在《论中国学术思想变迁之大势》(1904)中,将其与顾炎武、黄宗羲、王夫之、颜元并列,称为新旧学派过渡之五先生,"闻者或将哈之",但梁启超有他自己的理由。他认为:以学术论,刘继庄不差于其他四人;刘氏学术"最足以豪于我学界者有二端",其一即为"造新字",刘氏在二百八十多年之前就写了一部《新韵谱》,来研究拼音切字问题,这是现代人正在做着的事情,这种超前意识梁启超认为很了不起②。梁启超对刘继庄的赞誉,正反映了他对言文合一问题的重视。

　　时至光绪二十八年(1902),在这个谱系上应该提到的还有裴廷梁、王照等人。裴廷梁,江苏无锡人,光绪二十四年(1898)七月他在《苏报》上发表《论白话为维新之本》,第一次揭起"崇白话而废文言"的大旗,他在文中排比文言的危害,列举白话的益处,直接断言:"愚天下之具,莫如文言;智天下之具,莫如白话。"因为"文言兴而后实学废,白话行而后实学兴。实学不兴,是谓无民"③。此后裴氏办白话报纸,组织"白话学会",几乎一生都在致力于推动白话事业的发展。王照,直隶人,曾积极参与了维新变法运动,戊戌政变之后,他痛感言文合一对国民教育、国家建设的重要,于是冒着生命危险从日本潜回

---

　　①　梁启超《沈氏音书序》,《饮冰室合集》文集之二,第 2 页。

　　②　梁启超《论中国学术思想变迁之大势》,《饮冰室合集》文集之七,第 83 页。

　　③　裴廷梁《论白话为维新之本》,《近代史资料》1963 年第 2 期,第 123 页。

天津,从事合声字母的研究和宣传。光绪二十七年(1901),他印行了《官话合声字母》一书,在序言中,他申述了自己对中国语言历史的观察和对语言现实改革的建议,归为一句:以文字为语言之符契,实行言文合一。裘廷梁、王照等人的主张,肯定对梁启超的语言思想有所影响。而实际上,此时中国的白话运动已经很有些气象,白话报刊、白话书籍多有出版①。

所以我们说:梁启超主张言文合一,提倡俗语文学,既是站在了时代的前列,也是对当时时代潮流的顺应。从他的地位之高、《新民丛报》等发行范围之广及深受欢迎等因素综合起来考虑,他的语言观念对当时文学界无疑影响很大。至于有多少人受到影响,都有谁受到了影响,现在已很难梳理,但有一点可以肯定:梁启超的语言观念参与并推动了中国文学语言的转变。

二、词汇:"新文体"与白话文(上)

不过理论倡导与创作实践相比,梁启超散文创作的影响更为巨大。光绪二十八年(1902)黄遵宪就赞叹道:"惊心动魄,一字千金……从古至今文字之力之大,无过于此者矣。"②以至于"此半年中中国四五十家之报,无一非助公之舌战,拾公之牙慧者,乃至新译之名词,杜撰之语言,大吏之奏折,试官之题目,亦剿袭而用之。精神吾不知,形式既大变矣;实事吾不知,议论既大变矣"③。即使当时对梁启超报章文体不以为然的严复在十多年后也不得不承认:"任公文

---

① 参阅胡全章《清末民初白话报刊研究》(中国社会科学出版社 2012 年版)、《清末白话文运动》(中国社会科学出版社 2015 年版)二书中相关论述。

② 黄遵宪《致饮冰主人书》,丁文江、赵丰田编《梁启超年谱长编》,第 274 页。

③ 黄遵宪《致新民师函丈书》(1902),丁文江、赵丰田编《梁启超年谱长编》,第 306 页。

笔,原自畅遂,其自甲午以后,于报章文字,成绩为多,一纸风行,海内观听为之一耸。"①任公文章震动中国,与其所传播的新思想和革命性有很大关系,而作为文章本身的十分个性化的梁氏新文体特色也是一个十分重要的因素。梁启超本人对此有极为清醒的认识,故而1920 年他在《清代学术概论》中谈到自己的新文体时,在说了一句"二十年来学子之思想,颇蒙其影响"之后,就写下了那句为无数后来研究者所称引的名言:

> 启超夙不喜桐城派古文,幼年为文,学晚汉魏晋,颇尚矜炼。至是自解放,务为平易畅达,时杂以俚语韵语及外国语法,纵笔所至不检束,学者竞效之,号新文体。老辈则痛恨,诋为野狐。然其文条理明晰,笔锋常带情感,对于读者,别有一种魔力焉。②

即所谓"以饱带感情之笔,写流利畅达之文"③。梁启超就凭这种"新文体"左右了十九世纪末二十世纪初的中国舆论界。但不管怎样流利畅达,它确非白话文,这一点我们一读就可以明白。虽然他想创作纯正的白话文,但他平素的文言训练似乎与他为难。他曾在翻译《十五小豪杰》时表达自己的苦衷说:"本书原拟依《水浒》《红楼》等书体裁,纯用俗话,但翻译之时,甚为困难。参用文言,劳半功倍。计前数回文体,每点钟仅能译千字,此次则译二千五百字。译者贪省时日,只得文俗并用。"所以他慨叹"文界革命非易言"④。我们看《十五小

---

① 严复《致熊纯如书》(三十九),王栻编《严复集》(三),第 648 页。
② 梁启超《清代学术概论》,《饮冰室合集》专集之三十四,第 62 页。
③ 吴其昌《梁启超》,吴令华主编《吴其昌文集》诗词文在卷,二晋出版社2009 年版,第 96 页。
④ 梁启超《〈十五小豪杰〉第四回批语》,《饮冰室合集》专集之九十四,第20 页。

豪杰》的翻译,前三回的语言运用与四回之后大是不同(第四回的过渡色彩显然),可见他在效率与语体之间的挣扎。每日高达五千言的写作任务,使他不能从容于白话文的写作,"文俗并用"似乎是必然的选择。在主观和客观因素的合力作用之下,梁启超所成就的"新文体"还只是一种可以"雅俗共赏"的通俗文,正如罗家伦所说:"《新民丛报》一类的文字所以不及白话文的地方,有最大两种:(一)不以语言为根据,所以表现批评人生,不及白话文的真;(二)浮词太多,用来说理,不及白话文的切,总之,这是一种过渡时代的文学。"①他所举两点此处不作评论,但最后一句话确是有见地的概括。放在整个中国散文演化的历史中来看,梁启超的散文创作确实只是一种过渡形态,是它连接了中国的古文和白话文;它的价值也正在于指示这种转换的路向。这里所关心的则是它在这种转换中到底走了有多远。

　　一般而言,文言与白话的根本区别存在于二者的词汇和语法系统中②,下面将从这两个方面来讨论梁启超散文对中国文学语言转换所做出的贡献。词汇方面涉及两个问题:一、复音词(主要指双音词)的使用;二、"新名词"的使用。

(一) 复音词

　　复音词的增多是汉语发展的趋势之一③。王力说:"古代汉语是单音词为主的语言,现代汉语是双音词占优势的语言。从史料看来,秦汉以后,汉语的双音词越来越多,'五四'以后,由于受西洋文化的

---

①　罗家伦《驳胡先骕君的〈中国文学改良论〉》,《新潮》第 1 卷第 5 号,1919年 5 月 1 日。

②　参见张中行的《文言和白话》(黑龙江人民出版社 1988 年版)第 14、17页和王力的《汉语词汇史》(《王力文集》(第十一卷),山东教育出版社 1990 年版)第 705 页。

③　关于复音词增多的原因,参见王力《汉语语法史》第十一章"构词法的发展",《王力文集》(第十一卷),第 226—227 页。

影响,双音词增长的速度远远超过前代。"①"中国本来是有复音词的,近代更多,但是不像现代欧化文章里的复音词那样多。打个很粗的比例,古代、近代和现代复音词数目大约是一、三和九之比。"②所以,我们可以通过复音词在文章中出现的比率来透视它在文学语言转换进程中的位置。我选了下面几篇文章作为统计对象:梁启超的《新民说·论自由》(1902)、《变法通议·自序》(1896),吴汝纶的《〈天演论〉序》(1898),严复的《与〈新民丛报〉论所译〈原富〉书》(1902)和朱自清的《背影》(1925)。在展示统计数据之前,有一点需要略作说明:这里的统计着眼于词形,而不分别词的意项,这对单音词似乎不太公平,好在所要说明的并不是梁启超文章中复音词与单音词的精确比率,而是他的文章在运用复音词方面与传统文言文的对比状态(差异情况),所以只要在比较一致的标准下来进行,关注词形而忽略意项对我们的统计意图并没有多大影响。还有,对引用的古文和夹注文字不作统计。下面是从《新民说·论自由》(部分)③中摘出的单音词和复音词:

1. 单音词(205)

	不	死	斯	语	也	实	十	八	九	两	中	诸	之	义
于	乎	曰	者	要	具	有	真	伪	全	偏	云	已	渐	成
辈	我	如	欲	永	享	福	先	知	为	物	果	请	论	综
观	其	所	争	出	四	端	一	二	三	上	而	保	复	分
征	外	是	矣	以	此	厥	六	凡	国	何	人	得	苟	及
岁	即	自	殖	他	土	建	时	与	信	教	悉	择	若	族
握	并	畜	试	百	年	智	敝	勇	涂	仆	兴	屡	败	悔

---

① 王力《汉语语法史》,《王力文集》(第十一卷),第 228 页。

② 王力《中国现代语法》,《王力文集》(第二卷),第 461 页。

③ 从开头"不自由毋宁死"一句到"庄严哉自由之神",共约 1470 字,不含标点符号。以《合集》本为底本。

弗 获 措 岂 数 耶 在 述 昔 初 政 谋 制 盖 古
然 小 非 能 视 故 虽 远 对 弊 立 大 起 始 蛮
言 末 则 分 司 欧 界 肘 下 史 五 抉 门 开 新
靥 肉 填 血 天 日 神 鬼 皆 事 七 英 美 继 遂
使 西 亘 无 机 止 求 脱 轭 余 踵 至 俄 普 奥
相 向 或 达 前 布 令 废 受 界 廿 卅 纷 案 来
去 亦 遵 道 哉 壤 升 霄 生 骨 花

2. 复音词（206）

毋宁 自由 世纪 欧美 国民 所以 立国 本原 适用
中国 今日 天下 公理 人生 无往 虽然 文明 野蛮 青年
口头禅 新民子 完全 不可 何如 奴隶 对待 发达史 政治
宗教 民族 生计 人民 对于 政府 教徒 教会 本国 外国
资本家 劳力者 相互 平民 贵族 全体 殖民地 母国 实行
精神 造出 结果 平等 问题 无论 特权 不许 参政权 生
息 公民 资格 可以 参与 政事 属地 自治 任意 权利
相等 信仰 国教 束缚 干涉 建国 聚族而居 自立 主权
毫末 内治 侵夺 尺寸 土地 工群 自食其力 地主 贫民
素封 通览 近世 史记 口舌 庙堂 肝脑 原野 前者 后者
崖略 希腊 罗马 设施 庶人 共和 纯然 政体 所谓 不过
部分 其余 农工商 都会 拉丁 攻取 所得 滥觞 种种 自
古 耶稣教 帝国 专制 中世 猖披 文化 蹂躏 不待 皇帝
教皇 躯壳 灵魂 自拔 泰西 黑暗 时代 以来 马丁路德
旧教 藩篱 思想 天地 出现 尔后 列国 内争 外伐 溪谷
惨淡 苍黄 而已 格林威尔 华盛顿 未几 法国 革命 狂风
怒潮 震撼 云瀚水涌 地中海 太平洋 东岸 立宪 加拿大
澳洲 直至 荷兰 西班牙 奋战 主义 磅礴 大地 匈加利
奥大利 爱尔兰 英伦 波兰 巴干 半岛 土耳其 以至 现今
波亚 菲律宾 死亡 种族 目的 美国 禁奴 俄国 农佣 影

响　同盟　罢工　所在　工厂　条例　陆续　发布　自今以往　地
球　第一　改革　进步　大端　耸动　鼓舞　噫嘻　于戏　璀璨
庄严

按照同样方法对前述其他四篇文章进行统计,得出如下一组
数据:

篇　名	作　者	写作时间	字　数	单复比率
《变法通议》自序	梁启超	1896	640	278%
《天演论》自序	吴汝纶	1898	1120	256%
与《新民丛报》论所译《原富》书	严　复	1902	1400	169%
新民说·论自由(部分)	梁启超	1902	1470	100%
背影	朱自清	1925	1250	95%

注:"字数"为约数,除《变法通议》自序和《新民说·论自由》两文外,其他三文统计
均含标点。"单复比率"指单音词与复音词数量的比率。除《新民说·论自由》外各篇单复
音词统计结果见附录二。

从表中数据可以看出:在二十世纪初,与同时代的古文家严复相
比,梁启超"新文体"文章中复音词的比重是相当大的,它甚至与二十
年后新文学作家朱自清接近,这让人吃惊。就梁启超本人而言,前后
文体的复音词多寡也有很大不同:十九世纪末《时务报》时期,他文章
中的单音词占绝对优势,与吴汝纶并驾齐驱;二十世纪初《新民丛报》
时期,文中的复音词与单音词基本持平,复音词比重远超严复。这表
明了梁启超散文创作文体变迁的通俗走向和其文体的过渡性。

(二) 新名词

如果稍加注意,就会发现上面所列出的《新民说·论自由》中的
复音词,有不少来自英文和日文的"新名词"。王力说:"从鸦片战争

到戊戌政变(1898),新词的产生是有限的。从戊戌政变(1898)到'五四'运动(1919),新词产生得比较快。'五四'运动以后,一方面把已经通行的新词巩固下来,另一方面还不断地创造新词,以应不断增长的文化需要。"①"新名词"在近代中国大量产生,这是一个值得关注的文化现象,无论是从文体变迁、汉语发展,还是观念树立的角度。从大的方面来看,"新名词"的涌现与近代中国西学东渐这一大的文化语境有关系。在被迫与自觉中,代表新知的西学涌入中国。王国维云:"言语者,思想之代表也,故新思想之输入,即新言语输入之意味也。"②所以,新名词的出现几乎是一种必然。作为十九世纪末二十世纪初中国思想文化界的领袖人物,梁启超自然注意到了"新名词"并意识到了它对于中国社会的重要,所以《新民丛报》第3年第1号开始(光绪三十年五月)"改良方向"之一即为"解释新名词",他在报中专门开辟"新释名"一栏,开栏小叙中云:"社会由简趋繁,学问之分科愈精,名词之出生愈夥。学者有志向学,往往一开卷辄遇满纸不经见之字面,骤视焉,莫索其解,或以意揣度,而差之毫厘,谬以千里。其敝也,小焉则失究研学术之正鹄,大焉或酿成谬误理想之源泉,所关非细故也。是以不揣绵薄,相约同学数辈,稗贩群书,为新释名。匪敢曰著述,聊尽其力之所能及,为幼稚之学界执舌人役耳。"③此序主要着眼于学术研究和思想之生成,从其所发表的"略例"看,颇有雄心,计划编述哲学类(道德学、伦理学、社会学、教育学等并附焉)、生计学类、法律学类、形而下诸科学类的"新名词",但可惜只坚持了两期(50、51),解释了"社会""形而上学""财货"三个名词,此后就再无

---

①　王力《汉语词汇史》,《王力文集》(第十一卷),第690页。

②　王国维《论新学语之输入》,《王国维文集》(第三卷),中国文史出版社1997年版,第41页。

③　梁启超《新释名序》,《新民丛报》第49号"附录二",光绪三十年五月十五日。

动静了①。尽管如此，梁启超仍不失为十九世纪末二十世纪初致力于输入和普及新名词的主将之一，这要归功于他的文章和他输入西学的自觉意识。他平素主张"须将世界学说为无制限的尽量输入"②，又受了"以欧西文思入日本文，实为文界别开一生面者"的启发，以为"中国若有文界革命，当亦不可不起点于是也"③，所以他此一时期勤于浏览广于著述，写了一大批介绍西学和吸收了西方思想的评论文章。在这些文章中，"新名词"的出现是不可避免的，他的处理方法是，对那些重要的"新名词"在文中夹注，这种处理方法其实是一种具体而微的"新释名"，它对于"新名词"的深入中国有实在的影响。下面是从光绪二十三年至宣统二年（1897—1910）间梁启超文章中摘取的十则"新名词"例句：

1. 其为学也，以公理（人与人相处所用谓之公理）、公法（国与国相交所用谓之公法，实亦公理也）为经。（《上南皮张尚书书》1897，文集之一第 105 页）

2. 大学之代表者六（代表犹头领之意，然亦稍异。盖众人之意皆可托此人以代宣之，则谓之代表）。（《各国宪法异同论》1899，文集之四第 74 页）

3. 日报与丛报（丛报者指旬报、月报、来复报等，日本所谓杂志者是也）皆所当务，而丛报为尤要。（《清议报一百册祝辞并论报馆之责任及本馆之经历》1901，文集之六第 51 页）

----

①　梁启超有不少文章，其实是更为细致深入的新名词释义，如《释革》（1902）、《论立法权》（1902）、《格致学沿革考略》（1902）、《生计学学说沿革小史》（1902）、《服从释义》（1903）、《二十世纪之巨灵托辣斯》（1903）、《宪政浅说》（1910）、《责任内阁释义》（1911）等，这些文章做了中途夭折的"新释名"应该做的事情。

②　梁启超《清代学术概论》，《饮冰室合集》专集之三十四，第 65 页。

③　梁启超《夏威夷游记》，《饮冰室合集》专集之二十二，第 191 页。

4. 颇与希腊柏拉图之共产主义及近世欧洲之社会主义 so-cialism(社会主义与无政府主义相类而亦不尽同,社会主义者溺平等博爱之理论而用之过其度者也)相类。(《论中国学术思想变迁之大势》1902,文集之七第 23 页)

5. 国家之主权,即在个人(谓一个人也)。(《论政府与人民之权限》1902,文集之十第 1 页)

6. 希腊之地形,半岛也(三面环海一面连陆者谓之半岛)。(《亚洲地理大势论》1902,文集之十第 70 页)

7. 不可不谋增生利者之人数,与夫生利者之生产力(谓力之被于物而生产之者也)。(《生计学沿革小史》1902,文集之十二第 37 页)

8. 则通货(即货币)骤膨胀于国中。(《外资输入问题》1904,文集之十六第 81 页)

9. 则私有制度(即以法律承认私人所有权之制度),虽谓为现社会一切文明之源泉可也。(《驳某报之土地国有论》1907,文集之十八第 22 页)

10. 常识者,释英语 common sense 之义,谓通常之智识也。孔子称庸德之行庸言之谨,庸即常也,故常识宜称庸识,或曰庸智,但以其义近奥,故袭东人所译之名名之。(《说常识》1910,文集之二十三第 1 页)

我们可以看到,梁启超大多是以注释的形式来解释新名词,有时直接释其涵义,有时以汉语对应词明之,有时提及日译何词。我们还会看到,梁启超对"新名词"的选用有时比较游疑,如"经济"一词,他作于光绪二十四年(1898)的《政变原因答客难》一文用"计学":"以通商论之:计学(即日本所称经济、财政诸学)不讲,罕明商政之理。"①

---

① 梁启超《戊戌政变记》,《饮冰室合集》专集之一,第 82 页。

次年的《论近世国民竞争之大势及中国前途》则改换门庭："非属于政治之事，而属于经济（用日本名，今译之为资生）之事。"①无疑此时梁启超在是使用日本的"经济"一词还是严复的"计学"一词这个问题上，还未能确定。甚至又过了三年（1902），梁启超仍未能决断，在同一篇文章《论民族竞争之大势》中，先是使用"经济"："于是经济上（日本人谓凡关系于财富者为经济）之势力范围，递浸变为政治上之势力范围。"②后又以"平准"易之："三战而掌握世界平准（日本所谓经济，今拟易以此二字）之大权者。"③经济/计学/平准——对于自己的这种举棋不定，梁启超在光绪二十八年（1902）的《生计学学说沿革小史》中解释道："兹学之名，今尚未定。本编向用平准二字，似未安；而严氏定为计学，又嫌其于复用名词，颇有不便。或有谓当用生计二字者，今姑用之，以俟后人。革创之初，正名最难，望大雅君子，悉心商榷，勿哂其举棋不定也。"④由此可见梁启超在"新名词"使用选择时的慎重和重视。

　　梁启超文章中以夹注或正文直接解释等方式处理的新名词，据我们初步统计，光绪二十三年至宣统二年（1897—1910）有一百多个，除了前面引文中的公理、常识、经济等新名词，尚有教育、理科、大脑、小脑、殖民、分配、社会、预算、决算、义务、所有权利、请愿权利、资生学、智学、群学、物竞天择、优胜劣败、精神、法治、膨胀力、资生革命、经济革命、空界、初民、民族帝国主义、空间、时间、法团、法人、石史、金字塔、木乃伊、人格、同化力、算术级数、几何级数、强权、自由税则、

　　①　梁启超《论近世国民竞争之大势及中国前途》，《饮冰室合集》文集之四，第 59 页。
　　②　中国之新民《论民族竞争之大势》，《饮冰室合集》文集之十，第 15 页。
　　③　中国之新民《论民族竞争之大势》，《饮冰室合集》文集之十，第 21 页。
　　④　中国之新民《生计学学说沿革小史·倒言七则》，《饮冰室合集》文集之十二，第 2 页。

保护税则、新世界、托辣斯特、金融、国家、帝国、卫星、立法院、省长、交易、硬货、信用证券、质剂、买卖、利用价格、交易价格、主观、客观、供求、唯心论、唯物论、母财、资本、绝对、论理学、科学、乐利主义、会社、么匿、拓都、消费力、消费者、小作人、动产、不动产、欲望、债权、债务、企业、团体、手续、期票、汇票、支票、法人、机关、国际、世纪、论理学等,这些词的使用主要集中在光绪二十八年(1902)前后,且有约60％属于日源词。对于后者,梁启超在讨论选用日人"论理学"而非严复"名学"一词对译 Logic 时顺便解释道:"其本学中之术语,则东译严译,择善而从,而采东译为多。吾中国将来之学界,必与日本学界有切密之关系,故今毋宁多采之,免使与方来之译本生参差也。"①在其余 40％的词汇中,又约有 15％后来被梁启超没有选用的日语译词所代替(梁氏使用了这些日文译词来注释这些词汇),而更值得注意的是,这些日源词几乎都还被今天的我们使用着,并且我们不觉得它们是外来词汇,而是土生土长的汉语。这表明了日语与现代汉语之间的亲密关系——汉语影响日语,日语又反过来影响汉语。

　　就梁启超本人而言,如此大量地引进和介绍日语词汇与他的外语修养和当时的日语状况有关。其实早在光绪二十三年(1897)——那时他还不懂日语——他已经开始倡导翻译日文书,他在《变法通议·论译书》中说:"日本与我为同文之国,自昔行用汉文;自和文肇兴,而平假名片假名等,始与汉文相杂厕,然汉文犹居十六七。日本自维新以后,锐意西学,所翻彼中之书,要者略备,其本国新著之书,亦多可观。今诚能习日文以译日书,用力甚鲜,而获益甚巨。计日文之易成,约有数端:音少,一也;音皆中之所有,无棘刺扞格之音,二也;文法疏阔,三也;名物象事,多与中土相同,四也;汉文居十六七,

---

① 中国之新民《墨子之论理学》,《饮冰室合集》专集之三十七,第 55 页。

五也。"①梁氏对日文语言状况的评说,可能来自他的朋友黄遵宪②,
还不是他的亲身体验。光绪二十四年(1898)戊戌政变之后,他在逃
往日本的航船中开始学习日语,并很快就掌握了阅读日文的技巧;到
日本后,他开始广泛阅览日文书籍,并在阅读中总结了一套日文阅读
速成的方法,撰成《和文汉读法》一书。日文书籍在梁启超面前打开
了一个新世界,他这样描绘面对这一新世界的喜悦:"哀时客既旅日
本数月,肆日本之文,读日本之书,畴昔所未见之籍,纷触于目,畴昔
所未穷之理,腾跃于脑,如幽室见日,枯腹得酒。沾沾自喜,而不敢自
私,乃大声疾呼,以告同志曰:我国人之有志新学者,盍亦学日本文
哉!"③无疑,梁启超居日数年间,日文书籍极大地丰富了他新学知识
的积累;并且,他是那种"随有所见,随即发表"的人,所以他这时期,
"每一学稍涉其樊,便加论列"④,写的文章一大批。其中,介绍新学
知识的文章很多。客观地说,梁启超的新学文章,许多都是对日文书
籍的编译改造——对此他也毫不讳言,曾多次在自己的文章中说明;
他的目的只有一个:让更多的中国人了解新学。不仅仅是梁启超,从
当时整个学界来看,"壬寅、癸卯间,译述之业特盛,定期出版之杂志
不下数十种,日本每一新书出,译者动数家。新思想之输入,如火如
荼矣"⑤。正如前引梁启超所云:此时的日语,汉语词汇的比重很大。
其构词方式也很合乎汉语的习惯⑥。所以编译写作时,顺手借用十
分方便,于是日文词汇就随着这些输入新思想的文章,铺天盖地而

---

①　梁启超《变法通议·论译书》,《饮冰室合集》文集之一,第 76 页。

②　梁启超在《变法通议·论译书》中云:"故黄君公度,谓可不学而能,苟
能强记,半岁无不尽通者。"见《饮冰室合集》文集之一,第 76 页。

③　梁启超《论学日本文之益》,《饮冰室合集》文集之四,第 80 页。

④　梁启超《清代学术概论》,《饮冰室合集》专集之三十四,第 65 页。

⑤　梁启超《清代学术概论》,《饮冰室合集》专集之三十四,第 71 页。

⑥　参阅[日]实藤惠秀著,谭汝谦、林启彦译《中国人留学日本史》,生活·
读书·新知三联书店 1983 年版,第 283 页。

来。据谭汝谦在翻译实藤惠秀《中国人留学日本史》时在原表基础上重新编写而成的"中国人承认来自日语的现代汉语词汇一览表"①,我们可以知道表中所收的 844 个词汇,几乎都已经成为现代汉语的常用词汇或专业术语——我们日常甚至不把它们当作外来词看待。而这种融入,主要是在 1894—1919 年之间进行的,其中梁启超的倡导和实践功不可没。

日源"新名词"一面深入中国,一面也遭遇到了批评和抵制,像林獬、刘师培、康有为等人,都对日语词汇进入中国表达了不满;而最有趣和郑重其事的是一本名为《盲人瞎马之新名词》的书②,书中认为新名词的泛滥全国关乎"亡国灭种",那些张口新名词、下笔名词新的人实为"恬不知耻",作者已气愤得无法沉默下去,故而列出五十九个日源"新名词"进行了大批判,以示正听;然而就在他所批判的"新名词"中,有 60% 的词汇仍被今天的中国人频繁地使用着③。这些批评、抵制正从反面说明了"新名词"对当时知识分子头脑中旧的思想观念、文学观念的巨大冲击。在当时态度最为通达和客观的要数王国维,他在写于光绪三十一年(1905)的《论新学语之输入》中即云:"十年以前,西洋学术之输入,限于形而下学之方面,故虽有新字新语,于文学上尚未有显著之影响也。数年以来,形上之学渐入于中国,而又有一日本焉,为之中间之驿骑,于是日本所造译西语之汉文,以混混之势,而侵入我国之文学界。好奇者滥用之,泥古者唾弃之,二者皆非也。夫普通之文字中,固无事于新奇之语也,至于讲一学,治一艺,则非增新语不可。而日本之学者既先我而定之矣,则沿而用

---

① 见《中国人留学日本史》,第 327—335 页。

② 《盲人瞎马之新名词》,将来小律师著,东京秀光社 1905 年版。将来小律师即彭文虎。参见《中国人留学日本史》。

③ 参见《中国人留学日本史》,第 301—305 页。

之何不可之有,故非甚不妥者,吾人固无以创造为也。"①

　　借用或译入的"新名词",丰富了汉语词汇,增强了汉语的表现能力。每一个"新名词"几乎都对应着一种新事物或一种新观念(当然其中会有接受时的偏差和再创造),这方便了汉语世界与西方世界的语言接轨,提高了汉语世界理解和接受西方世界的能力。也就是说,由于"新名词"的加盟,汉语可以更好地描绘现代世界和表达现代思想了。这是中国融入世界(全球化)的重要一步。

　　而绝大多数"新名词"均为复音词,它们和那些土生土长的复音词一起,改变了汉语文章的语音节奏;尤其是和单音词相比而言,复音词意味着词汇意义精确度的增加,每个词的意思变得单纯和明朗,这就增强了文章表情达意的准确。梁启超在讨论时间、空间两名词时说:"空间、时间者,佛典通用译语也。空间以横言,时间以竖言。佛经又常言横尽虚空,竖尽永劫,即其义也。依中国古名,则当曰宇曰宙(《尔雅》:上下四方曰宇,往古来今曰宙),以单字不适于用,故循今名。"②他所说的"单字不适于用",大概也就是从语音节奏和意义明晰两方面立论吧。看来他对此事已有一定程度的自觉。

　　复音词和"新名词"的增加,是汉语文白转换过程中的两个重要方面。在词汇方面还应注意的一个问题是梁启超新文体用词的通俗性,这包括两个方面:一、新文体词汇与现代汉语的相通性,即有多少词汇在现代白话文中仍然被使用;二、新文体中文言词汇(现代白话文中一般不再使用者)的浅白与深奥程度。要对这两个方面作统计,是一件比较麻烦的事情,因为不能仅仅从词形上着眼,而且要考虑到词的意项,所以这里很难提供一个具体的数字。但就大体而言,梁启超新文体中,大部分双音词和一部分单音词在现代白话文中仍

---

　　①　王国维《论新学语之输入》,《王国维文集》(第三卷),第41页。
　　②　梁启超《近世第一大哲康德之学说》,《饮冰室合集》文集之十三,第53页。

被使用着；而其文言词汇，多为常用，很少有像严复那样的古奥词汇，意思显豁，理解容易，一般的读书人都可以读得通。这两方面，对新文体通俗性的形成，起了很大作用。梁启超这种处理，可以视为他对文言传统与启蒙要求紧张对峙关系的一种调解。这种调解方式影响了十九世纪末二十世纪初报章文的著述风格。

三、语法："新文体"与白话文（中）

王力说："在语言的三要素（语音、语法、词汇）中，语法是比较富于稳定性的。"①但从整个汉语发展的历史来看，变化仍然比较显著，尤其是从文言到白话的语法变化。梁启超新文体呈现出的是一种要挣脱纯正文言文的约束从而走向白话文的过渡形态，它在语法上的变化虽然不大，但这种微弱变化显示了汉语语法在外来影响之下——主要是在自身演变规律的支配之下——变化的可能性。

在王力看来，汉语演化有两大趋势，除了前面已经谈到的词汇的复音化，还有一个是句子结构的严密化，这属于语法方面。他认为："从唐代到鸦片战争以前，汉语句子结构的严密性没有显著的变化。鸦片战争以后，'五四'以前，也不过有一些政治性的文章（如梁启超、孙中山）在某种程度上接近西洋句子的结构。"但他觉得，"这种变化是微不足道的"②。我却以为，这种变化值得重视，因为它正指示了现代汉语语法的来路及在这来路上步履的艰难。梁启超的新文体确如某些研究者指出的，有叠床架屋之嫌，但却不能忽视他在严密语法方面所做出的努力。下面以他的《新民说·论权利思想》（约5700字）为例，看看他是如何使自己的表达趋于严密的。王力在《汉语语法史》第二十六章"句法的严密化"中，从定语、行为名词、范围和程

----

① 王力《汉语语法史》，《王力文集》（第十一卷），第487页。
② 王力《汉语语法史》，《王力文集》（第十一卷），第480页。

度、时间、条件、特指六个方面论述了"五四"之后现代汉语的严密之法,此处只借用在梁启超的文章中表现比较鲜明的三个方面略作分析:

第一,复杂定语的使用:梁启超对使用复杂定语好像有一种偏好,文章中多重限定和主谓结构作定语的句子比较多见,如:

1. 此实固其群善其群之不二法门。

2. 是即其身内机关失和之征也。是即其机关有被侵焉之征也。

3. 故常有诉讼之先,声言他日讼直所得之利益,悉以充慈善事业之用者。

4. 故夫受数喜林之欺骗屈辱而默然忍容者,则亦可以对于本身死刑之宣告自署名而不辞者也。

5. 权利思想者,非徒我对于我应尽之义务而已,实亦一私人对于一公群应尽之义务也。

6. 盖一新法律出,则前此之凭借旧法律以享特别之权利者,必受异常之侵害。

7. 其能现奴颜婢膝昏暮乞怜于权贵之间者,必其能悬顺民之旗箪食壶浆以迎他族之师者也。[①]

复杂定语的使用可以从多个角度、多个层次对定语所限定的核心词作更为细致和精确的描述,从而使意思的表达更加准确和完备。

第二,范围和程度的指明:在行文中指明范围和程度往往是必需的,它可以使意义表达明确严密,做到"说话有分寸"。《论权利思想》中这样的例句不少:

----

① 以上七条分别见于梁启超《新民说》,《饮冰室合集》专集之四,第32、32、33、34、36、37、39 页。

1. 人人对于人而有当尽之责任,人人对于我而有当尽之责任。

2. 使内而或肝或肺,外而或指或趾,其有一不适者,孰不感苦痛而急思疗治之。

3. 以为是不过于形骸上物质上之利益,断断计较焉。

4. 而举国无论为官为士为农为工为商为僧为俗,莫不瞋目切齿。

5. 非悉为敌所屠而同归于尽不止也。

6. 使倡之者有所偷有所惮有所姑息,而稍稍迁就于其间乎。

7. 吾见夫全地球千五兆生灵中,除印度非洲南洋之黑蛮外,其权利思想之薄弱,未有吾国人若者也。

8. 必先使吾国民在我国所享之权利与他国民在彼国所享之权利相平等。①

这里面尤其值得注意的是第 7 条,"除……外"这种格式的后置定语当是受了外国语法的影响才出现的。

第三,时间限定的重视:由于人类时间观念的逐渐增强,表时间限制的状语在现代汉语更为常见,这在梁启超的文章中已有很好的显示:

1. 故常有诉讼之先,声言他日讼直所得之利益,悉以充慈善事业之用者。

2. 日本当四十年前,美国一军舰始到,不过一测量其海岸耳。

---

①　以上八条分别见于梁启超《新民说》,《饮冰室合集》专集之四,第 31、32、33、34、37、38、39、40 页。

3. 此二德果孰为至乎？在千万年后大同太平之世界，吾不敢言；若在今日，则义也者，诚救时之至德要道哉。

4. 吾畴昔最深恶痛恨其言，由今思之，盖亦有所见焉矣。

5. 虽然，当新法律与旧法律相嬗之际，常为最剧最惨之竞争。

6. 吾中国人数千年来不识权利之为何状，亦未始不由迂儒煦煦之说阶之厉也。

7. 既殄既狝既夷，一旦敌国之艨艟麇集于海疆，寇仇之貔貅迫临于城下，而后欲借人民之力以捍卫是而纲维是，是何异不胎而求子，蒸沙而求饭也？①

　　以上以梁启超的《新民说·论权利思想》为例，从复杂定语的使用、范围和程度的指明以及时间限定的重视三个方面简略讨论了新文体句法严密化的问题。梁启超所做的一切在今天看来十分简单，是连中学生都懂得如何去做的事情，但这确实是古代文言文演变到现代白话文所走过的路。这种严密化是任何一种语言的发展所必然要经历和走向的，主要受人类思维和语言自身发展规律的支配，但外来影响却不可忽视。对于梁启超而言，这种影响主要来自日文。

　　梁启超自戊戌政变后，滞居日本多年，平日阅读的日文书报很多，还亲手翻译了两部日文小说（其中《佳人奇遇》是日本人矢野文雄的作品，《十五小豪杰》则是法人作品的日译本）。更应该注意的是，他此一时期有不少散文作品（政论文、杂文、传记文等）是据日文作品译述改作而成，有的甚至就是对日文作品的直接袭用。如《自由书》中的若干篇章（《草茅危言》《自助论》《无名之英雄》《俄人之自由思

①　以上七条分别见于梁启超《新民说》，《饮冰室合集》专集之四，第33、34、35、36、37、38、39 页。

想》《无欲与多欲》《说悔》《加藤博士天则百话》《论民族竞争之大势》①《地理与文明之关系》②《生计学学说沿革小史》③《世界史上广东之位置》④《大乘起信论考证》⑤《埃及国债史》⑥《世界将来大势论》⑦等。在当时的日本作家中，比较受梁启超青睐的是德富苏峰，在光绪二十五年（1899）岁末去夏威夷的航船中，梁启超拿来作消遣的读物中就有德富苏峰的"国民丛书"数种，并由此引发了他文界革命的想法，他说："德富氏为日本三大新闻主笔之一，其文雄放隽快，善以欧西文思入日本文，实为文界别开一生面者，余甚爱之。中国若有文界

---

①　梁启超云："篇中取材多本于美人灵绶氏所著《十九世纪末世界之政治》、洁丁士氏所著《平民主义与帝国主义》、日本浮田和民氏所著《日本帝国主义》《帝国主义之理想》等书，而参以己见，引伸发明之。"见《饮冰室合集》文集之十，第 10 页。

②　梁启超云："今集译东西诸大家学说，言地理与文明之关系者，草为是篇，为学僮之一助云尔。"见《饮冰室合集》文集之十，第 106 页。

③　梁启超云："本论乃辑译英人英格廉 Ingram、意人科莎 Cossa、日本人井上辰九郎三氏所著之生计学史，删繁就简，时参考他书以补缀之。"见《饮冰室合集》文集之十二，第 1 页。

④　梁启超云："其参考书类，除中国古籍外，取资最多者……日本坪井九马三氏所著《史学研究法》、斋藤阿具氏所著《西方东侵史》、高楠顺次郎氏所著《佛领印度支那》及《史学杂志》内白鸟库吉氏、中村久四郎氏、石桥五郎氏数篇之论文也。"见《饮冰室合集》文集之十九，第 76 页。

⑤　梁启超该书序云："吾草创本文，其初不过欲辑译日本学者所说介绍于我学界而已。既而参考各书，亦往往别有所发明。且日人著作，其繁简详略之处多不适于吾国人之检阅，乃全部重行组织如左。虽名移译，实不异新构矣。"见《饮冰室合集》专集之六十八，第 38 页。

⑥　梁启超云："采译日本柴四郎《埃及近世史》第十二章。"见《饮冰室合集》专集之二十五附录，第 1 页。

⑦　梁启超云："矢野文雄者，日本之雄于文者也……顷新著一书，题曰《世界二于ル日本之将来》……今撷其要点，译之为上篇。"见《饮冰室合集》文集之十五，第 1 页。

革命,当亦不可不起点于是也。"①他曾经数次翻译德富苏峰的作品来充实自己的文章,还与德富苏峰通过信,表达自己对德富氏的敬仰之情②。如此密切的关系,自然会影响到梁启超的文章写作,他的新文体文章从用词(前文已作分析)到风格③再到语法(如"之"字句的大量运用、句子的回环往复及同名复指等),有不少地方都有日本文体的影子④。

在十九世纪末二十世纪初的中国,由于留日学生的大增,像梁启超这样既能读译日本文章,同时又从事写作的大有人在。正如梁启超在《翻译文学与佛典》中分析佛经翻译对文学影响时所总结的一样,日文书籍的大量翻译同样会引起汉语实质之扩大(如新词之创造、新意之增加等)、汉语语法及文体之变化,这种变化就在二十世纪初的中国发生着并开始引起人们的注意。刘师培云:"文学之衰,至近岁而极。文学既衰,故日本文体因之输入于中国。其始也译书撰报,据文直译以存其真,后生小子厌故喜新,竞相效法。夫东籍之文,冗芜空衍,无文法之可言,乃时势所趋,相习成风,而前贤之文派,无复识其源流,谓非中国文学之厄欤?"⑤这种汉语文体的摹日风气一直到新文学时期才为仿欧潮流所代替。

---

① 梁启超《夏威夷游记》,《饮冰室合集》专集之二十二,第 191 页。

② 梁启超与日本文学界的关系请参阅夏晓虹《觉世与传世——梁启超的文学道路》第九章"欧西文思与欧文直译体"。

③ 夏晓虹的《觉世与传世——梁启超的文学道路》一书中对梁与德富苏峰的文风关系研究尤为透彻,请参阅。

④ 梁启超曾专门仿照日本文体为日本某政党之机关报作文《论中国人种之将来》(1899),其题下小注云:"篇中因仿效日本文体,故多委蛇沓复之病,读者幸谅之。"见《饮冰室合集》文集之三,第 48 页。

⑤ 刘师培《论近世文学之变迁》,《刘师培中古文学论集》,中国社会科学出版社 1997 年版,第 274 页。

四、修辞:"新文体"与白话文(下)

上面主要从词汇和语法两个方面分析了梁启超新文体在中国文学语言转变过程中的表现,这两方面与梁启超新文体通俗品格的形成有比较密切的关系,但还不是梁启超文章在二十世纪初大受欢迎的全部原因。梁启超的文章能在二十世纪初为人所传阅并风行海内外,除了语言的通俗,其魅力更多是与它所传播思想的先进和极具个性的修辞联系在一起。关于前者,前人的研究已经比较深入,此处不再赘述;后者则是本文所要继续讨论的问题。这里所说的修辞,应从较为宽泛的意义上来理解,是指作者为了使自己的文章能为更多的人接受而作(有时是自觉的,有时是非自觉的,主要从文本来看,作者的主观意图并不重要)的主要是语言上的润饰。所以通俗也是修辞题内应有之义,但这里所要研究的是除通俗之外的梁启超的其他修辞行为。

第一,反复。反复之妙,早见于《诗经》。梁启超也是喜用反复之人,其形式主要有两种,如:

> 1. 试与一游英美德法之都,观其人民之自治何如? 其人民与政府之关系何如? 观之一省,其治法俨然一国也;观之一市一村落,其治法俨然一国也;观之一党会一公司一学校,其治法俨然一国也;乃至观之一人,其自治之法,亦俨然治一国也。譬诸盐有咸性:积盐如陵,其咸愈酽,然剖分此如陵之盐为若干石,石为若干斗,斗为若干升,升为若干颗,颗为若干阿屯,无一不咸,然后大咸乃成。持沙掺粉而欲以求咸,虽隆之高于泰岱,犹无当也。故英美各国之民,常不待贤君相而足以致治。其元首,则尧舜之垂裳可也,成王之委裘亦可也;其官吏,则曹参之醇酒可也,成瑨之坐啸亦可也。

2. 国家思想者何？一曰对于一身而知有国家，二曰对于朝廷而知有国家，三曰对于外族而知有国家，四曰对于世界而知有国家。

所谓对于一身而知有国家者何也？……

所谓对于朝廷而知有国家者何也？……

所谓对于外族而知有国家者何也？……

所谓对于世界而知有国家者何也？……

3. ……吾乃知进取冒险之不可以已如此其甚也。

……吾乃知进取冒险之不可以已如此其甚也。

……吾乃知进取冒险之不可以已如此其甚也。

……吾乃知进取冒险之不可以已如此其甚也。①

第一种形式是在句子或句群内部发生，围绕一个问题以相同或相似的句式反复申说，类似我们常说的排比。它在语言上形成了一种滚滚而来的气势，对人的阅读心理造成一定的冲击和震撼，由此读者的思路也就随着作者前行，跟着他走到某个结论——所谓三人成虎大约就是这个意思。第二种形式是段落（梁启超的文章已开始分段）之间（一般在各段的开头如"2"或结尾如"3"）的句式反复，这些不同的段落所要论述的问题是平行的，领起或收束句式的相同，使段落之间形成回应，给人一种整体感。这很像《诗经》的重章复沓手法。

第二，奔进抒情。梁启超在《中国韵文里头所表现的情感》中研究中国韵文的表情方法，一反中国文学家乐道含蓄蕴藉的习惯，首先提出"奔进的表情法"，并以为此类文章为"情感文中之圣"。何为"奔进的表情法"？"情感突变，一烧烧到'白热度'，便一毫不隐瞒，一毫不修饰，照那情感的原样子，迸裂到字句上。我们既承认情感越发真

———

① 以上三条分别见于梁启超《新民说》，《饮冰室合集》专集之四，第2—3、16—17、26—29页。

越发神圣,讲真,没有真得过这一类了。这类文学,真是和那作者的生命分劈不开——至少也是当他作出这几句话那一秒钟时候,语句和生命是迸合为一。这种生命,是要亲历其境的人自己创造,别人断乎不能替代。"他觉得"这种情感的这种表现法,西洋文学里头恐怕很多,我们中国却太少了",所以他"希望今后的文学家,努力从这方面开拓境界"①。这话虽然是在二十世纪二十年代(1922)说的,但这种抒情方式则几乎是这个富于情感之人的一贯风格。在十九世纪末二十世纪初年的文章里,他常常用这种方式把他的读者卷入情感的风暴之中。请看:

1. 更阅数年,将有欲求如今日而不可复得者。呜呼! 我国民可不悚耶? 可不勖耶?

2. 若是乎吾中国人之果无国家思想也。危乎痛哉! 吾中国人之无国家思想,竟如是其甚也。

3. 惟兹国家,吾侪父母兮;无父何怙,无母何恃兮;茕茕凄凄,谁怜取兮;时运一去,吾其已兮:思之思之兮,及今其犹未沫兮。

4. 呜呼! 一国之大……甚者乃至有鬼道而无人道。恫哉恫哉! 吾不知国之何以立也。君梦如何,我忧孔多,抚弦慷慨,为少年进步之歌。

5. 呜呼! 痛矣哉破坏。呜呼! 难矣哉不破坏。……呜呼! 快矣哉破坏。呜呼! 仁矣哉破坏。②

---

① 梁启超《中国韵文里头所表现的情感》,《饮冰室合集》文集之三十七,第77—78页。

② 以上五条分别见于梁启超《新民说》,《饮冰室合集》专集之四,第5、20、23、29、60—61页。

这种由"呜呼"领起(梁文中常见)的呼告似的奔进抒情,在做了足够的叙述铺垫之后,并不显得苍白和做作,而是让人觉得这一刻"语句和生命是迸合为一"了,于是与他一起悲呼哀鸣。梁启超说,这种表情方式最易于"表悲痛",在他的文章里,这种表情方式十有八九是用来抒发悲愤之情的(有时大喜)。这里只是提出梁启超文中集中抒情的文字来考察他的抒情方式,其实他的"笔端常带情感",不用多么经心,我们就可以体味到那字里行间所浸润着的悲痛或欢喜。

第三,对句。梁启超的新文体,常用相同或相近的句式(多数情况如此)把两个相对事物或一个事物的两个相对方面对举而言,我借"对句"一词来指称这一现象。还是以《论权利思想》为例:

1. 人人对于人而有当尽之责任,人人对于我而有当尽之责任。对人而不尽责任者,谓之间接以害群;对我而不尽责任者,谓之直接以害群。何也?对人而不尽责任,譬之则杀人也;对我而不尽责任,譬之则自杀也。一人自杀,则群中少一人;举一群之人而皆自杀,则不啻其群之自杀也。

2. 而号称人类者,则以保生命保权利两者相倚,然后此责任乃完;苟不尔者,则忽丧其所以为人之资格,而与禽兽立于同等之地位。

3. 大抵中国善言仁,而泰西善言义。仁者人也,我利人,人亦利我,是所重者常在人也;义者我也,我不害人,而亦不许人之害我,是所重者常在我也。此二德果孰为至乎?在千万年后大同太平世界,吾不敢言,若在今日,则义也者,诚救时之至德要道也。夫出吾仁以仁人者,虽非侵人自由,而待仁于人者,则是放弃自由也。

4. 其所谓人人不利天下,固公德之蠹贼;其所谓人人不损一毫,抑亦权利之保障也。

5. 惟其得之也艰,故其护之也力,遂使国民与权利之间,其爱情一如母子之关系,母之生子也,实自以其性命为孤注,故其爱有非他人他事所能易者也;权利之不经艰苦而得者,如飞鸿之遗雏,猛鸷狡狐时或得而攫之,若慈母怀中之爱儿,虽千百狐鸷,岂能褫也?①

第1、3、4 三句,是比较典型的"对句",内容相对而句式相同;第2、5两句则是变相的"对句",句式虽有较大区别,但其意义相对。对句在中国有悠久的历史,是一种与汉字密切相关的修辞行为;梁启超在文中的大量使用,与他深厚的文史修养和十五岁之前的制艺训练有关,也显示了他的新文体与传统古文和八股文之间的关系。周作人在《中国新文学的源流》中指出:"梁任公的文章是融和了唐宋八家、桐城派和李笠翁、金圣叹为一起,而又从中翻陈出新的。"②而胡适在《五十年来中国之文学》中专门指出"新文体"与八股文的联系:"我们拿文学史的眼光来观察,不能不承认这种文体虽说是得力于骈文,其实也得力于八股文","这一种文体很可以说是八股文经过一种大解放,变化出来的"③。这种修辞行为两端并举,在对比中将事情的利害摆在读者面前,十分明了,于说明问题极有裨益;尤其是典型的对句,语流上形成一种鲜明的节奏,读起来朗朗上口,这是"畅达"风格形成的一个重要因素。

第四,譬喻论证。从逻辑的角度来看,譬喻论证很多时候都难说是一种严密的论证方式,但却为中国人所喜欢和深信,从古到今的"绝妙好词"中,不乏精彩的可圈可点之处。梁启超对这种论证方法

---

①　以上五条分别见于梁启超《新民说》,《饮冰室合集》专集之四,第31、31、35、36、38 页。

②　周作人《中国新文学的源流》,岳麓书社 2019 年版,第 62 页。

③　胡适《五十年来中国之文学》,姜义华主编《胡适学术文集·新文学运动》,中华书局 1993 年版,第 115 页。

可谓情有独钟，在文章中动不动就来上一个譬喻论证。请看：

1. 国也者，积民而成。国之有民，犹身之有四肢、五脏、筋脉、血轮也。未有四肢已断，五脏已瘵，筋脉已伤，血轮已涸，而身犹能存者，则亦未有其民愚陋、怯弱、涣散、混浊，而国犹能立者。故欲其身之长生久视，则摄生之术不可不明；欲其国之安富尊荣，则新民之道不可不讲。

2. 则试以一家譬一国。苟一家之中，子妇弟兄，各有本业，各有技能，忠信笃敬，勤劳进取，家未有不浡然兴者。不然者，各委弃其责任，而一望诸家长，家长而不贤，固阖室为饿莩。借令贤也，而能荫庇我者几何？即能荫庇矣，则为人子弟，累其父兄，使终岁勤动，日夕忧劳，微特于心不安，其毋乃终为家之累耶？今之动辄责政府、望贤君相者，抑何不恕！抑何不智！

3. 譬诸木然，非岁岁有新芽之苗，则其枯可立待；譬诸井然，非息息有新泉之涌，则其涸不移时。夫新芽新泉，岂自外来者耶？旧也而不得不谓之新，惟其日新，正所以全其旧也。

4. 国家如一公司，朝廷则公司之事务所，而握朝廷之权者，则事务所之总办也；国家如一村市，朝廷则村市之会馆，而握朝廷之权者，则会馆之值理也。夫事务所为公司而立乎？抑公司为事务所而立乎？会馆为村市而设乎？抑村市为会馆而设乎？不待辨而知矣。两者性质不同，而其大小轻重，自不可以相越。

5. 国家譬犹树也，权利思想譬犹根也。其根既拔，虽复干植崔嵬，花叶蓊郁，而必归于槁亡。遇疾风横雨，则摧落更速焉；即不尔，而旱暵之所暴炙，其萎黄凋散，亦须时耳。国民无权利思想者以之当外患，则槁木遇风雨之类也；即外患不来，亦遇旱暵之类。

6. 俯仰随人，不自由耳。吾见有为猴戏者，跳焉则群猴跳，掷焉则群猴掷，舞焉则群猴舞，笑焉则群猴笑，哄焉则群猴哄，怒焉则群猴骂。谚曰：一犬吠影，百犬吠声。悲哉！

7. 不观乎善医者乎？肠胃症结，非投以剧烈吐泻之剂，而决不能治也；疮痈肿毒，非施以割剖洗涤之功，则决不能疗也。若是者，所谓破坏也。苟其惮之，而日日进参苓以谋滋补，涂珠珀以求消毒，病未有不日增而月剧者也……此又理之至浅而易见者也，而谋国者乃昧焉，此吾之所不解也。

8. 吾辈曷为言破坏？曰：去其病吾社会者云尔……譬诸身然。沉疴在躬，固不得不施药石……然疗病者无论下若何猛剂，必须恃有所谓"元神真火"者，以为驱病之原；苟不尔者，则一病未去，他病复来，而后病必更难治于前病。故一切破坏之言，流弊千百，而收效卒不得一也。①

以上只是举其显见者言之。在冗沉的议论行文中，突然来一个譬喻，不但使深奥的道理易于为人理解和接受，而且文字也顿时变得生动起来，它们和那些事实论证一起，增强了梁启超新文体的形象性和可读性。

第五，联结词的使用。梁启超的新文体中使用了几乎所有类型的联结词，如表提起的"夫""惟"，表顺承的"则""而""遂"，表假设的"苟……则""一……则""若……则""即"，表转折的"而""虽……而""然"，表因果的"故""因""以"，表选择的"将……抑""或"，表递进的"不徒……而""且"，表并列的"与"，等等，而且密度很大，这里以《论权利思想》为例，看一下新文体中各类联结词的使用情况和作用：

1. 而人之所以贵于万物者，则以其不徒有"形而下"之生存，而更有"形而上"之生存。

2. 苟不尔者，则忽丧其所以为人之资格，而与禽兽立于同

---

① 以上八条分别见于梁启超《新民说》，《饮冰室合集》专集之四，第1、3、6、16、39、48、63、131页。

等之地位。

3. 彼夫为臧获者,虽以穷卑极耻之事廷辱之,其受也泰然;若在高尚之武士,则虽揶头颅以抗雪其名誉,所不辞矣。

4. 此被害国者,将默而息乎? 抑奋起而争,争之不得而继以战乎?

5. 虽有足令人起敬者,而末俗承流,遂借以文其怠惰恇怯之劣根性,而误尽天下。

6. 夫出吾仁以仁人者,虽非侵人自由,而待仁于人者,则是放弃自由也。

7. 夫人虽至鄙吝,至不肖,亦何至爱及一毫? 而顾断断焉争之者,非争此一毫,争夫人之损我一毫所有权也。

8. 虽复干植崔嵬,华叶蓊郁,而必归于槁亡。遇疾风横雨,则摧落更速焉;即不尔,而早暵之所暴炙,其萎黄凋散,亦须时耳。①

相对于梁启超新文体中的联结词而言,上面所举不过丛林一木而已。这些联结词相互穿插运用,密切了句子内部和句与句之间的联系,使各句之间的起承转合流转自然;尤其是那些成对出现的联结词如"苟……则""一……则""虽……而""将……抑"等,使句子语气紧凑,有一种不读到底不能罢休的逼迫感,有极强的修辞功能。这些,对新文体畅达文风的形成都产生了重要影响。

此外如长句的使用(梁启超的新文体比时务文章的句子明显增长)、设问的运用等,都对新文体风格的形成起到了一定作用,这里不再一一论述。

上面从反复、奔迸抒情、对句、譬喻论证、联结词使用等方面,讨

---

① 以上八条分别见于梁启超《新民说》,《饮冰室合集》专集之四,第 31、31、32—33、34、35、35、36、39 页。

论了梁启超新文体的修辞行为和它们对文章风格形成的作用。总之,除了吻合时代需求的思想,梁启超新文体主要是靠了其独特的风格——通俗畅达,情感充沛,实现了它在十九世纪末二十世纪初的风行。

五、文白过渡的承担

"新文学"的最大收获即完成了中国文学话语从文言到白话的转变。然而这种转变仍要上溯到十九世纪末就已经开始的自觉的通俗文(白话文)倡导和写作。梁启超从觉世新民的角度出发,并从对历史的观察中认识到言文合一、俗语写作是历史的潮流,成为中国文学语言革新的先行者之一。而他对中国文学语言转变所做出的最大贡献,则在于他的"新文体"创作,那些振聋发聩风行海内外的文章,无疑是中国文白转变在十九世纪末二十世纪初的重大收获。当然,这些"新文体"文章还不是现代白话文,它们最多只能称作"通俗文",然而它正是以这种过渡文体承担了中国文学语言转变的任务。正如陈子展所说:"那时海外的华侨、留学生,国内学堂里的教师、学生,尤其是报馆里的记者,都好读他的文章,好作他这派文章。他们用这种文章来向当道上书,来向报馆投稿,来谈洋务,谈政治。"[①]在大约二十年的时间里,梁启超的新文体对中国的思想界和文学界产生了巨大的影响,从而它在词汇、语法和修辞等方面所积累的经验,也随之传播开去,参与并推动了中国文学语言的转换。

---

① 　陈子展《最近三十年中国文学史》,太平洋书店 1937 年版,第 116 页。

第四章 文体:创新与歧途

如同在政治上的勇于革新一样,梁启超在文学上也倡导了一种革命的风气。他始终认为:变革是"天演界中不可逃避之公例",这不仅仅是表现在政治上,"凡群治中一切万事万物莫不有焉。以日人译名言之,则宗教有宗教之革命,道德有道德之革命,学术有学术之革命,文学有文学之革命,风俗有风俗之革命,产业有产业之革命。即今日中国新学小生之恒言,固有所谓经学革命、史学革命、文界革命、诗界革命、曲界革命、小说界革命、音乐界革命、文字界革命等种种名词矣"①。他站在政治革新、民众启蒙的角度,正式开启了十九世纪末二十世纪初中国的文学革新运动,包括文界革命、诗界革命、小说界革命(包括戏曲)等,对中国文学体裁的发展产生了深远的影响。上一章已经从文学语言变革的角度讨论了梁启超的新文体创作,其中包含了他对文界革命的贡献和影响,本章打算以他所倡导的政治小说创作和诗界革命为中心,来探讨他对小说和诗歌两种文学样式在二十世纪初发展的影响。

一、"政治小说"

近代中国文坛自光绪二十八年(1902)梁启超发表《论小说与群治之关系》之后,"新小说"的创作开始获得自觉。虽然在《新小说》的创刊号上除"政治小说",还刊出了历史小说、科学小说、哲理小说、侦

---

① 梁启超《释革》,《饮冰室合集》文集之九,第41—42页。

探小说、传奇、戏本等,但在梁启超心中,"政治小说"无疑是最重要的,新小说报社在阐述《新小说》的宗旨时说:"本报宗旨,专在借小说家言,以发起国民政治思想,激厉其爱国精神。"①而他所谓的"政治小说"者,就是"著者欲借以吐露其所怀抱之政治思想也"②。他在为自己亲自创作的"政治小说"《新中国未来记》所写的绪言中也说:"《新小说》之出,其发愿专为此编也。"③可见"政治小说"是他心目中"新小说"的典型。说到"政治小说"这个概念,梁启超光绪二十四年(1898)十一月就已经在《译印政治小说序》中郑重提出了,但这一名词并不是由他最早传入中国的。早在1898年春出版的康有为的《日本书目志》里,在此书的第十四卷"小说门"中,康有为列入了三部"政治小说":

> 政治小说　妻之叹　一册　井上勤译
> 政治小说　雨前之樱　一册　末广铁肠著
> 政治小说　深山樱　一册　大久保常太郎著④

这应该是"政治小说"一词在中国的第一次出现。当然,论到对"政治小说"这一概念的阐述和对这一文体形式的大力推广,首功还是非梁启超莫属,中国第一篇关于政治小说的文献,即是他的《译印政治小说序》。但我们会很容易发现,这篇序言的大部分篇幅是在泛论小说的为人所喜,论及"政治小说"的内容很少,只有这么几句:"政治小说

---

① 新小说报社《中国唯一之文学报〈新小说〉》,《新民丛报》第14号(1902),引自《资料》,第41页。

② 新小说报社《中国唯一之文学报〈新小说〉》,引自《资料》,第44页。

③ 梁启超《〈新中国未来记〉绪言》,《新小说》第1号,引自《资料》,第37页。

④ 康有为《日本书目志》,《康有为全集》(三),第1166、1170、1190页。

之体,自泰西人始也";"在昔欧洲各国变革之始,其魁儒硕学,仁人志士,往往以其身之所经历,及胸中所怀政治之议论,一寄之于小说……往往每一书一出,而全国之议论为之一变。彼美、英、德、法、奥、意、日本各国政界之日进,则政治小说,为功最高焉。"①这里面包含了这样几层意思:一、政治小说产自泰西,为中国所没有;二、政治小说的作者乃是"魁儒硕学,仁人志士",并非中国的"华士坊贾",可见泰西对政治小说的重视;三、政治小说的内容为"其身之所经历,及胸中所怀政治之议论";四、政治小说的影响巨大,可以左右国人议论,推动政界进步。以上四点即是梁启超在光绪二十四年(1898)末对"政治小说"的基本认识,此后,他对"政治小说"又屡有阐述(主要是在光绪二十八年),但观点大体一致,唯一不同的是,后来他对"政治小说"内容的规定有所变动。光绪二十八年(1902)新小说社在《新民丛报》上所作的广告(当是梁启超手笔)中云:"政治小说者,著者欲借以吐露其所怀抱之政治思想也。"他的《〈新中国未来记〉绪言》中也说:"兹编之作,专欲发表区区政见,以就正于爱国达识之君子。"②这时候他的关注点在"思想""政见",从前的写"其身之所经历"已经滑出了他的视野,抒发"胸中所怀政治之议论"成了"政治小说"的主要任务。这种认识上的偏转应该引起注意,因为它直接与梁启超"政治小说"《新中国未来记》的创作样式有密切关系。

梁启超提倡"政治小说"受到了日本文学界"政治小说"运动的启发③。但在光绪二十六年(1900)前后,日本"政治小说"的翻译与创作早已随着自由民权运动的消歇而沉寂下去了,以梁启超对日本"政

---

①　梁启超《译印政治小说序》,《清议报》第 1 册,引自《资料》,第 21—22 页。

②　梁启超《〈新中国未来记〉绪言》,引自《资料》,第 37 页。

③　参阅夏晓虹《觉世与传世——梁启超的文学道路》第八章"以稗官之才,写政界之大势"和[日]中村忠行《〈新中国未来记〉论考》(《明清小说研究》1994 年第 2 期)。

治小说"的熟悉程度①,他不可能不清楚这一点;而他仍然选择了它,这似乎只有从政治启蒙的功利角度来解释才比较合理。而这一时期的知识分子中间,关心政治的氛围本来就比较浓厚,梁启超"政治小说"的提倡自然会引来许多人的共鸣。比较早地响应梁启超的是远在南洋的丘炜萲,他在光绪二十七年(1901)出版的《挥麈拾遗》中就说:"谋开凡民智慧,比转移士夫观听,须加什佰力量。其要领一在多译浅白读本,以资各州县城乡小馆塾,一在多译政治小说,以引彼农工商贩新思想。如东瀛柴四郎氏(前任农商部侍郎)、矢野文雄氏(前任出使中国大臣)近著《佳人奇遇》《经国美谈》两小说之类,皆于政治界上新思想极有关涉,而词意尤浅白易晓。吾华旅东文士,已有译出,吾尚恨其已译者之只此而足,未能大集同志,广译多类,以速吾国人求新之程度耳。"②这番言论显然跟梁启超《译印政治小说序》和《清议报》上所刊载的翻译政治小说《佳人奇遇》《经国美谈》有关。他甚至将这类小说视为小说中的最优秀者,他说:"吾闻东、西洋诸国之视小说,与吾华异,吾华通人素轻此学,而外国非通人不敢著小说。故一种小说,即有一种之宗旨,能与政体民志息息相通;次则开学智,袪弊俗;又次亦不失为记实历,洽旧闻,而毋为虚愩浮伪之习,附会不经之谈可必也。其声价亦视吾华相去千倍。"③这俨然是《译印政治小说序》的口吻。衡南劫火仙也以政治小说理论为标准,来批评"吾邦小说"立意专在消闲,"甚至遍卷淫词罗列",而注目不在"益国利民"的流弊④。定一更在《小说丛话》中突出了"政治小说"转移风俗的力量:"吾中国若有政治小说,插以高尚之思想,则以之转移风俗,

---

① 参阅梁启超《自由书·传播文明三利器》,《饮冰室合集》专集之二,第42页。

②③ 丘炜萲《小说与民智关系》,引自《资料》,第31页。

④ 衡南劫火仙《小说之势力》,《清议报》第68册,引自《资料》,第32页。

改良社会,亦不难矣。"①这些言论从"政治小说"的作者、表达政治思想和巨大影响力等方面响应了梁启超,从而在"政治小说"提出之后的一个时期内,推动中国文坛形成了一股"政治小说"翻译和创作的热潮,出现了不少冠以"政治小说"的作品,如:

佳人奇遇　柴四郎著,梁启超、罗普译　1898—1900 年

经国美谈　矢野文雄著,周宏业译　1900—1901 年

累卵东洋　大桥乙羽著,忧亚子译　1901 年

新中国未来记　梁启超著　1902 年

雪中梅　末广铁肠著,熊垓译　1903 年

游侠风云录　佚名著,独立苍茫子译　1903 年

美国独立记演义　某著,某译　1903 年

星球游行记　井上了圆著,戴赞译　1903 年

政海波澜　广陵佐佐木龙著,赖子译　1903 年

回天绮谈　玉瑟斋主人译　1903 年

自由结婚　震旦女士自由花(张肇桐)著　1903 年

日中露　栖溟、啸园译(实系创作)　1903 年

圣人欤? 盗贼欤?　布韦尔·李顿著,陈景韩译　1904 年

珊瑚美人　珊宅彦弥著,某译　1904 年

瓜分惨祸、预言记　轩辕正裔译　1904 年

炼才炉　亚力杜梅著,甘作霖译　1906 年

狮子吼　陈天华著　1906 年

模范町村　横井时敬著,唐人杰、徐凤书译　1908 年

花间莺　末广铁肠著,梁继栋译　1908 年

还有一些虽无"政治小说"之名、却行"政治小说"之实的作品,如《新

---

①　定一《小说丛话》,《新小说》第 13 号,引自《资料》,第 81 页。

中国之豪杰》(1906,新中国之废物)、《歼鲸记》(1907,亚东破佛,即彭
俞)、《过渡时代》(1907,铁汉,即李辅侯)等。同时,由于理论的倡导
和创作的风行,在读者中间也形成了以政治眼光解读普通小说,尤其
是古典名著这样一种以今解古的风气。遭此命运的有《西游记》《红
楼梦》《水浒传》等名著,这里以《水浒传》为例,来看一下古典名著在
政治视角观照下被肢解的"悲惨遭遇"。

　　面对《水浒传》,十九世纪末二十世纪初的许多读者充分发挥了
他们的政治想象力,有人以为此书是提倡平等主义①,有人则认为此
书"纯是社会主义……山泊一局,几于乌托邦矣"②,有人以为此书可
称"社会主义之小说""虚无党之小说""政治小说"③。有人剖析施耐
庵的思想,以为他具有"民权之思想""尚侠之思想""女权之思想",可
比卢梭、西乡隆盛和达尔文④,而最称奇文的是燕南尚生的《新评水
浒传》一书。此书(第一册)于光绪三十四年(1908)由直隶官书局及
保定大有山房发行,封面副题即为"祖国第一政治小说"。其"叙"中
为《水浒》"海盗"的名声叫屈喊冤,将此书推为"祖国之第一小说":
"平权、自由,非欧洲方绽之花,世界竞相采取者乎?卢梭、孟德斯鸠、
拿破仑、华盛顿、克林威尔、西乡隆盛、黄宗羲、查嗣庭,非海内外之大
政治家、思想家乎?而施耐庵者,无师承、无依赖,独能发绝妙政治学
于诸贤圣豪杰之先。恐人之不易知也,撰为通俗之小说,而谓果无可
取乎?若以《水浒传》之杀人放火为海盗,抗官拒捕为无君,吾恐卢
梭、孟德斯鸠、华盛顿、黄梨洲诸大名鼎鼎者,皆应死有余辜矣。吾故

---

　　① 　参阅吴趼人《杂说》,《月月小说》第 1 年第 8 号,引自《资料》,第 258 页。
　　② 　蛮《小说小话》,《小说林》第 1 期,引自《资料》,第 239 页。
　　③ 　天僇生《中国三大小说家论赞》,《月月小说》第 2 年第 2 期,引自《资料》,第 324 页。
　　④ 　佚名《中国小说大家施耐庵传》,《新世界小说社报》第 8 期,引自《资料》,第 282 页。

曰:《水浒传》者,祖国之第一小说也。施耐庵者,世界小说家之鼻祖
也。"他认为《水浒传》一书既是社会小说、政治小说、军事小说,又是
侦探小说、伦理小说、冒险小说,"要之,讲公德之权舆也,谈宪政之滥
觞也"①。他在接下来的《新或问》《命名之释义》两篇文字中,主要以
现行的政治观念来解说《水浒传》,尤其是后者,更是一篇离奇文字,
摘录两段,以见一般:

> 二、史进。史是史记的意思,进是进化的意思。中国人伸
> 张民权,摧拉君威的,只有孟子一个。孟子以后,专制盛行,甚么
> 独夫民贼,个对个为所欲为,变本加厉……施耐庵说,谁许我这
> 说儿实行,力持公是公非的主义,不准用压制的手段,大行改革,
> 铸成一个宪政国家,中国的历史,自然就进于文明了。所以一大
> 部书,挑帘子的就是史进。
>
> 四、宋江。宋是宋朝的宋,江是江山的江。公是私的对头,
> 明是暗的反面。纪宋朝的事,偏要拿宋江作主人翁,可见耐庵不
> 是急进派一流人物。不过要破除私见,发明公理,从黑暗地狱里
> 救出百姓来,教人们在文明世界上,立一个立宪君主国,也就心
> 满意足了。我说两个字的文话:"不然。"他就要拿柴进作主了。
> 因为这个缘故,所以知道耐庵是力主和平的。②

在这里,想象的合理性已经丧失,评说者所关注的已不是这部小说说
了些什么,而是他自己想说些什么。一切都在评说者所怀有的现行
政治思想的笼罩之下,发生了变形;他也不过是借这部小说,说出他

①　燕南尚生《〈新评水浒传〉三题》,引自阿英《晚清文学丛钞·小说戏曲
研究卷》,中华书局1960年版,第125—126页。
②　燕南尚生《〈新评水浒传〉三题》,引自阿英《晚清文学丛钞·小说戏曲
研究卷》,第134—135页。

心中的政治梦想而已。这正像"政治小说"的创作——"欲借以吐露其所怀抱之政治思想也"。

　　然而"政治小说"理论及与之相随的创作的热闹不过是昙花一现，很快就凋谢了。《新小说》创刊时开辟"政治小说"专栏，但从第8号开始①，就已经看不到它的踪影；《新小说》所刊登的"政治小说"一共也不过只有《新中国未来记》和《回天绮谈》两部而已，还都半途而废。在《新小说》之后创刊的《月月小说》(1906)和《小说林》(1907)，于《新小说》推出的为时人重视的"政治小说""科学小说"和"侦探小说"三者中②，只吸纳了"科学"和"侦探"两类，而置"政治小说"于不顾，这已充分表明了此时文坛对于"政治小说"的态度。在民国初年的两篇总结性的理论文章《说小说》(1912)和《小说丛话》(1914)里③，管达如和成之在按性质(或所述事实)对小说进行分类时，提及了"科学小说""侦探小说""冒险小说"等，唯于"政治小说"不着一字，看来"政治小说"已被人们彻底抛弃了。这样算来，从光绪二十四年(1898)《译印政治小说序》的发表开始，至光绪三十四年(1908)前后，大约有十年的样子，是"政治小说"翻译和创作的黄金时期，之后就销声匿迹了④。这跟日本"政治小说"的命运极其相

---

①　《新小说》共出24号，第8号出版于光绪二十九年八月十五日(1903年10月5日)。

②　定一《小说丛话》中云："中国小说之不发达，犹有一因，即喜录陈言……补救之方，必自输入政治小说、侦探小说、科学小说始。盖中国小说中，全无此三者性质，而此三者，尤为小说全体之关键也。"(《新小说》第15号，引自《资料》，第83页。)

③　管达如《说小说》刊《小说月报》第3卷第5、7—11号(1912)，成之《小说丛话》刊《中华小说界》第1年第3—8期(1914)，分别见《资料》第371—387页和第412—456页。

④　黄丽珍在其最新研究成果《清末民初政治小说在学生中的传播与接受》(山东大学文学院编《人文述林》2018年卷，山东大学出版社2018年(接下页)

似①,只不过寿命更其短暂罢了。但我们不能因此将"政治小说"搁在一边置于不问不论之列;事实上,以梁启超《新中国未来记》为代表的"政治小说",对十九世纪末二十世纪初中国小说创作所产生的影响是深刻的,这种影响尤其表现在下面两个方面:

(一)"未来体"的时间观念

从《新民丛报》中刊登的《新小说》广告对《新中国未来记》内容所作的概述和该小说第一回中孔觉民老先生六十年史讲义的六时代划分来看,梁启超在这部小说中所要描写的是中国将要走过的强国之路(主要是政治方面),也即他的政治强国方案。但他在叙述时,采取了一种新颖的为中国所未有的"未来体"来展开他的故事,这种"未来体"即他所说的"幻梦倒影之法"②:《新中国未来记》不是从梁启超所身在的光绪二十八年(1902)直接写起,而是起笔于六十年后,即1962年的"维新五十年大祝典之日",然后通过孔老先生的讲演,讲述从1902年到1962年的中国故事;在讲述的过程中,小说的叙事时间又常常回到1962年的孔先生讲演现场。这很像我们常说的倒叙,只不过倒叙讲述的是从过去某个时间到现在所发生的既成事实,是从现在回溯历史;而"未来体"则是从现在讲起,指向的是在即将到来的一个时段里可能发生的想象事实,是从现在展望未来。这是从事件的时间属性来看,倒叙和"未来体"的区别颇大,但若只看叙述时间,梁启超在《新中国未来记》中的叙事处理和倒叙没有什么本质上

(接上页)版)中,整理了一份从1898—1917年包含49种政治小说目录的"清末民初政治小说译著情况一览表",民初有28种,著、译对半,主要是报刊发表。可见政治小说的著译延续到了民国初年,本文"十年"的结论应予修正。

① 日本"政治小说"热潮兴起于1880年,衰落于1885年,沉寂于1890年。参阅叶渭渠、唐月梅《日本现代文学思潮史》,第14—15页。

② 新小说报社《中国唯一之文学报〈新小说〉》,《新民丛报》第14号,引自《资料》,第44页。

的区别,都是站在既成或想象的"现在","回头看"。而实际上,引起同时代人注意的并不是这种偏于形式方面的叙述时间的处理,即如何讲述这未来事件,而是小说所讲述的是一个"未来"的事件,即事件的时间属性。碧荷馆主人在《新纪元》(1908)第一回的开篇说:

> 我国从前的小说家,只晓得把三代秦汉以下史鉴上的故事,拣了一段作为编小说的蓝本,将他来描写一番,如《列国志》《三国志》之类;否则或是把眼前的实事,变做了寓言,凭空结撰了一篇小说。从来没有把日后的事,仔细推求出来,作为小说材料的。所以不是失之附会,便是失之荒唐。只有前几年上外国人编的两部小说,一部叫作《未来之世界》,一部叫作《世界末日记》,却算得在小说里面别开生面的笔墨。编小说的意欲除去了过去、现在两层,专就未来的世界着想,撰一部理想小说。①

他云"专就未来的世界着想",即是一部"未来体"小说了。虽然他没有提及《新中国未来记》,但他所说的《世界末日记》即是刊载于《新小说》第1号上的梁启超的翻译作品,《未来之世界》可能就是《世界未来记》,也被列入《新小说》的"哲学科学小说"翻译计划②。所以,他应该读过《新中国未来记》,但不知为何没有提起。与梁启超的《新中国未来记》不同的是,他没有使用所谓的"幻梦倒影之法",而是直接

---

① 碧荷馆主人《新纪元》第一回,《中国近代小说大系·痴人说梦记等》,百花洲文艺出版社1989年版,第437—438页。

② 新小说报社《中国唯一之文学报〈新小说〉》,《新民丛报》第14号,引自《资料》,第45页。但不论是《未来之世界》还是《世界未来记》,目前收录近代小说目录最全的《新编清末民初小说目》均未见著录;《月月小说》第1年第10号至第2年第12号刊有署名"春帆"的《未来世界》,倒也是一部遥想未来的作品,但它乃国人自著,且在《新纪元》之后。

写了想象中的未来一段时间内(1999年6—9月)所发生的故事。另一部"未来体"小说《新中国》(又题《立宪四十年后之中国》,1910,陆士谔),则采用了入梦的方式来展开对未来的叙述,这种处理方法与其说受了《新中国未来记》的影响,不如说与《百年一觉》即《回头看》的关系更为密切:《百年一觉》①写魏斯特一觉睡去,睁眼时已是113年后,即2000年,然后他由他未婚妻的外曾孙女领着参观,全文就是两人不停地参观和对话;《新中国》则是写"我"宣统二年(1910)正月初一日刚睡下,却发现已经身在1951年的2月27日,接着就写他由友人李友琴领着参观,也主要是以对话成文,和《百年一觉》一样,最后小说也归于梦醒。

这里有必要对《新中国未来记》的源头所自略作说明。梁启超熟悉《百年一觉》,他在《读西学书法》中云,此书"亦小说家言,悬揣地球百年以后之情形,中颇有与《礼运》大同之义相合者,可谓奇文矣"②。他注意了该书"悬揣地球百年以后之情形"即写未来的特点,但《新中国未来记》的创作,更多地是学习模仿了日本的《佳人奇遇》《经国美谈》等政治小说,包括它的"幻梦倒影之法"、结构小说的方式和其他

---

①　《百年一觉》原名 *Looking Backward*, *2000—1887*, 作者为美国人 Edward Bellamy, 此书于1888年出版于波士顿, 1891年12月至1892年4月由"析津"译刊于《万国公报》第35—39册, 名为《回头看纪略》。1894年李提摩太的节译本《百年一觉》由上海广学会印行, 康有为、梁启超、谭嗣同等人都读过此书。1904年《绣像小说》第25—36期又连载了白话译本, 题为《(政治小说)回头看》。1935年曾克熙以《回顾》为题再次将之译成中文。参阅郭延礼《中国近代翻译文学概论》(湖北教育出版社1998年版, 第128—129页)和邹振环《影响中国近代社会的一百种译作》(中国对外翻译出版公司1996年版, 第98—100页)。

②　梁启超《读西学书法》, 汤志钧、汤仁泽编《梁启超全集》(第一集), 中国人民大学出版社2018年版, 第176页。

许多写作手法①。梁启超在《〈新中国未来记〉绪言》中说:"余欲著此书,五年于兹矣。"②如此算来,他产生创作该小说的念头当在光绪二十四年(1898),正是他在《清议报》上译载政治小说《佳人奇遇》的时候,次年《清议报》中又连载了另一部政治小说《经国美谈》。这两部作品梁启超留有深刻印象,他在为《清议报》百期所写的《本馆第一百册祝辞并论报馆之责任及本馆之经历》中说:"有政治小说《佳人奇遇》《经国美谈》等,以稗官之异才,写政界之大势。美人芳草,别有会心;铁血舌坛,几多健者。一读击节,每移我情;千金国门,谁无同好?"③这些话里洋溢着梁启超对这两部小说的喜爱和推重。光绪二十八年(1902),他在总结《清议报》特色时说:"本编附有政治小说两大部,以稗官之体,写爱国之思。二书皆为日本文界中独步之作,吾中国向所未有也,令人一读,不忍释手,而希贤爱国之念自油然而生。"④他认为这是《清议报》为他报所不能及的原因之一。所以光绪二十八年(1902)写作《新中国未来记》时,梁启超自觉模仿这两部小说一点都不奇怪。

从创作来看,《新中国未来记》等政治小说提供给二十世纪初中国小说的写作经验不是偏于形式的什么"幻梦倒影之法",而是对于"未来"的关注,即想象未来。这从另外两部不怎么为研究者注意的政治小说《瓜分惨祸预言记》(1904 年上海独社,轩辕正裔)和《狮子吼》(1906 年,过庭)与梁启超计划写作的《旧中国未来记》和《新桃源》的内在联系也可以得到说明。梁启超在《中国唯一之文学报〈新

---

① 参阅中村忠行《〈新中国未来记〉论考》、王宏志《"专欲发表区区政见"》、夏晓虹《觉世与传世——梁启超的文学道路》。

② 梁启超《〈新中国未来记〉绪言》,《新小说》第 1 号,引自《资料》,第 37 页。

③ 梁启超《本馆第一百册祝辞并论报馆之责任及本馆之经历》,《饮冰室合集》文集之六,第 55 页。

④ 《本编之十大特色》,《清议报全编》第一集通论卷卷首,新民社光绪二十八年(1902)辑印。

小说〉》的"政治小说"一栏里,除了介绍《新中国未来记》的故事情节外,还列出了两部小说的内容梗概,这就是《旧中国未来记》和《新桃源》。看来,这两部小说与《新中国未来记》是梁启超计划写作中的三部"政治小说",可惜他只动手写了《新中国未来记》,还没有完成,另外两部则成了二十世纪初中国文坛上彻底的遗憾。稍可心慰的是,梁启超的心思并没有孤寂地流失,《瓜分惨祸预言记》和《狮子吼》可以看作是受《旧中国未来记》和《新桃源》构思计划启发而写作的小说。《旧中国未来记》计划"叙述不变之中国,写其将来之惨状":政府腐败,暴动屡起,"外国人借口平乱,行瓜分政策;各国复互相纷争,各驱中国人从事军役,自斗以糜烂。卒经五十年后,始有大革命军起,仅保障一两省,以为恢复之基"①。《瓜分惨祸预言记》则预言光绪甲辰年以后,中国遭受九国裂华的厄运,女杰夏震欧海岛建立独立国兴华邦,国势日益兴隆,"欧美各国新闻,皆言必能光复全省,以渐全复中国故址"②。小说并没有写光复全省和全中国,而是结束在兴华邦建国一周年的时候,实不啻一部具体而微的《旧中国未来记》。《新桃源》(一名《海外新中国》)则"专为发明地方自治之制度"而作,"其结构设为二百年前,有中国一大族民,不堪虐政,相率航海,遁于一大荒岛,孳衍发达,至今日而内地始有与之交通者。其制度一如欧美第一等文明国,且有其善而无其弊焉。其人又不忘祖国,卒助内地志士奏维新之伟业,将其法制一切移植于父母之邦"③。《狮子吼》要写的是五十年光复史,故事开始于舟山岛上的"民权村",这是一个二百年前屡次击退满洲的进攻而保留下来的地方,此时"那村的布置,真是世

---

① 　新小说报社《中国唯一之文学报〈新小说〉》,引自《资料》,第44页。

② 　轩辕正裔《瓜分惨祸预言记》第十回"预言书苦制醒魂散　赔泪录归结爱国谈",上海独社光绪癸卯年(1903)十二月,第137页。

③ 　新小说报社《中国唯一之文学报〈新小说〉》,引自《资料》,第45页。

外的桃源,文明的雏本,竟与祖国截然两个模样"①。小说写"民权村"的各项自治事业及志士们深入内地运动光复之事,惜其未完,但从小说开始时所写的梦境来看,其结局无疑是"民权村"村民"卒助内地志士奏维新之伟业,将其法制一切移植于父母之邦"了。《瓜分惨祸预言记》和《狮子吼》都是着想未来的作品,但他们没有承续《新中国未来记》的"幻梦倒影之法",而是采用了十九世纪末二十世纪初小说家们惯用的"得书"(一个是梦中得书,一个是友人赠书)定式引出故事主体——这是一种更具传统味道的方式。

由"政治小说"引进和实验的"未来体"创作模式,是对传统小说创作时间观念的突破,它在过去和现在之外,又开辟出一个叫作"未来"的空间,这实质上是对小说表现领域的拓展。从深层次上看,"未来体"是一种"虚构",它冲击的是人们的"真实"("历史")观念。由于受强大的史传文学传统的影响,人们在小说创作中也倾向于追求一种类于历史的真实,而且往往以小说的史性来抬高自己(依附性),所以中国传统小说中,几乎都在写过去和现在的事情——那是已经或是正在发生的事情,是"真的"。这种求真观念的影响,即使在"虚构"的"未来体"小说中,其迹象也时常可见。如《新中国未来记》,虽是要写成一部"新小说",却摆出了由孔觉民老先生来讲一部"中国近六十年史"的架势,而且这位孔先生系"全国教育会会长文学博士","学问文章,既已冠绝一时,况且又事事皆曾亲历",可见事情的准确性是不必怀疑的。在讲演之始,孔觉民先生对自己的"讲义"体例还有一个解释,他说:

> 我这部讲义,虽是堂堂正正的国史,却不能照定那著述家的体例,并不能像在学校讲堂上所讲的规矩,因有许多零零碎碎琐

---

① 陈天华《狮子吼》第三回"民权村始祖垂训 聚英馆老儒讲书",《陈天华集》,湖南人民出版社1982年版,第122页。

闻逸事,可喜可悲可惊可笑的,都要将他写在里头,还有那紧要的章程,壮快的演说,亦每每全篇录出。明知不是史家正格,但一则因志士所经历的,最能感动人心,将他写来,令人知道维新事业,有这样许多的波折,志气自然奋发;二则因横滨《新小说》报社主人,要将我这讲义,充他的篇幅,再三谆嘱,演成小说体裁,我若将这书做成龙门《史记》、涑水《通鉴》一般,岂不令看小说报的人恹恹欲睡不能终卷吗?①

在这里,国史与小说,已宾主易位。孔觉民的解释,虽然是梁启超欲图使人相信他所虚构的未来故事所采取的一种策略,但它同时也反映了这时期作家思想中虚构与求真两种观念的冲突。

"未来体"小说是对未来的想象,说起来应该是作者在虚构空间里的一次自由的飞翔,但对大多数二十世纪初的小说家而言,他们无法自由。他们背负太多的现实重负,在他们的未来想象里总是浮动着或大或小、时明时暗的现实身影。在《新中国未来记》里,中国六十年所走过的不过是西方列国共和立宪、强盛于世的老路;《新纪元》更是写中国在与世界列强的较量中,凭借科学技术的力量取得胜利。最后与列国签订了一份类似于列强与作为战败国的晚清政府所签订的那种条约;《新中国》(1910,陆士谔)也新不到哪里去,一个西方近代国家的中国版而已。说到底,"未来体"中的诸多想象不过是一次现实压抑的释放罢了——在这一点上,十九世纪末二十世纪初的小说家表现出了惊人的一致。

(二) 议论的倾向

"政治小说"既然是"著者欲借以吐露其所怀抱之政治思想",那议论就是不可避免的了。在二十世纪初中国小说家所创作的"政治

---

① 梁启超《新中国未来记》,《饮冰室合集》专集之八十九,第 6 页。

小说"中,议论文字主要以这样几种方式出现:人物间的辩论;人物的演讲;引述文件、章程等文献材料。而这一切,梁启超的"政治小说"创作都是开创者。

《新中国未来记》第三回"求新学三大洲环游　论时局两名士舌战"中李去病、黄克强两人的长篇驳辩,是二十世纪初中国文坛上十分著名的大文章。两人围绕着改良还是革命这一问题,在环环相扣的二十多个回合的辩论中,阐述了自己对中国发展道路的不同理解和各异的治国方案。平等阁主人对这段文字评价甚高:"此篇辩论四十余段,每读一段,辄觉其议论已圆满精确,颠扑不破,万无可以再驳之理。及看下一段,忽又觉得别有天地,看至段末,又是颠扑不破,万难再驳了。段段皆是如此,便似游奇山水一般,所谓'山穷水尽疑无路,柳暗花明又一村',犹不足以喻其万一也。非才大如海,安能有此笔力? 然仅恃文才,亦断不能得此。盖由字字根于学理,据于时局,胸中万千海岳,磅礴郁积,奔赴笔下故也。文至此,观止矣。虽有他篇,吾不敢请矣。"①通篇谈论的是辞章、学理和胸怀,纯是品评文章的一套,好像评者忘记了这是小说中的一段似的,丝毫不提这篇长文对小说本身有什么影响。看来不但是作者写得得意,就是读者也不以之为忤啊。《新中国未来记》之后,辩论文字在小说创作中经常可见,比较典型的如反迷信小说《扫迷帚》(1905,壮者),许多时候都是以对话和辩论的形式推进小说,像第二回"驳命数大儒口吻　辟神道末俗针砭"、第三回"嗤讨替语语解颐　斥祈禳言言动听",通篇就是心斋和资生关于天命和神鬼有无的辩论。而《双灵魂》(1907,亚东破佛)从第十七节至第二十三节,即直录备格、神几、通玄、务苟、胜扁等人辩论灵魂有无之言,俨然《新中国未来记》中黄、李的辩论了。这时期小说中常见的长篇对话,有些也可以视为辩论的一种变形:这种对

---

① 平等阁主人《新中国未来记》第三回回末总批,《新小说》第 2 号,光绪二十八年十一月十五日。

话主要是介绍、说明和议论性文字。如《新中国》中,"我"被李友琴领着游览参观各处,小说的内容基本上就是由"我"的惊讶、询问和李友琴的解答、说明构成的。还有《狮子吼》第三回"民权村始祖垂训 聚英馆老儒讲书"中文明种与众学生讲精神上的学问,第五回"祭亡父叙述遗德 访良友偶宿禅房"中念祖与肖祖讨论牛怕童子、念祖与和尚论人力佛法之事;《未来教育史》第一回"寄一缄寓意写牢骚 分两部热心论教育"中率夫、萍生论教育,第三回"黄率夫聘辩寓良箴 范善迁授经穷教术"中率夫、阿辛论道德和教育;《碧血幕》(1907—1908,吴门天笑生)第三回"燕叱莺嗔名校书爱国 凤哀鸾怨女学生弃家"中众妓女合议抵制美货……都可视作辩论文字。

演说事件在二十世纪初小说中出现的频率之高,与现实中演说活动的兴盛大有关系。这是近代中国(二十世纪初)值得注意的文化现象之一。演说在十九世纪末二十世纪初大兴,与此时国人国民意识的兴起和由此而产生的众多新知识界社团及其活动有密切关系[1]。"由于清末以近代标准测定的识字率很低,加上经济条件所限,书报的直接影响面比较窄。为此,各团体都以演说作为重要补充手段,以'报章能激发识字之人,演说则能激发不识字之人,所以同志拟推广演说'。除专设演说会外,不少团体还附设演说机构。形式上也呈多样化,有的固定场所时间,每次更换主题,或事先排定主讲人,或临时聘请过境名士,或由会员轮流演说,来宾及听众亦可即席登台,自由发挥。"[2]正是演说的灵活便捷以及它的便于启蒙民众,使它成为知识界宣传主张、激发民众的重要手段,由此演说风气大盛。康有为比较早地认识到了这一点,他在《日本书目志》"文字语言门""修辞演说"一类识语中云:"孔子四科,德行之后,以言语先政事、文学,

---

① 关于社团的兴起,参见桑兵《清末新知识界的社团与活动》第八章,生活·读书·新知三联书店1995年版。

② 桑兵《清末新知识界的社团与活动》,第282页。

窃尝怪之。春秋时会盟聘问,战国时飞辨骋辞,晋世握麈玄谈,皆面相酬答,剖析辨折佛道苦甚,而能鼓动大众从其教者,亦以言语为多。六朝、隋、唐,文辞既盛,言语道废,而适用动人言语为大。泰西公议传教,犹尚演说之风,四科之一学,岂可忘哉!"①这时报纸上也出现了一些演说文章,用以开启民智。但第一次把演说写入小说的,当是梁启超的《新中国未来记》。这篇"政治小说"的主体部分就是孔觉民的一篇大演讲"六十年中国史",在这篇大演讲中,又写到了张园民意公会的定期会议。梁启超对这次会议演讲的处理还是比较合理的,他充分地描写了会场的气氛,对于演讲内容只是略一概括而已,如郑伯才的首讲内容,小说只这样说:"大约讲的是俄人在东三省怎么样的蛮横,北京政府怎么样的倚俄为命,其余列强怎么样的实行帝国主义,便是出来干涉,也不是为着中国。怎么俄人得了东三省,便是个实行瓜分的开幕一出。我们四万万国民,从前怎么的昏沉,怎么的散漫,如今应该怎么样联络,怎么样反抗。洋洋洒洒,将近演了一点钟,真是字字激昂,言言沉痛。"②总体上看,梁启超这次张园大会的描写还颇有小说的味道,但由《新中国未来记》所开启的演说描写模式,却在后来的许多小说里发生了变形,往往只是照录演说的全篇内容,而忽略了对演说的"描写",变成了一种单纯的主人公"吐露其所怀抱之政治思想"的手段。如《东欧女豪杰》(1902)第二回"裴荄弥挺身归露国　苏菲亚垢面入天牢"中苏菲亚和众人之间互动式的演说以揭明制度的不公平,第三回"晏生访美公义私情　葛女赠金冰心热血"中德烈反对君权神授的一番议论;《回天绮谈》(1903)第二回"不幸国民呻吟虐政　无事义士禁锢重牢"中亚卑涅在演说会上"将他的意见说出来"(平权),第九回"保国救民志士蜂起　横征暴敛贵族联盟"中兰

---

①　康有为《日本书目志》,姜义华编校《康有为全集》(三),第 1064 页。

②　梁启超《新中国未来记》第五回"奔丧阻船两睹怪象　对病论药独契微言",《新小说》第 7 号,光绪二十九年七月十五日。

格顿陈述自由之权利不可侵犯;《瓜分惨祸预言记》(1904)第二回"传警报灾祸有先声　发誓词师生同患难"中曾群誉演说瓜分危机;《黄绣球》(1905)第二十二回"平等平权讲正经理路　五千五万打如意算盘"中黄绣球和黄通理演说男女平等平权的道理;《仇史》(1905)第一回"惊灾变汉奸投异族　上尊号满首创雄图"中文程"文绉绉的演出一段大议论";《亲鉴》(1907)"楔子"中名士演说"家庭教育,个人自由"之宗旨;《学界镜》(1908)方真在第一回"喜学成电催归祖国　问目的语出动宾筵"中演说教育目的(虽是谈话,但他人在此问题上只听不言,可视之为一种演说),第四回"神经病详问治疗法　女学堂欢迎演说词"中演说中国女权问题;《新旧英雄》(1914)第二回"一蜚冲天大鹏再举　十年养气卧龙忽醒"、第三回"中学生会操太原　联合会观兵曲沃"中诸葛卧龙的"军事教育"演说……几乎都是演说的全文照录,读去仿佛在读议论散文。

　　"政治小说"在议论之路上走得更远的是对如章程、法规之类的文件资料的直接大段征引。《新中国未来记》在此事上开了个头,它在第二回里引录了宪政党的章程若干条,并全文抄录了该党在立宪初期所拟治事条例,而实际上,这些内容用几个词、最多几句话概述一下就可以了。但这种作法对于宣传某人某党的"政治思想"肯定十分有效——这种郑重严肃的态度,难保不会打动很多人的心,所以这一作法被一些小说所效仿。如《黄绣球》(1905)第十九回"预备报名议定规则　连番看病引出奇谈"中的"黄氏家塾规则";《仇史》(1905)第二回"七大憾誓天寇明　一封书开域迎敌"中全录兴师告祖之表章和给明将李永芳的书信两封;《乌托邦游记》(1906)第二回抄录"乌托邦飞空艇章程",第三回抄录"阅小说书室章程";《狮子吼》第四回的体操训练章程,第六回新立的"强中会"的会规……这些突兀的章程景观与才子佳人小说中动不动就要来一首艳诗的行为有"异曲同工之妙"。

　　对于以辩论、演说、章程(文件)等为代表的议论性文字,许多人持欢迎态度。梁启超虽然承认自己的《新中国未来记》在文体上"似说部非说部,似稗(稗)史非稗(稗)史,似论著非论著,不知成何种文体",他也知道小说中所载的"法律、章程、演说、论文等,连篇累牍,毫无趣味",但他觉得此小说的创作是为了"发表政见,商榷国计,则其体自不能不与寻常说部稍殊",他宁肯把自己小说的读者局限在"喜政谈者"这样的小范围之中,也不愿在文体上与"寻常说部"同流①。梁启超的这种决绝姿态,对同时的一些小说作家和批评家产生了影响,这从痛哭生第二在《〈仇史〉凡例》中的自道②、缦卿评《雪中梅》时对国野基英雄楼演说"社会如行旅"一段的赞赏③、顾燮光对《政海波澜》"所论自由讲演各节""措辞正大"的称许④和荫庵以《闺中剑》中"谈天""说性""论情""胎教"四篇文字为"精微奥妙"⑤等事例中,均可看出二十世纪初人们对小说中议论性文字的宽容和友好。这除了当时浓厚的政治氛围,还与人们对小说体制规定的理解有关系。这时期文坛倡导"新小说"创作,欲于"旧小说"之外,别创新种。梁启超说:"新小说之意境,与旧小说之体裁,往往不能相容。"⑥"新小说"想要突破"旧小说"的包围,但对于"新小说"的体裁规定,人们心中并没有定论,大家在摸索中前行。当时人们对议论文字的喜爱,甚至表明了:二十世纪初的"新小说"创作,并不以"叙事性"(形象性)为小说不可撼摇的属性,它们欲图在这一点上突破中国小说讲故事的传统,并

---

①　梁启超《〈新中国未来记〉绪言》,引自《资料》,第 38 页。

②　痛哭生第二《〈仇史〉凡例八条》,《醒狮》第 1 期,引自《资料》,第 137 页。

③　缦卿《雪中梅》,《月月小说》第 1 年第 5 号,见阿英编《晚清文学丛钞·小说戏曲研究卷》,第 458—459 页。

④　顾燮光《小说经眼录》,见阿英编《晚清文学丛钞·小说戏曲研究卷》第 533 页。

⑤　荫庵《〈闺中剑〉评语》,引自《资料》,第 199 页。

⑥　《〈新小说〉第一号》,《新民丛报》第 20 号,引自《资料》,第 39 页。当为梁氏作。

以某种正大的议论改变中国旧小说消闲无用的形象。这是转型期小说体制失范的一种表现。

然而小说仅是"有益"并不够,更重要的是"有味"。这种对小说艺术性的理解形成了文坛上的另外一种声音:对议论化的批评和对叙事性的强调。别士(夏曾佑)光绪二十九年(1903)《小说原理》中讨论小说创作的五难时说:"叙实事易,叙议论难。以大段议论羼入叙事之中,最为讨厌。读正史纪传者,无不知之矣。若以此习加之小说,尤为不宜。有时不得不作,则必设法将议论之痕迹灭去始可……不然,刺刺不休,竟成一《经世文编》面目,岂不令人喷饭?"①这好像就是针对"政治小说"中议论太多而发的。当然他不是主张弃绝议论,而是要"设法将议论之痕迹灭去",免得将小说写成经世济民的"大文章"。俞佩兰批评近时小说云:它们虽然在思想上有所进步,但"议论多而事实少,不合小说体裁,文人学士鄙之夷之"②。海天独啸子在《〈女娲石〉凡例》中表达了近似的意思:"近日所出小说颇多,皆傅以伟大国民之新思想。但其中稍有缺憾者,则其议论多而事实少也。是篇力反其弊,凡于议论,务求简当,庶使阅者诸君,不致生厌。"③这些对"政治小说"议论化的纠偏似乎表明:他们已经醒悟到,小说其实是一门叙事的艺术。

从梁启超的《新中国未来记》看,"政治小说"对二十世纪初中国小说创作的影响不仅限于上面所举两点,其他如英雄美人模式的采用。《新中国未来记》虽然没有写完,但就现有的章节看,已难逃英雄美人的模式。这一模式与传统的才子佳人有着很深的历史渊源,但区别也很明显:英雄不再是为了一己的功名利禄,而是志在国家;美人也不再困守空闺,而是服务社会;他们之间的情感成长于共同的

---

① 别士《小说原理》,《绣像小说》第 3 期,引自《资料》,第 59 页。

② 俞佩兰《〈女狱花〉叙》,引自《资料》,第 121 页。

③ 海天独啸子《〈女娲石〉凡例》,引自《资料》,第 131—132 页。

"革命事业"中,他们的结合有着平等的根基。这种区别实际上是时代的差异。《新中国未来记》对英雄美人模式的这种新阐释为不少二十世纪初的小说创作所接受,像《狮子吼》中的狄必攘、孙女钟等。再如旅行的结构功能。《新中国未来记》用黄克强和李去病的游历来结构小说,从而将各种人物和见闻贯穿起来。使用这种结构的小说如《老残游记》《二十年目睹之怪现状》《新中国》等,此外还有多种。还有"现形记"模式。《新中国未来记》第五回无疑开启了流行于二十世纪初年的各种"现形记""怪现状"小说。

　　《新中国未来记》是梁启超在学习日本"政治小说"的基础上,融合他对中国的理想而创作的一部"新小说",从上面或详或略的分析来看,它在各方面所作的探索和突破为二十世纪初中国小说的发展提供了多种可能性,但它从一开始就具有的政治功利目的和对小说艺术性理解的偏失,加之处于一个政治氛围浓厚的时代,似乎注定了它将导致中国小说走上歧途:非小说化。梁启超早已明言:"著者欲借以吐露其所怀抱之政治思想也。"它有故事,也有人物,但这一切都退位于"政治思想"传达的背后,故事成了"政治思想"的图解,人物成了"政治思想"的符号。小说的叙事性受到了极大的威胁和破坏,它的艺术魅力也大打折扣。所以到了今天,历史(包括文学史)研究者之外,普通读者几乎没人再理睬它们。

　　这样我们又回到了一个老问题那里:写什么和怎样写。对于某种文学体裁(文体)而言,"写什么"随着时代的演进在不断变化,而"怎样写"却不尽然,它可能与时代处于不断的错位之中。但"怎样写"无疑是最重要的——从艺术的眼光来看,它标志着一个作家或一个时代对某种文学形式(文体)理解的成熟程度,也在某种程度上决定了一部作品艺术魅力的大小,以及历经千百年之后,是否还有人徜徉其中,不愿离去。《新中国未来记》给予我们的教训和启示正在于此:政治可以写,但关键是怎样去写。梁启超和他的追随者们以自己的失误,为我们立下了一块警戒的墓碑。

二、"诗界革命"

与其把从旧诗到新诗的转变看作一种断裂,不如视之为一个不断汲取和抛弃的连续过程:因为诗体变革的观念就产生在旧诗界,并且第一次在旧诗界里做了革新诗体、走向新诗的实验。这一实验就是十九世纪末二十世纪初梁启超提出和倡导的"诗界革命"。

光绪二十五年十一月二十三日(1899 年 12 月 25 日),乘船前往檀香山、航行在太平洋上的梁启超在反思旧诗创作现状和总结自己诗歌写作经验教训的基础上,提出了"诗界革命"的主张:他认为,千余年来的诗歌写作,陷在了模拟学舌的泥沼里,缺乏创造性,这样下去,将面临"诗运殆将绝"的危险,所以他主张写诗要另辟新境,"为诗界之哥仑布、玛赛郎";他把"诗界革命"的要求归为"不可不备"的"三长":"第一要新意境,第二要新语句,而又须以古人之风格入之,然后成其为诗。"具备"新意境""新语句"和"古人之风格"成为最初"诗界革命"的纲领①。梁启超这次檀香山之行的航程日记,发表于《清议报》第 35、36、38 册上,光绪二十五年十一月十三日日记刊在光绪二十六年正月十一日(1900 年 2 月 10 日)的第 35 册,自此开始,梁启超关于"诗界革命"的思考布告天下,遂渐渐掀起诗歌变革的热潮。不过到了光绪二十八年(1902),梁启超标举"能以旧风格含新意境,斯可以举革命之实"②,对"诗界革命"的纲领作了重要的修正。梁启超的这一系列言论对十九世纪末二十世纪初的诗歌实验,即"诗界革命"的发展方向产生了重要影响;而且从中国诗歌演变史来看,"诗界革命"也值得重视,它开启了中国新诗诞生的先路。下面拟从"新名词(即'新词句')""新意境""旧风格"三个方面入手,探讨"诗界革命"

---

① 梁启超《夏威夷游记》,《饮冰室合集》专集之二十二,第 189—191 页。
② 梁启超《饮冰室诗话》,《饮冰室合集》文集之四十五(上),第 42 页。

为中国诗歌(尤其是新诗)发展提供了哪些经验和教训。

(一) 新名词

　　王国维《论新学语之输入》(1905)落笔即云:"近年文学上有一最著之现象,则新语之输入是已。"他认为这一文化现象的出现是一种必然:"我国学术而欲进步乎,则虽在闭关独立之时代犹不得不造新名,况西洋之学术骎骎而入中国,则语言之不足用固自然之势也。"①其实梁启超早在光绪二十八年(1902)已经表达了相近的看法:"社会之变迁日繁,其新现象新名词必日出,或从积累而得,或从交换而来,故数千年前一乡一国之文字,必不能举数千年后万流汇沓、群族纷拿时代之名物、意境而尽载之尽描之,此无可如何者也。"②"新语""新名词"本是社会发展的必然产物,其之所以在近代打破了以往湮没不闻的局面而为时人所瞩目,乃是因为近代中国的"新名词"络绎不绝,且绝大部分来自外邦,而不像从前那样靠了闭关时代的积累。这与近代中国西学东渐的文化境遇有关。西洋学术骎骎以入,锐不可当,华族语言日见窘迫,输入新语已成自然之势,但对于那些怀有天朝上国观念、主张华夷之辨的子民而言,这仍不啻为一种耻辱,当然还有对"新名词"强大生命力所产生的愤怒与恐惧。"新名词"的输入实质上是新知识新思想的输入,记住这一点有助于理解近代人的"爱国情怀"。

　　近代中国"新名词"影响之大,真如蔽日而过之蝗群,几乎没有哪种文体能逃开它的吞噬,先是散文,然后是体制精致又相对保守的诗歌。倡导在中国古典诗歌的创作中使用"新名词",这是在西学东渐、新名词输入的大背景下,"诗界革命"的必然取径之一:流水已过,其渠自成。下面所要解决的问题是,为什么"诗界革命"的理论在开始

---

　　① 　王国维《论新学语之输入》,《王国维文集》(第三卷),第 40—41 页。

　　② 　梁启超《新民说·论进步》,《饮冰室合集》专集之四,第 57 页。

选择了"新名词",后来又抛弃了它? 在"诗界革命"口号提出之前的乙未、丙申(1895、1896)间,梁启超、夏曾佑、谭嗣同三人有所谓"新学之诗"的创作,任公后来回忆说:他们当时沉迷于"新学",常用诗歌作"宗教式的宣传"[1],诗中"颇喜挦扯新名词以自表异"[2]。由此可知他们当时对"新名词"的狂热,主要是对新学而发生的一种情感,那时他们还没有关于"新学之诗"的理论表述,而且创作也称不上是自觉追求一种新诗体的实验,他们不过是拿常用的作为表达手段之一种的旧体诗歌,来记述宣传他们的所谓新学思想罢了。

　　"诗界革命"一词首次出现于梁启超光绪二十五年岁末日记《汗漫录》(收入《饮冰室合集》时改名《夏威夷游记》)中,与此同时他提出了"诗界革命"的"三长"理论:

　　　　欲为诗界之哥仑布、玛赛郎,不可不备三长:第一要新意境,第二要新语句,而又须以古人之风格入之,然后成其为诗……若三者具备,则可以为二十世纪支那之诗王矣。[3]

"新语句"即"新名词",此时它被尊为"诗界革命"创作的三要素之一,其地位与其他二者并无轩轾之分。至《新民丛报》时期,梁启超的看法有了很大的变动,对"诗界革命"的理论表述作了调整,他认为:

　　　　过渡时代,必有革命。然革命者当革其精神,非革其形式。吾党近好言诗界革命,虽然,若以堆积满纸新名词为革命,是又满洲政府变法维新之类也。 能以旧风格含新意境,斯可以举革

---

[1]　梁启超《亡友夏穗卿先生》,《饮冰室合集》文集之四十四(上),第 22 页。

[2]　梁启超《饮冰室诗话》,《饮冰室合集》文集之四十五(上),第 40 页。

[3]　梁启超《夏威夷游记》,《饮冰室合集》专集之二十二,第 189 页。

命之实矣。苟能尔尔,则虽间杂一二新名词,亦不为病。①

显然,梁启超将"新名词"归为形式一类,并最终将其排斥在"诗界革命"的理论纲领之外,变成了可有可无的东西,而单单标举"以旧风格含新意境",这一带有折中色彩的口号,竟成了"诗界革命"的纲领。

从必有到可无:"新名词"这种要求上的变化,有很多意味在里面。对其转变原因的思考,可从下面三个方面展开。

第一,为了争取更多的支持者和更大的读者群。

我倾向于把"诗界革命"的提出看作是梁启超变革观念普遍延伸的结果,梁启超曾云:"夫淘汰也,变革也,岂惟政治上为然耳,凡群治中一切万事万物莫不有焉。以日人之译名言之,则宗教有宗教之革命……即今日中国新学小生之恒言,固有所谓经学革命、史学革命、文界革命、诗界革命、曲界革命、小说界革命、音乐界革命、文字革命等种种名词矣。"②顺应了变革潮流的"诗界革命"要想取得进展并有所成就,必须赢得广泛支持,否则将在被冷落中归于死灭。同时,"诗界革命"最初的理论表述已表现出浓厚的启蒙意识——主要针对士夫阶层:诗歌要传达新知识新思想("新意境""新语句"),这样,也必须考虑如何使诗歌易于被接受从而扩大读者群的问题。因此,无论是完成"诗界革命"还是实现启蒙功效,二者在争取读者这一点上达成共谋。像乙未、丙申之际怪话弥漫的"新学之诗",到《新民丛报》时期梁启超已经厌倦不作,夏曾佑诗笔也几乎不涉此类③,这种无人理睬的局面与它的难以理解、难以接受有很大关系。那些怪诗"非常在一块的人不懂"④,甚至常在一块的人也不能了然,何况局外之人?

---

① 梁启超《饮冰室诗话》,《饮冰室合集》文集之四十五(上),第 41 页。
② 梁启超《释革》,《饮冰室合集》文集之九,第 42 页。
③ 参阅《饮冰室诗话》,《饮冰室合集》文集之四十五(上),第 41 页。
④ 梁启超《亡友夏穗卿先生》,《饮冰室合集》文集之四十四(上),第 21 页。

所以这种类似"私人化"写作的"新学之诗"的生命不能长久也就不难理解。

那么什么样的诗歌在当时会受到普遍欢迎呢? 在这一点上黄遵宪的诗歌创作肯定给了梁启超以一定的启示。黄遵宪的诗歌在当时极受推重,其程度可以从《人境庐诗草》跋语的数量和内容上看出来。《诗草》稿本五至八卷共有十三人题写了跋语,其中有宋诗派的作手如陈三立、俞明震、范当世等,亦有后来"诗界革命"的健将如夏曾佑、梁启超、丘逢甲等。钱锺书云:"凡新学而稍知存古,与夫旧学而强欲趋时者,皆好公度。"①此话可谓一语中的,得黄诗风行于时之真秘,不但言明了好公度者的趣味取向,而且暗示了黄诗不新不旧亦新亦旧的特色,可以说黄诗是近代中国文化的隐喻。十三家跋语各尽赞誉之能事,谈得比较多的一点即黄诗于古诗之外别辟新界——形式上变古而创,题材上驰写域外。而深味各家文字间的痛快喜悦,知其所言确系由衷,非虚与委蛇之词。梁启超于丁酉年读到黄遵宪《诗草》稿本,他于《饮冰室诗话》中云:"丙申、丁酉间,其《人境庐诗》稿本留余者两月余,余读之数过,然当时不解诗,故缘法浅薄,至今无一首能举其全文者,殊可惜也。"②从他的跋语看③,他的"不解诗"似非全为自谦之词,他虽有"诗人之诗""非诗人之诗"之辨,但他倾向的是非诗因素,即诗中损益古今中外治法、忧国保教续种的思想,他还不能理解黄遵宪诗歌的独特性之所在。但有两点谁也不能否认:一、黄诗魅力使梁启超为之倾倒;二、他人对黄诗的理解和高度评价给梁启超留下了深刻印象。所以后来他在太平洋航船中阐述自己"诗界革命"的想法时说"时彦中能为诗人之诗而锐意欲造新国者,莫

---

①　钱锺书《谈艺录》,中华书局 1984 年版,第 24 页。

②　梁启超《饮冰室诗话》,《饮冰室合集》文集之四十五(上),第 2 页。

③　梁启超跋语见钱仲联《人境庐诗草笺注》,上海古籍出版社 1981 年版,第 1086 页。

如黄公度"①,已露出以黄诗为"诗界革命"典则之相;而这一论断,无疑承续了当年他读黄诗的感受("诗人之诗"),更为关键的是接受了其他跋语的启示("锐意欲造新国"),表达了一个时代读者的共同感受。

在"诗界革命"理论表述中为黄遵宪诗歌张本,这是梁启超在充分体悟当时文坛风气后所作的明智选择,但此时(1899年)梁启超对黄遵宪的推许还是有所保留的,他认为虽然《今别离》《吴太夫人寿诗》等作"皆纯以欧洲意境行之,然新语句尚少"②,委婉地表达了对黄诗在"新名词"(即"新语句")使用上的不满——在此时的梁启超看来,"新名词"是诗歌革命性必不可少的标志之一。但"新名词"少恰是黄遵宪诗歌创作的一个事实,并且当年题跋的人们所津津乐道的是其中的"新意境""旧风格",而于其中的"新名词"不落一词,这似也暗示了对"新名词"不以为然的态度。所以到了《新民丛报》时期,很自然地,梁启超推出了"以旧风格含新意境",对黄诗表示了完全的臣服,或云与那些"凡新学而稍知存古,与夫旧学而强欲趋时者"走到了一处,他接受了他们在诗歌守旧与创新取向上的观念。从此,黄遵宪的诗歌以"诗界革命"大旗的面目出现在《饮冰室诗话》中,成为"诗界革命"的楷模,代表了"诗界革命"的方向。

如果有人说"诗界革命"理论从"三长"到"以旧风格含新意境","新名词"从必有到可无的转变过程,实际上是一个"诗界革命"理论不断调整自己、逐渐向黄遵宪诗歌创作实践靠拢并最后以之为典型的过程,那么这种说法并不过分。黄诗富于"旧风格""新意境",而"新名词"很少,极合士夫阶层的口味。因此,对黄遵宪诗歌的推重,实质上是对当时诗坛某种阅读风气的顺从,而说到底,是为了"诗界革命"的光大而选择的一条"金光大道"。

第二,对诗歌艺术特质觉醒并自觉维护之。

放弃"新名词",定典型于黄诗,不仅仅是出于争取读者的目的,

①② 　梁启超《夏威夷游记》,《饮冰室合集》专集之二十二,第189页。

它还是梁启超对传统诗歌艺术特质觉醒并自觉维护的过程。至少到光绪二十五年(1899)末,梁启超对中国古典诗歌艺术特质的理解与其他人已经几乎没有什么不同,都认为集中体现在"旧风格"上,他们最初的分歧在于这种"旧风格"应该怎样来变革。毫无疑问,偏于保守的诗人主张诗歌传统内部的自我变革,尤其形式上,而以梁启超为代表的新派作者则倡导用"新名词"来冲击古老的"旧风格"。当光绪二十五年(1899)在《汗漫录》中论及黄遵宪诗歌时,梁启超已认识到"新语句与古风格常相背驰"①,但这种由"新名词"破坏"旧风格"所带来的消极影响,还不足以抵消梁启超眼中由于形式变革而产生的魅力,所以他理想中的诗歌既要有旧诗风味("古风格"),又要表现出新的形式特征("新语句"),他力图融合二者。但等到他在《饮冰室诗话》中再次触及这一论题时,两种力量的对比已发生了巨大变动,梁启超直接放弃"新名词"转而维护"旧风格"即旧诗的传统艺术特质了。梁氏的这一醒悟当与高旭比较相似。高旭亦曾大作革命诗歌,他说:"世界日新,文界诗界当造出一新天地,此一定公例也。黄公度诗独辟异境,不愧中国诗界之哥伦布矣。近世洵无第二人。"然而,"新意境新理想新感情的词,终不若守国粹的用陈旧语句为愈有味也"②,梁启超这一时期面对扑面而至的"新名词"诗作,一定也产生了类似的感觉。这种对传统诗歌艺术性的重新发现和强调,在梁启超对"新学之诗"的反思中也表现了出来。乙未、丙申之际他们写作"新学之诗"时,只为表达思想上的领悟和收获,于诗歌艺术很少留意,梁氏后来回忆那时的创作,认为"新名词""颇错落可喜",但"已不备诗家之资格",谭嗣同晚年所作,"已渐成七字句之语录,不甚肖诗矣",而他自己当年所作亦"可笑实甚"③。"新学之诗""必非诗之佳

---

① 梁启超《夏威夷游记》,《饮冰室合集》专集之二十二,第 189 页。

② 高旭《愿无尽庐诗话》,转引自钱钟联《人境庐诗草笺注》,第 1282 页。

③ 梁启超《夏威夷游记》,《饮冰室合集》专集之二十二,第 190 页。

者,无俟言也"①。"新学之诗"具诗之形式,但满纸密植的"新名词"极大地破坏了旧诗的味道,诗的艺术性几近无余了。诗家资格已失,语录之气甚烈。"旧风格"当指古典诗歌体制、语言,尤其是与其相关联的韵味、风格之类②,维护"旧风格",排斥"新名词",反映了包括梁启超在内的近代士夫阶层对传统诗歌艺术性的维护。

但有一点应予以充分注意,梁启超在《汗漫录》和《饮冰室诗话》中对"新名词"的批评显示了不同的切入角度。在《汗漫录》中,他总是从"新名词"作为"旧风格"的对峙方面入手考虑问题,均属形式方面,而《饮冰室诗话》中则转向了精神、形式的主从先后之别。这一不同,反映了梁启超在思考"新名词"或云"诗界革命"时一个重大的思想变动,这就是下面将要讨论的。

第三,精神革命思想的影响。

"以旧风格含新意境"实质上是在保持形式因素不变的前提下变革精神(内容),这一观点的提出,与当时梁启超的过渡时代精神革命思想有密切关系。他在《过渡时代论》中说:"今日之中国,过渡时代之中国也。"③而过渡时代必有革命,但"革命者当革其精神,非革其形式"。为什么?梁启超认为文明有形质、精神两个层次之分,但:

> 　　求形质之文明易,求精神之文明难。精神既具,则形质自生;精神不存,则形质无附。然则真文明者,只有精神而已。故以先知先觉自任者,于此二者之先后缓急,不可不留意也……求文明而从形质入,如行死港,处处遇窒碍,而更无他路可以别通,其势必不能达其目的,至尽弃其前功而后已。求文明而从精神

---

①　梁启超《饮冰室诗话》,《饮冰室合集》文集之四十五(上),第41页。

②　参阅夏晓虹《晚清文学改良运动》,陈平原、陈国球主编《文学史》(第二辑),北京大学出版社1995年版,第227页。

③　梁启超《过渡时代论》,《饮冰室合集》文集之六,第27页。

入,如导大川,一清其源,则千里直泻,沛然莫之能御也。①

这段话概括了梁启超对精神先决作用的坚定信念,也因此,作为形质的"新名词"被他放弃了。从这一角度理解,"当革其精神,非革其形式"并非固守形式不变之意,而是主张革命要从精神入手;"能以旧风格含新意境,斯可以举革命之实矣"②,实际上是说,能在"旧风格"下完成"新意境"的变革,就已经完成过渡时代"诗界革命"的任务了;形式不必去管,因为新精神具有催生新形式的能力,"诗界革命"若一味纠缠于形质,"以堆积满纸新名词为革命,是又满洲政府变法维新之类也"③,是表面的假维新,于"诗界革命"的前程无补。

其实,这种精神革命思想早由"诗界革命"口号本身所蕴藏了。"诗界革命"口号的提出受到了日本文坛的影响,"革命"一词即是来自日本的"新名词"。梁启超认为日本之"革命"Revolution,实即变革之意(与改革 Reform 对言),指"从根柢处掀翻之,而别造一新世界"④,从而使事物与外境相适,这种认识已经指向了上面所云的精神革命思想。正是在精神革命思想的指引之下,梁启超放弃"新名词",将"三长"理论调整为"以旧风格含新意境",从精神革命的角度理解,这一调整实质上是对"新意境"的强调,即对精神革命的先锋地位和决定作用的强调,这是为了警示人们:"诗界革命"的开展应从"根柢"处做起,不要沉溺于虽然易于进行却只是修修补补的"改革"之行——"新名词"写作。

我们如果指责"诗界革命"理论放弃"新名词"是走向了保守,似是错会了梁启超的深意。上面讨论的前两点原因基于彼时代的诗歌

---

①　梁启超《国民十大元气论·叙论》,《饮冰室合集》文集之三,第 61—62 页。

②③　梁启超《饮冰室诗话》,《饮冰室合集》文集之四十五(上),第 41 页。

④　梁启超《释革》,《饮冰室合集》文集之九,第 40 页。

艺术观念,透露出要固守"旧风格"的意思,这里面固然有梁启超艺术感受理解的真诚,但我以为他批评、放弃"新名词",推出"以旧风格含新意境",大力鼓吹黄遵宪的诗歌,主要是出于一种策略意识,他不但要以此争取广泛的支持,而且努力使"诗界革命"的创作转向精神变革这一根本性的变革之路,从而实现真正的"诗界革命"。并且,他并不反对形式风格上的改变,这从后来他对"杂歌谣"的提倡,对黄遵宪《军歌》的极力推崇以及 1920 年对诗歌观念的阐释中[①],均可以见出。

当光绪二十五年(1899)梁启超在太平洋上提出"诗界革命"的口号时,他陈述"诗界革命"的目的说:他希望中国能出现诗界的哥仑布和玛赛郎,为已临绝境的中国诗歌造出"新国",另辟新路,延续将绝的"诗运","犹欧洲之地力已尽,生产过度,不能不求新地于阿米利加及太平洋沿岸也"[②]。然而人的主观愿望与事件的实际影响之间常常存在巨大的反差,"诗界革命"正是如此。"诗界革命"创作实践在"新名词"运用这一点上,到底给中国古典诗歌带来了什么,即它的影响如何——在这一方面,由于受梁启超等人"说法"的影响,不少研究者的认识仍然笼统和模糊。

本文的检讨将从"新学之诗"开始,中经《清议报》"诗文辞随录",最后结束在《新民丛报》的"诗界潮音集"。

"新学之诗"本是一个"小圈子"短期创作的结果[③],当时数量就

---

① 关于"杂歌谣"可参阅黄遵宪光绪二十八年八月二十二日致梁启超讨论诗体革新的信和《新小说》杂志的"杂歌谣"专栏;关于《军歌》可参阅《饮冰室诗话》,关于 1920 年梁启超的诗论可参阅《晚清两大家诗钞题辞》,这是他为金和、黄遵宪诗选集所作的序言。

② 梁启超《夏威夷游记》,《饮冰室合集》专集之二十二,第 189 页。

③ "新学之诗"指光绪二十一、二十二年(1895—1896)间夏曾佑、谭嗣同、梁启超等人创作的一种用来表达他们眼中"新学"的诗体,语出梁启超《饮冰室诗话》,见《饮冰室合集》文集之四十五(上),第 1、40 页。

不多,今天可见到的更少,现从夏曾佑、谭嗣同和梁启超三人诗作中录出"新学之诗"25 首①,作为分析的对象。它们包括夏诗 10 首,谭诗 14 首,梁诗 1 首,诗目如下:

夏曾佑:《赠梁任公》,《沪上赠梁启超》,《无题》二十六首之"积劫登伽业已深""微言如线二千春""进退百神归太乙""冰期世界太清凉""昆仑维帝所都居""文章妙美山溪塔""帝子采云归净土""六龙冉冉帝之旁"。

谭嗣同:《赠梁卓如诗四首》,《似曾诗》(4 首),《金陵听说法诗》(4 首)、《和友人诗》(2 首)。

梁启超:"尘尘万法吾谁适"(阙题)。

这 25 首"新学之诗"所涉及的"新名词"有三种:"经子生涩语""佛典语"和"欧洲语"②,而以后二者为多。这些"新名词"是作者心目中"新学"的表征,它们的出现与当时他们对"新学"的认知有很大关系。参与了"新学之诗"创作活动的梁启超在三十年之后回忆说:"我们当时认为,中国自汉以后的学问全要不得的,外来的学问都是好的。既然汉以后要不得,所以专读各经的正文和周秦诸子;既然外国学问都好,却是不懂外国话,不能读外国书,只好拿几部教会的译书当宝贝,再加上些我们主观的理想——似宗教非宗教,似哲学非哲学,似科学非科学,似文学非文学的奇怪而幼稚的理想。我们所标榜的'新学',就是这三种原素混合构成。"③前后对照,可以知道,梁启超回忆"新

① 夏曾佑诗录自赵慎修的《夏曾佑诗集校》,收入《近代文学史料》,中国社会科学出版社 1985 年版;谭嗣同诗录自《谭嗣同全集》(增订本),中华书局 1981 年版;梁启超诗录自《饮冰室诗话》。

② 梁启超《夏威夷游记》,《饮冰室合集》专集之二十二,第 189 页。

③ 梁启超《亡友夏穗卿先生》,《饮冰室合集》文集之四十四(上),第 22 页。

学之诗""新名词"的三个来源为诸子经书、教会译书和主观理想,他遗漏了"佛典",而"欧洲语"也过于宽泛,容易让人产生误解,它当主要指来自教会译书的有关基督教的语汇和典实。

这些"新名词"的使用对诗歌本身有何影响?在对所有25首诗的平仄和押韵情况进行标识考察之后,我们可以肯定地说:如此大密度的"新名词"的出现,除了少有的几处,几乎没有破坏近体诗的格律法则,绝大部分都中规中矩①:三位诗人虽然带着脚镣,但却舞得娴熟。"新名词"并没有使诗人们在格律的处理上捉襟见肘,但它们对诗歌的影响是确乎存在的。第一,使诗歌诗味渐失。梁启超于此已有觉察:"夏穗卿、谭复生皆善选新语句,其语句则经子生涩语、佛典语、欧洲语杂用,颇错落可喜,然已不备诗家之资格……(复生)晚年屡有所为,皆用此新体,甚自喜之,然已渐成七字句之语录,不甚肖诗矣。"②他又说:"此类之诗,当时沾沾自喜,然必非诗之佳者,无俟言也。"③这种从传统诗歌语言及与之相联系的"诗味"入手,对"新学之诗"所作的反思与批评,是比较符合"此类之诗"的实际情况的。诗歌语言与散文语言的微妙区别虽然难以说清,但却彰彰在目;看着"新学之诗"满纸"见性悟道"之语,确有一种"语言无味,面目可憎"的感觉——"新名词"破坏了旧诗的"味道",所谓"不甚肖诗"即指此。第二,增加了理解的难度,限制了"新学之诗"的流传。这类"新学之诗"

---

① 这二十五首中有五处"新名词"不协平仄:夏诗"也似山前四河水"(《无题》之"昆仑维帝所都居")的"河","板板昊天有元子"(《无题》之"六龙冉冉帝之旁")的"元";谭诗"密印自持百鬼六"(《金陵听说法诗》之四)的"自"与"百","大弟子中舍利佛"(《和友人诗》之一)的"子"与"舍"均失救;梁诗"大地混元兆螺蛤"的"混""兆"和"螺"也属拗救混乱。另:夏诗《无题》"冰期世界太清凉"中"巴别塔前一挥手"的"挥"不协,但若按《饮冰室诗话》所录"巴别塔前分种教"则协。

② 梁启超《夏威夷游记》,《饮冰室合集》专集之二十二,第189、190页。

③ 梁启超《饮冰室诗话》,《饮冰室合集》文集之四十五(上),第41页。

中的"新名词"在当时对于其他诗人来说已经十分陌生，再加上他们臆想的创造和随意的喻指、新学浅薄却又任意加以贯通，就更让人读后满头雾水，不知所云：如果说梁启超在《饮冰室诗话》中所引谭嗣同《金陵听说法》诗"纲伦惨以喀私德，法会盛于巴力门"两句还可以从译音来猜度"喀私德"和"巴力门"乃英语 Caste 和 Parliament 的话，那《赠梁卓如四首》中"三言不识乃鸡鸣，莫共龙蛙争寸土"和夏曾佑诗"滔滔孟夏逝如斯，矗矗文王鉴在兹。帝杀黑龙才士隐，书飞赤鸟太平迟""有人雄起琉璃海，兽魄蛙魂龙所徙"等确是"苟非当时同学者，断无从索解"。原来当时梁、谭、夏三人"沉醉于宗教，视数教主非与我辈同类者，崇拜迷信之极，乃至相约以作诗非经典语不用。所谓经典者，盖指佛孔耶三教之经，故《新约》字面，络绎笔端焉。谭、夏皆用'龙蛙'语，盖时共读约翰《默示录》，录中语荒诞曼衍，吾辈附会之，谓其言龙者指孔子，言蛙者指孔子教徒云"。《饮冰室诗话》又引夏穗卿"以隐语颂教主"的几句诗"帝子采云归北渚，元花门石镇欧东。□□□□□□□，一例低头向六龙""六龙冉冉帝之旁，三统芒芒轨正长。板板上天有元子，亭亭我主号文王"，梁启超解释说："所谓帝子者，指耶稣基督自言上帝之子也；元花云云，指回教摩诃末也；六龙指孔子也。吾党当时盛言《春秋》三世义，谓孔子有两徽号，其在质家据乱世则号素王，在文家太平世则号文王云，故穗卿诗中作此言。"[1]这些诗连当时"常在一块的"梁启超已叹读解之难，更何况"圈外"和后代的读者？幸亏有梁氏这几段"过而存之"的"郑笺"，否则我们面对这颇类隐语的满纸"怪话"，真的要"不知从何说起"了。而实际上，当时他们并没有考虑理解流传的问题，而是满足于自我的表达，正所谓"祖裼往暴之，一击类执豕。酒酣掷杯起，跌宕笑相视。颇谓天地间，差足快吾意"[2]。看来，"新学之诗"是一种十分"私人化"的写作，这

---

①　梁启超《饮冰室诗话》，《饮冰室合集》文集之四十五（上），第 40—41 页。

②　夏曾佑《赠任公》，《夏曾佑诗集校》，见《近代文学史料》，第 38 页。

不仅仅是因为夏、谭、梁三人凭着相近的知识结构和暂时的隐喻约定来创作诗歌,同时也因为"新学之诗"只在三数人之间传阅,并没有走向更多的读者,所以,随着"三人创作小组"的解散,"新学之诗"的创作也萧条起来:"吾彼时不能为诗,时从诸君子后学步一二,然今既久厌之。穗卿近作殊罕见,所见一二,亦无复此等窠臼矣。浏阳如在,亮亦同情。"①这一点从夏、谭集中"此类之诗"甚少而任公仅见一首亦可见出。因此,如果不是梁启超在谈论"诗界革命"和哀集"师友诗文辞"的时候提及这段"影事",它早就被后人遗忘了;而且在梁启超重提之后,亦无人"从诸君子学步一二"。如此一来,我们与其探讨"新名词"对近代诗歌写作的影响,不如换个角度,来看看"新学之诗"对"数年前学界之情状"的反映了。

这话头梁启超在《饮冰室诗话》中已提起过②,二十年后写作《亡友夏穗卿先生》时,他仍沿袭了这一思路,主要不是关注"诗界革命",而是从"新学之诗"与"新学"的关系谈起了。对于"数年前学界"而言,"新学之诗"中的"新名词"虽然不过是"东云露一鳞,西云露一爪"③,但由此确实可以窥知那时"学界之情状"。显然,那时的"新学"并不拘局于"西学",它同时还包括"诸子"和"佛教"之类,驳杂得很。当时的青年学子对这类"新学"的热情很高,但即使像梁、谭、夏这样的"得风气之先"者④,其对"新学"的认知和"新学"知识的积累仍然十分浅薄,这大约应归因于"当时在祖国无一哲理政法之书可

---

① 梁启超《饮冰室诗话》,《饮冰室合集》文集之四十五(上),第41页。

② 梁启超《饮冰室诗话》中云:"今过而存之,岂惟吾党之影事,亦可见数年前学界之情状也。"见《饮冰室合集》文集之四十五(上),第41页。

③ 龚自珍《自春徂秋,偶有所触,拉杂书之,漫不诠次,得十五首》之十五,刘逸生、周锡韦复注《龚自珍编年诗注》,浙江古籍出版社1995年版,第305页。

④ 梁启超《饮冰室诗话》中云:"吾党二三子号称得风气之先。"《饮冰室合集》文集之四十五(上),第41页。

读"①,在"西学"方面,"只好拿几部教会的译书当宝贝"。可以想见,当时学界的思想资源何其匮乏。但有一点倒是值得欣慰,当时对"西学"的认识,已开始超越"器物",而转向关注思想层面的东西了②。另外,"新学之诗"中大量"佛典语"的出现,是近代中国佛教复兴的折光,《饮冰室诗话》中关于夏曾佑、谭嗣同等人学佛的记录亦可佐证。

光绪二十四年十一月十一日(1898 年 12 月 23 日),逃亡日本的梁启超在横滨主持出版《清议报》,报中辟有"诗文辞随录"专栏,刊录维新同人的作品——主要是诗。百期《清议报》,"诗文辞随录"中共刊诗 860 首,其中有约 15% 的作品中使用了"新名词"③。据统计,共有"新名词"124 个,现将它们分类摘录如下:

天演名词(11 个):竞争存、劣败、竞存、竞生存、天演、争存理、竞争、物竞、劣灭优兴、竞争以存立、强者生存弱者仆;

社会科学名词(56 个):自主权、合群、自由、共和、平权、代表、奴仆性、专制、群、公义、主权、民权、国权、联邦、尚武、平等、独立、民主、革命、党派、奴性、群力、热潮、民约、男女平权、政府、冒险、自立、铁血、国防、公理、团体、智种、目的、精神、世纪、宗教、社会、思想、文明、消息、学科、脑性、野蛮、哲学、基础、智力、交通、脑筋、法律、问题、过渡、哲学家、进化、归纳、学会;

自然科学名词(13 个):以太、无机、日力、格致、思力、光力、爱力、微生物、磁铁、铂金、浮力、电火、视差;

---

① 梁启超《饮冰室诗话》,《饮冰室合集》文集之四十五(上),第 41 页。

② 参阅梁启超《五十年中国进化概论》三期进步之说,见《饮冰室合集》文集之三十九,第 43—45 页。

③ 这两个数字是以《清议报全编》所收《诗界潮音集》为底本统计得出,此本中的"诗界潮音集"即《清议报》中的"诗文辞随录",《全编》出版时改为此名,下文中对"诗文辞随录"中作品的分析亦据此本。

人、物专名(44个):拿破仑、华盛顿、哥仑坡、释迦牟尼、耶稣、谟罕默德、苏格拉、卢骚、卢孟、太平洋、亚欧、欧美、远东、北极、南极、澳大利、俄罗斯、亚刺、埃及、波兰、哥士、欧洲、东亚、麦西、黑海、北美洲、支那、赤道、雪梨、希腊、星球、恒星、行星、半球、铁道、火车、电线、汽笛、梳会、科葛米纳、芦丝、俾士麦克、玛志尼、圣军。

关于这些"新名词"的来源,有的论者直接据梁启超在《汗漫录》中的说法,认为它们来自欧洲①。如果追溯到这些词的本源,说它们主要来自欧洲大体是正确的,但这一回答却似乎什么也没有说出,它离近代中国的文化语境远了些;我们想要知道的是,诗人们从何处得到了这些"新名词"? 显然,一是译书,二是报刊文章。译书、办报是近代中国的两大文化事业,备受关注。梁启超就认为:"处今日之天下,则必以译书为强国第一义。"②同时,报纸也被他视为传播文明三利器之一③。译书可分为两种情况:译自欧美的书和译自日文的书,前者以严复《天演论》等书的翻译为代表——此书的翻译使天演观念深入人心,而后者更值得注意——日文译书在近代中国有着特别的作用和地位。自甲午战败后,中国"发现"了日本,留日学生与年激增,到光绪三十一年(1905)达到高峰④;光绪二十四年(1898)维新变法失败后,众多维新人士流亡海外,日本一跃成为维新舆论中心;加之日

---

① 梁启超云:"今欲易之,不可不求之于欧洲。欧洲之意境语句,甚繁富而玮异,得之可以陵轹千古涵盖一切……吾虽不能诗,惟将竭力输入欧洲之精神思想,以供来者之诗料可乎?"见《饮冰室合集》专集之二十二,第189—190页。

② 梁启超《变法通议·论译书》,《饮冰室合集》文集之一,第66页。

③ 梁启超《自由书·传播文明三利器》,《饮冰室合集》专集之一,第41页。

④ 参见黄福庆《清末留日学生》,台湾"中央研究院"近代史研究所1975年版,第24页。

文易识易学易译:这一切促成了日文书翻译的热潮,许多西学书籍由此而从日文译本转译过来。这样,带有大量汉语词形的日文必然会对翻译用词产生影响,于是,许多日文中的汉语词汇(其中包括日本译西书之词汇)得以进入中国。从诗歌中所用的"新名词"看,源于日文的至少占到 20％[①],在高频词(见下文中的高频词表)中,这个比例更是高达 50％,这从一个侧面表明了近代中国思想对日本的借镜达到了何种程度,因而要充分估价日本在近代中国发展中的作用。报刊在十九世纪末二十世纪初开始繁兴,其中那些有新学知识或能够读译外文的人所写的"新学"文章,肯定为"诗界革命"的诗人们提供了包括"新名词"在内的诗料。梁启超正是这样的提供者之一。他曾说:"吾虽不能诗,惟将竭力输入欧洲之精神思想,以供来者之诗料可乎?"这话容易引起误解。其实梁启超不懂英文,他的许多新学"觉世之文"都参考了日文书籍或文章,就在同一文中,他说:"吾近好以日本语句入文,见者已诧赞其新异。"[②]这透露了梁启超文中"新名词"络绎不绝的秘密。

以上叙述强调了日文语汇的进入近代中国,其实早在那个时代,许多读书人就已在关注这一现象。反对者如康有为、林獬等人,他们以借用日文语句为病,以为日文不过是简陋之俚语,单词片语,不足为法,而我中国自有堪称国粹的雅言,不必去此而即彼,康有为甚至视使用日文者为"有若病狂"[③]。这种态度未免过于狭隘和自大。在这一问题上,王国维则表现得十分通达,他分析了取用日本名词的种种方便之处,认为"新名词"的涌现既有不得不如此的时势所逼,同时

---

①　对日源词汇的统计主要依据《汉语外来词词典》(上海辞书出版社 1984 年版),又加上梁启超在《夏威夷游记》中提及的几个词,共 24 个日源词。

②　梁启超《夏威夷游记》,《饮冰室合集》专集之二十二,第 190 页。

③　林獬言论见高旭《愿无尽庐诗话》;康有为论调见《中国颠危误在全法欧美而尽弃国粹说》一文。

也是学术进步本身的要求，"好奇者滥用之，泥古者唾弃之"均不是科学的态度，而应当择取而用之①。

　　阅读"诗文辞随录"中的诗歌，我们不难看出："新名词"及其在诗歌中的运用，与"新学之诗"已有明显不同。除了来源的差异，这不同还表现为以下几方面：第一，"新名词"的使用密度减小。典型的"新学之诗"用"堆积满纸新名词"来描述绝不为过②，而"诗文辞随录"中的大部分作品，"新名词"在其中的分布相当稀疏，近于点缀而已。让梁启超"拍案叫绝"的郑西乡的《奉题星洲寓公风月琴樽图》"太息神州不陆浮，浪从星海狎鸥盟。共和风月推君主，代表琴樽唱自由。物我平权皆偶国，天人团体一孤舟。此身归纳知何处，出世无机与化游"，已非"不以此体（指'新学之诗'之体）为主，而偶一点缀者，常见佳胜"③。这种在一首律诗中塞进七八个"新名词"的作法，仍是"以此体为主"，走了"新学之诗"的老路。但像郑诗这样满纸"新名词"的作品，在"诗文辞随录"中为数极少。第二，"新名词"具有共享性。"诗文辞随录"中的"新名词"不再属于一个小圈子中的几个人。由于近代传播媒体的大发展，这些"新名词"通过译书和报刊得以迅速进入公众阅读空间，它们腾于众口，播至坊间，为人们所熟知。这种语汇的共享性避免了"新学之诗"难以理解的顽症。第三，宗教性"新名词"几近于无，而代之以反映了西方近代文明的诸多"新名词"。最后，这些"新名词"词意显豁，运用直接，减少了像"新学之诗"由所谓的"象征"而带来的诗意晦涩④。

----

　　①　王国维《论新学语之输入》，《王国维文集》（第三卷），第 41—42 页。

　　②　梁启超《饮冰室诗话》中云："若以堆积满纸新名词为革命，是又满洲政府变法维新之类也。"见《饮冰室合集》文集之四十五（上），第 41 页。

　　③　梁启超《夏威夷游记》，《饮冰室合集》专集之二十二，第 190 页。

　　④　梁启超《亡友夏穗卿先生》中云："这些话（案：指夏曾佑和谭嗣同的新学诗）都是表现他们的理想，用的字句都是象征。"见《饮冰室合集》文集之四十四（上），第 22 页。

由于受梁启超"新语句与古风格常相背驰"论断的影响[①],人们往往夸大了此类"新名词"对古典诗歌形式上的背叛,过高地估计了"新名词"的使用在古典诗歌走向"新诗"过程中的作用。而事实上是:首先,对诗歌格律的考察告诉我们,这些"新名词"与"新学之诗"中"新名词"一样,对诗歌的格律几乎没有违悖[②];其次,由于这些"新名词"已成为人们所熟知的共享词汇,运其入诗,好像选择比较陌生但却为中国所固有的词汇一样,除了一种自然的新颖,在我看来,它们对古典诗歌的风格韵味几乎不能构成什么威胁。连"新名词"成片的郑西乡的《奉题》,梁启超都以为制作得"天衣无缝","几于诗人之诗矣"[③],其他"偶一点缀者"就可想而知了。既然在格律和韵味方面,"新名词"对旧诗表现出了出奇的驯服,那它对诗歌创作的影响究竟在哪里呢?其实,"新名词"主要是密切了诗歌与"当下"文化语境亦即彼时现实的联系而已。"西学东渐"是近代中国最重要的文化语境,而"新名词"的输入是这一语境中引人注目的风景。虽然诗歌不是宣讲西学的最佳文体,但带有"新名词"的诗歌创作,确是诗人介入现实语境的一种方式,通过诗歌,他们发出自己或弱或强的声音。诗人们对"新名词"的选择不是随意的,从下面的高频词表可以看出,他们的目力所注在整体上与同时代的思想界保持着一致:自由、平等、天演、革命,这正是众口传说的话题。这些"新名词"均有着厚重的思想文化内涵,几乎每个词都代表着一种崭新的观念,诗人们选其入诗,反映了他们对"西学东渐"思潮和近代思想现实的关注和应和。从而,诗歌的现实感增强了,这些诗歌与近代中国的许许多多的其他诗歌一样,具有强烈的现实精神。

---

① 梁启超《夏威夷游记》,《饮冰室合集》专集之二十二,第189页。

② 这一考察主要针对近体诗。其中有一处"新名词"平仄不协:"请观今后一世纪"(玄圭十亿郎之《吊烈士唐才常》)的"世"。

③ 梁启超《夏威夷游记》,《饮冰室合集》文集之二十二,第190页。

"诗文辞随录"诗歌中社会科学类"新名词"之高频词表

新名词	自由	文明	竞存	世纪	民权	自主	精神	平等	独立	铁血	革命	合群	共和	平权	天演	以太	公理	专制	哲学
出现次数	23	20	11	10	9	9	9	9	8	7	7	5	5	4	4	3	3	3	3

注："竞存"词条下包括了"竞争存、竞存、竞生存、争存、竞争、物竞、劣败、劣灭优兴、竞争以存立、强者生存弱者仆"等词；"世纪"则包括"世纪、廿纪、廿世纪"三种词形；"以太"在前面的分类中归入自然科学名词，但其使用更多时候具有哲学意味，故列入此表。

　　"诗文辞随录"之后的"诗界潮音集"①，其"新名词"的选择和使用情况与"随录"相仿，此处不再作具体分析②，但这里有一个问题值得注意：光绪二十九年(1903)三月十四日，梁启超于《饮冰室诗话》中提出"以旧风格含新意境"，开始抛弃"三长"之一的"新名词"，这一理论倾向，为何对诗歌创作中"新名词"的使用几乎没产生什么影响？原因比较复杂。梁启超虽然提出了"以旧风格含新意境"，但在光绪二十九年的头十个月里，他并不在日本，报馆事业主要由蒋观云主持③，而蒋观云是喜用"新名词"的诗人，梁启超在《广诗中八贤歌》中说："驱役教典庖丁刀，何况欧学皮与毛。"④蒋氏的口味可能影响了

---

　　① "诗界潮音集"是《新民丛报》的诗歌专栏，始于第 1 号(1902 年 2 月 8 日)，终于第 54 号(1904 年 10 月 9 日)，共出 25 次。

　　② "诗界潮音集"共收诗 155 题，限于我所见到的《新民丛报》缺第二年的 25—48 号，故列入统计的只有 95 题 270 首诗，其中运用"新名词"的作品占到 20％之多。其高频词情况亦与"诗文辞随录"相仿，如下(括号内数字表示在诗中出现次数)：文明(13)、世纪(8)、自由(6)、平等(4)、平权(4)、铁血(3)、天择(3)、革命(2)、精神(2)、天演(2)，其平仄押韵情况，未作考察。

　　③ 参见丁文江、赵丰田编《梁启超年谱长编》光绪二十九年(1903)，上海人民出版社 1983 年版。

　　④ 梁启超《广诗中八贤歌》，《饮冰室合集》文集之四十五(下)，第 13 页。

编辑风格。梁启超于光绪二十九年(1903)十月返回日本,但此后的"诗界潮音集"仅出三期——分别见于 46、47、48 合刊号、52 号、54 号的《新民丛报》,其理论倾向即使产生影响也没有充裕的时间展开。况且,"诗界潮音集"更主要的还是为师友们提供一个发表诗作的空间,"新名词"的无与有都不必太过计较,有些师友嗜性难改,也不妨听之任之。甚至说到梁启超本人,他虽然提出了"以旧风格含新意境",但这并不意味着对"新名词"的弃绝,仔细揣味上下文,他对"新名词"仍有同情与留恋,只是因为重视精神革命,视形式(包括"新名词")为精神的附生品了。

在结束了这些沉闷的分析之后,我们终于可以轻松地说两句了:面对梁启超光绪二十五年(1899)"新语句与古风格常相背驰"的发现,我们要万分谨慎。从"诗界革命"的创作实践看,"新名词"不但在格律方面,甚至在风格韵味上——这一点主要指"诗文辞随录"和"诗界潮音集"中的作品,都与古典诗歌几乎没有什么"背驰",所谓的冲击与破坏,就更谈不上了。梁启超所以在光绪二十九年(1903)提出"以旧风格含新意境",恐怕从"精神革命"的角度解释更为合理,而不是因为"新语句与古风格常相背驰"——这毕竟是四年前的发现,而且这一发现与"新学之诗"的创作有千丝万缕的联系。或许这样解说"新名词"与古典诗歌的关系更合乎"诗界革命"的创作实际:"新名词"的运用是在不触动古典诗歌"语法"的前提下所进行的一种词汇选择。所以有时候觉得,钱锺书所以为的"若辈之言诗界维新""仍是用佛典梵语之结习"并不刻薄[1],他们只是赶上了"西学东渐"的好年头,所以才把自由、革命之类写入了诗中。

(二)"新意境"与"旧风格"

从《饮冰室诗话》来看,梁启超至少在光绪二十八年(1902)的时

---

① 钱锺书《谈艺录》,第 24 页。

候,已经不把"新名词"作为"诗界革命"的纲领要求:在《诗话》中,除了以反思和批判的口气提起"新名词"三个字,再也见不到它的踪影;而每次在评论"诗界革命"的代表作品时,几乎总是"新意境(理想)"和"旧风格"并举:

> 谭浏阳……其诗亦独辟新界而渊含古声。
>
> 近世诗人能镕铸新理想以入旧风格者,当推黄公度。
>
> 能以旧风格含新意境,斯可以举革命之实矣。
>
> 嘉应杨佣子惟徽……其理想风格,皆茹今而孕古,人境有传人矣。
>
> 有自署瀚华者,以一诗见寄,以新理想入古风格,佳诗也。
>
> 蒋万里以《新游仙》二章见寄,风格、理想,几追人境庐之《今别离》。
>
> 民父复有《今别离四章》……理想气格,俨然人境也。[①]

这种很稳定的批评用语,表明了梁启超言说时的自觉。这种自觉从一个例子也可以体会得出,《汗漫录》(1899)中云:"邱仓海《题无惧居士独立图》云:黄人尚昧合群义,诗界差争自主权。对句可谓三长兼备。"[②]而在《饮冰室诗话》(1902)中则说:"兰史《独立图》,一时名士题咏殆遍,余记邱仓海一联云:'黄人尚昧合群理,诗界差存自主权。'意境新辟,余亟赏之。"[③]从"三长皆备"到"意境新辟",用词的迁变已

---

① 　分别见《饮冰室合集》文集之四十五(上)第 1、2、41、70、87、108 页和《古代文学理论研究丛刊》(第七辑)(上海古籍出版社 1982 年版,内收《饮冰室诗话拾遗》)第 252 页。《饮冰室诗话拾遗》系张海珊所辑录,收录梁启超光绪三十二、三十三年(1906、1907)发表于《新民丛报》上的诗话共 30 条,为《饮冰室合集》所未收。

② 　梁启超《夏威夷游记》,《饮冰室合集》专集之二十二,第 190 页。

③ 　梁启超《饮冰室诗话》,《饮冰室合集》文集之四十五(上),第 22 页。

经透露了他内心的秘密。而在"新名词"从"诗界革命"的理想中退隐之后,"新意境"无疑成了"诗界革命"的革新追求,并且这也被视为这些诗歌革命性的唯一表现。那么何为"新意境"?从上面所举例句和梁启超文章中的另外一些例句①可以看出:"诗界革命"中的"新意境"主要是指来自外国(西洋)的新知识、新思想、新感情或是新意象等,它与"旧风格"基本遵循精神/形式的二分原则,指向的是诗歌的精神层次,这在梁启超看来是"诗界革命"更应该关注的东西。而一直作为"诗界革命"要求之一的"旧风格",这时因为"新名词"的隐退,更增强了自己在"诗界革命"中的势力。"以旧风格含新意境",一时成为"诗界革命"的方向指针。整部《饮冰室诗话》,可以说就是以此为尺度对"诗界革命"诗歌创作进行评论和倡导的。梁启超在《诗话》中首先推出了"诗界革命"诗歌创作的典范——黄遵宪,他在《诗话》中多次征引黄的诗歌,达二十五题之多(此外还有联语三则,残诗两句;同时的《诗界潮音集》收黄诗十一首),同时给予极高评价,指出"近世诗人能镕铸新理想以入旧风格者,当推黄公度"②。我们可以通过梁启超欲图流通之而"冀生诗界天国"的《今别离》一诗,来看一下所谓的"旧风格含新意境":

　　　　别肠转如轮,一刻既万周。眼见双轮驰,益增心中忧。古亦

---

　　①　如:"其集中有《今别离》四首,及《吴太夫人寿诗》等,皆纯以欧洲意境行之,然新语句少。"(《夏威夷游记》,《饮冰室合集》专集之二十二,第 189 页)"且其所谓欧洲意境语句,多物质上琐碎粗疏者,于精神思想上未有之也。"(《夏威夷游记》,《饮冰室合集》专集二十二,第 190 页)"《人境庐集》中有一诗,题为《以莲菊桃杂供一瓶作歌》,半取佛理,又参以西人植物学、化学、生理学诸说,实足为诗界开一新壁垒。"(《饮冰室诗话》,《饮冰室合集》文集之四十五上,第 24 页)"我们生当今日,新意境是比较容易取得的。"(《中国韵文里头所表现的情感》,《饮冰室合集》文集之三十七,第 113 页)

　　②　梁启超《饮冰室诗话》,《饮冰室合集》文集之四十五(上),第 2 页。

有山川,古亦有车舟。车舟载离别,行止犹自由。今日舟与车,
并力生离愁。明知须臾景,不许稍绸缪。钟声一及时,顷刻不少
留。虽有万钧舵,动必绕指柔。岂无打头风,亦不畏石尤。送者
未及返,君在天尽头。望影倏不见,烟波杳悠悠。去矣一何速,
归如留滞不。所愿君归时,快乘轻气球。①

此是《今别离》四章之一,乃咏轮船火车之作。虽其"情"不过是古来
常见的别离相思,其"境"却因全诗设词造景抒情所围绕着的"舟(轮
船)""车(火车)"两个基本意象是古代所未有的"新事物"而表现出一
种崭新的质地,但整首诗读起来却让人感觉古韵弥漫,是很传统的中
国诗歌。这与此诗的"旧(古)风格"大有关系。《今别离》本来就是
《乐府诗集》中"杂曲歌辞"的旧题,并且此章的选词、用韵和句意在很
大程度上是对孟郊《车遥遥》一诗的袭仿——请看钱仲联先生的案
语:"此首咏轮船火车,用韵与句意俱自孟郊《车遥遥》诗来。'舟车载
离别,行止犹自由',本孟诗'舟车两无阻,何处不得游'也。'并力生
离愁',本孟诗'无令生远愁'也。'送者未及返,君在天尽头',本孟诗
'此夕梦君梦,君在百城楼'也。'望影倏不见,烟波杳悠悠',即孟诗
'寄泪无因波,寄恨无因辀'意。'所愿君归时,快乘轻气球',即孟诗
'愿为驭者手,与郎回马头'意也。"②还有,此诗的用词无疑也经过了
精心的选择推敲:这首诗的核心意象是"轮船"和"火车"。但诗中并
不见这两个词,而是代之以本土化的、很具文人气的、让人感觉十分
温暖的"舟""车"二字,这与诗中其他用语的词彩比较一致;唯有此诗
的最后一句"快乘轻气球"中的"轻气球"一词,略显突兀,已经是"新

---

① 此据《饮冰室诗话》录之。"益增心中忧"之"心中",《人境庐
诗草笺注》作"中心";"归如留滞不"之"如"《人境庐诗草笺注》作"定"。见钱仲联《人境庐
诗草笺注》,第516页。

② 钱仲联《人境庐诗草笺注》,第517页。

名词"了。这种"以旧风格含新意境"的诗歌很受时人的赞赏,甚至包括那些在梁启超看来属于旧派的诗人,如陈三立,他说:"以至思而抒通情,以新事而合旧格,质古渊茂,隐恻缠绵,盖辟古人未曾有之境,为今人不可少之诗,作者神通至此,殆是天授。"再比如范当世:"意境古人所未有,而韵味乃醇古独绝,此其所以难也。"①"新事/旧格""意境/韵味",这已与梁启超的思路合若符节。

在《饮冰室诗话》中,除了《今别离》四章外,黄遵宪的诗歌作为"诗界革命"典范被征引的还有《锡兰岛卧佛》《以莲菊桃杂供一瓶作歌》《军歌》《小学校学生相和歌》等。典范黄遵宪的推出,使"诗界革命"有了一个具体可视的追摹对象,便于其他诗人的学习和模仿,这对推动和繁荣"诗界革命"的创作有很大影响。《饮冰室诗话》就刊出了不少在"诗界革命"大潮裹挟下学黄和仿黄的"以旧风格含新意境"之作,如杨佣子《秋感》四章②,首章写欲凭文字窥见宇宙之秘密,次章写留学异国的遭遇和怀抱,第三章从欧洲拓展疆土写到家国受人压抑的忧思,末章则以"适者能生存,人群蜕化耳"的进化说为依据,重新思考人的生死问题;唾庵《灭种吟》③以十二种自然和历史现象来阐述生存竞争的进化之理;瀚华的《髭发问答》④以髭发问答的形式,阐述天演进化、优胜劣败之理;健生《薄游瀛海途次槟榔屿因探险至吡叻凭今吊昔慨然成咏》三章和《槟榔华商倡建学校喜而有作》一

---

① 陈三立、范当世二人评语引自钱仲联为黄遵宪《今别离》一诗所作案语,见《人境庐诗草笺注》,第517—518页。

② 《饮冰室诗话》评杨诗曰:"其理想风格,皆茹今而孕古,人境有传人矣。"见《饮冰室合集》文集之四十五(上),第70页。

③ 《饮冰室诗话》评《灭种吟》云:"以乐府体熔铸进化学家言,而每章皆有寄托,真诗界革命之雄也。"见《饮冰室合集》文集之四十五(上),第74页。

④ 《饮冰室诗话》评云:"以新理想入古风格,佳诗也。"见《饮冰室合集》文集之四十五(上),第87页。

章①，"述南洋历史、现状及救治之法，语语皆独到，直可称有关系之一论文也"②；迷新子《新游仙》③八首分别写"轻球""留声器""吃大餐""德律风""自由车""女操场""汽车""佩宝星"八种新事物；蒋万里《新游仙》④二章分别写了凭借"水底潜行艇"和"空中飞行艇"所作的仙游之乐；曹民父《今别离》⑤四章借西国蜡像、大西洋水、明月有缺、报纸纪行来写缠绵悱恻的相思之情；又有梁启超未作评论的雪如《新无题》⑥，也是以新知识新学理写男女相思：六诗所写新知识、新思想或是新意象为中国古诗所未见，可谓"新意境"之作。但诵读这些诗作，其旧风格的气息挥之不去：它们大多使用了乐府旧题而不是据事直书，而且多是五言——这是一种更显古老和朴素的诗歌形式，被认为是古典诗歌中不易写好的一种形式；诗中新名词比较少见，即使有，那星点的光辉也几乎被成片的传统词汇给淹没了⑦。所以，这些诗的"味道"是"很中国"的，而它作为"革命"诗歌的冲击力也就减弱了。

在上文中已经论述到：其实在梁启超提出"以旧风格含新意境"

---

① 《饮冰室诗话》评云："健生之五古酷肖人境庐。"见《饮冰室合集》文集之四十五（上），第 99 页。

② 梁启超《饮冰室诗话》，《饮冰室合集》文集之四十五（上），第 101 页。

③ 《饮冰室诗话》评云："理想可比黄公度之《今别离》。"见《饮冰室合集》文集之四十五（上），第 103 页。

④ 《饮冰室诗话》评云："风格、理想，几追人境庐之《今别离》，亦杰构也。"见《饮冰室合集》文集之四十五（上），第 108 页。

⑤ 《饮冰室诗话》评云："理想气格，俨然人境也。"见张海珊辑《饮冰室诗话拾遗》，《古代文学理论研究丛刊》（第七辑），第 252 页。

⑥ 《饮冰室诗话》雪如《新无题》条，刊《新民丛报》第 84 号，辑入《饮冰室诗话拾遗》，《古代文学理论研究丛刊》（第七辑），第 264 页。

⑦ 迷新子的《新游仙》是个例外，它每首诗最后以"新名词"点出所写事物，比较醒目。

以后,"新名词"仍在被不少诗人使用着;而且梁启超本人对"新名词"的态度也暧昧难辨,他只是以为"诗界革命"当从作为根柢的精神着手,在精神的指引之下,完成形式的革新,并没有完全弃绝"新名词"。总体上看来,"新名词"和"旧风格"同属于诗歌的形式因素,在光绪二十九年(1903)之前,他倡导的以"三长"为指导原则的"诗界革命"在诗坛掀起一股以"新名词"入诗的热潮。但这种狂热却使他感觉到一种潜伏的危机,加之对维新事业的重新思考,他认识到精神(内容)因素在革新中的决定意义,所以提出"以旧风格含新意境"的新纲领,似乎不能说是他革命性的后退——至少在他看来,诗歌内容的革新决定了新形式的生成,是更为重要的方面。但从整个文学史的发展来看,形式的变革是文学演进过程中更具革命性的方面,它往往能在文坛上掀起巨大的波澜,而内容上的变化则多是在悄悄之中发生的,它常因为与现实的紧密关系而很容易为人们所接受。但形式/内容两方面对于文学来讲确乎难以分割,空有形式上的创造而缺乏内容上的开新,作品一样苍白无力;而且,文学是靠内容去震撼读者的心灵。因此我更愿意相信,作品的内容比形式重要得多,好的形式确实为内容所催生,但它必须依附并服务于内容。新文学的白话诗革新就是一个例子,它以形式上的革命震动了整个文坛,但当这些轰轰烈烈沉寂下来之后,人们在思考如何完善诗歌的艺术形式的同时,也开始关注诗歌的精神存在。俞平伯在反思社会上对待新诗的各种心理的时候说:

　　我那第二点,就是以后我们勉力做主义和艺术一致的诗,不要顾了介壳,掉了精神。这层意思是极重要的,新诗和古诗的不同,不仅在于音节结构上面,他俩的精神,显然大有差别。我们做诗的人,也决不能就形式上的革新以为满足;我们必定要求精神和形式两面的革新。主义是诗的精神,艺术是诗的形式。新诗的艺术果然也很重要,但艺术离了主义,就是空虚的,装饰的,供人开心不耐人寻味起人猛省的。中国古诗大都是纯艺术的作品，新诗的大革命，就在含有浓厚人生的色彩上面。我们如果依顺社会上一般愚人的态度，轻轻把主意（义）放弃了，只在艺术上面用工夫；到了后来，还同古诗的"倡优文学""半斤对八两"！大吹大擂的文艺革新，结果不过把文言变了白话，里面什么也没有改换，岂不是大笑话吗？①

这是清醒者对新诗发展发出的钟磬之音，它使我们掉过头去重新思考梁启超的"以旧风格含新意境"之说。他与新文学家们不同的是，新文学家们的"文学革命"以形式革新为重点，之后才把目光转向精神（内容）的转换，而梁启超则是要先完成内容上的革变，然后依靠新内容催生新形式。这里不存在谁对谁错的问题，二者立论的分歧来自时代氛围的差异和对文学变革理解的不同②，他们的成功与失败源自他们对时代潮流把握得是否准确和能否顺应。而毫无疑问的是，"新意境"的推出，拓展了诗歌的表现空间，引导人们去表现新的思想和情感（这正是胡适所谓的"言之有物"的两大内容），这种"新"与西方文化思想的联系，再一次凸显了"诗界革命"的世界眼光（现代气质）。在维护"旧风格"的情况下，"创造'新意境'确是古体诗新生的唯一途径。'新意境'进入诗歌，也为五四现代白话诗的诞生准备了条件"③。

3. 杂歌谣

在梁启超所倡导的"诗界革命"中，我们不能忽视"杂歌谣"创作。

---

①　俞平伯《社会上对于新诗的各种心理观》，赵家璧主编《中国新文学大系·建设理论集》，第 357 页。

②　参阅胡适《逼上梁山》和梁启超《饮冰室诗话》《释革》《国民十大元气论·叙论》《中国积弱溯源论》等文。

③　夏晓虹《晚清文学改良运动》，陈平原、陈国球主编《文学史》（第二辑），第 227 页。

"杂歌谣"是梁启超在《新小说》中开辟的一个专栏,自第 1 号起,共刊出十二期(1—11 号和第 2 年的第 4 号),但说起此专栏的得名和开辟,还得从黄遵宪说起。那是在《新小说》创刊的前两个月(光绪二十八年八月),闲居在家的黄遵宪在给梁启超的回信(此前梁启超信中应该与黄遵宪谈起要创办一本新杂志之事)中说:

> 报中有韵之文,自不可少,然吾以为不必仿白香山之《新乐府》、尤西堂之《明史乐府》,当斟酌于弹词粤讴之间,句或三或九或七或五或长或短,或壮如《陇上陈安》,或丽如《河中莫愁》,或浓如《焦仲卿妻》,或古如《成相篇》,或俳如俳技词,易乐府之名,而曰杂歌谣,弃史籍而采近事。[①]

这一建议无疑契合了梁启超在这一时期"诗界革命"的理想,"杂歌谣"一栏的开辟也就顺理成章。从黄遵宪的信中可以看出,黄氏心目中的"杂歌谣"在体制上主要有如下几方面的要求:一、句式自由,取法民间的弹词或粤讴;二、风格多样,取法古乐府;三、内容关注现实,采写近事;四、要押韵。这些看法影响了《新小说》"杂歌谣"栏宗旨、风格的确立。

《新小说》十二期"杂歌谣"专栏共刊出"杂歌谣"二十五题,主要有三种文体类型:歌体、乐府、粤讴,值得注意的是,这三种文体均是民间的歌唱型体裁,与音乐的关系比较紧密。因为"杂歌谣"专栏只是刊出作品,而不进行评论,所以同时期《新民丛报》的《饮冰室诗话》便在评论上配合"杂歌谣"作品的刊出。《饮冰室诗话》对"杂歌谣"的评论集中在"歌体"。在梁启超看来,"歌"意味着诗、乐合一,而这正是文学之所以能够产生大影响于国民的关键所在;中国在诗、乐分离

---

① 黄遵宪《与梁任公书》(壬寅八月二十二日),转引自钱仲联撰《黄公度先生年谱》,《人境庐诗草笺注》,第 1245—1246 页。

了若干年之后,重新出现诗、乐合一的"歌",这是"中国文学复兴之先河"①——他将歌的重新出现视为中国文学的希望。这种歌作为一种文体,它有自己的规定。由于歌在完成开启民智、鼓舞民气的功能指向的同时,还要维持它的文学性,所以梁启超认为:它的语言太雅太俗都不合适,必须"斟酌两者之间,使令儿童讽诵之程度,而又不失祖国文学之精粹"②,精神上则追求和平深沉、雄壮活泼,以能陶养国民爱国、尚武精神为上;而这种歌体要能够入乐,适合演唱,只有这样,才能发挥它的作用,因为"声音之道感人深矣"③。因为乐歌在启蒙民众一事上的巨大作用,所以他认为"今日不从事教育则已,苟从事教育,则唱歌一科,实为学校中万不可阙者"④。

从上面对梁启超歌体观念的简单叙述中我们已经能够感觉到,以歌为代表的"杂歌谣"体创作不可与一般意义上的"诗界革命"诗歌统而言之。这不但表现在二者的文体渊源相异——一边是源远流长的民间说唱传统⑤,一边是积累深厚的文人诗歌传统,更表现在二者读者定位的不同——后者不言而喻局限在士夫阶层,前者则指向了民众,或曰知识水平比较低下的群体,这一定位类似于小说,也就是说,"杂歌谣"的启蒙追求更为鲜明一些。细读梁启超在《诗话》中对具体作品的评价,我们也可以发现他在评价一般意义上的革命诗歌与"杂歌谣"时使用术语的不同。如前所说,在评价一般意义上的"诗界革命"诗歌时,他用风格/意境(旧风格/新意境)这样一对范畴来要求和阐释他眼中的理想诗歌,而论到"杂歌谣"时,他从来不用。对于他视为"诗界革

---

①　梁启超《饮冰室诗话》,《饮冰室合集》文集之四十五(上),第 48 页。

②　梁启超《饮冰室诗话》,《饮冰室合集》文集之四十五(上),第 79 页。

③　梁启超《饮冰室诗话》,《饮冰室合集》文集之四十五(上),第 34 页。

④　梁启超《饮冰室诗话》,《饮冰室合集》文集之四十五(上),第 62 页。

⑤　参见马亚中《近代文学的非过渡性与近代歌词创作》,《苏州大学学报》1993 年第 1 期。

命之能事至斯而极矣"的黄遵宪的《军歌》二十四首,他只是说:"其精神之雄壮、活泼、沉浑、深远不必论,即文藻亦二千年所未有也。"①对于珠海梦余生的《新解心》,他说:"顷仿粤讴格调成《新解心》数十章……皆绝世妙文,视子庸原作有过之无不及,实文界革命一骁将也。"②对于黄遵宪的《小学校学生相和歌》,他称"亦一代妙文也"③。我觉得这不是梁启超的无意之为,而是他的特意区分:他眼中,这两种诗体本是两个世界中不同的诗歌形式,不可混而论之。请看:

> 四千余岁古国古,是我完全土。二十世纪谁为主,是我神明胄。君看黄龙万旗舞,鼓鼓鼓!　一轮红日东方涌,约我黄人捧。感生帝降天神种,今有亿万众。地球蹴踏六种动,勇勇勇!(黄遵宪《出军歌》其一、其二)
>
> 黄河黄河出自昆仑山,远从蒙古地,流入长城关。古来圣贤,生此河干。独立堤上,心思旷然。长城外,河套边,黄沙白草无人烟。思得十万兵,长驱西北边。饮酒乌梁海,策马乌拉山。誓不战胜终不还。君作铙吹,观我凯旋。(杨度《黄河》)④

黄遵宪的《军歌》被梁启超视为"诗界革命之能事至斯而极",杨度的《黄河》则"合儿童讽诵之程度,而又不失祖国文学之精粹",然而二者与传统文人诗歌相比,显然大异其趣。也许重温二十年后(1924)梁启超在《中国之美文及其历史》中论"诗和歌谣"区别的一段文字,我

---

① 梁启超《饮冰室诗话》,《饮冰室合集》文集之四十五(上),第34页。
② 梁启超《饮冰室诗话》,《饮冰室合集》文集之四十五(上),第43页。
③ 梁启超《饮冰室诗话》,《饮冰室合集》文集之四十五(上),第57页。
④ 黄遵宪《出军歌》录自梁启超的《饮冰室诗话》(《饮冰室合集》文集之四十五上,第35页),杨度《黄河》录自《杨度集》(湖南人民出版社1986年版,第97—98页)。

们会得到一些启示:"诗和歌谣最显著的分别,歌谣的字句、音节是新定的,或多或少,或长或短,都是随一时情感所至,尽量发泄,发泄完便戛然而止。诗呢,无论四言五言七言乃至楚骚体,最少也有略固定的字数、句法和调法,所以词胜于意的地方多少总不能免。简单说,好歌谣纯属自然美,好诗便要加上人功的美。"①从梁启超评文人诗歌与杂歌谣类诗歌用词的区别来看,他显然已经意识到了诗与歌谣之间形式上的这种差异。

所以我倾向于认为:"杂歌谣"实验是光绪二十四年(1898)梁启超在《变法通议·论幼学》中所提及的"歌诀书"编写在四年之后的施行。他在谈及幼学改革时提到可以利用歌诀的便于讽诵进行教育,"别为劝学歌、赞扬孔教歌、爱国歌、变法自全歌、戒鸦片歌、戒缠足歌等,令学子自幼讽诵,明其所以然,则人心自新,人才自起,国未有不强者也"②。二十世纪初年,新民思想的形成、音乐教育的兴起(《饮冰室诗话》言及、《新民丛报》也记载了亚雅音乐会成立之事)、外国歌作的影响(《新民丛报》第2号"诗界潮音集"栏中刊出四首译歌),再加上黄遵宪的触发,四年前播下的种子在梁启超心中再一次萌发,演为《新小说》中"杂歌谣"体实验。

而且,尤可注意的是,梁启超对"杂歌谣"的提倡,竟然促使形成了二十世纪初年的歌谣写作热潮。在《新小说》之后,许多报刊都纷纷开辟类似专栏,如《绣像小说》的"时调唱歌"(1903),《中国白话报》《杭州白话报》③《二十世纪大舞台》《宁波白话报》的"歌谣"(以上1904),《直隶白话报》的"歌谣"(1905),《竞业旬报》的"歌谣"(1906),《复报》的"中国唱歌集""新唱歌集"和《新译界》的"杂歌谣"(以上

---

① 梁启超《中国之美文及其历史》,《饮冰室合集》专集之七十四,第1页。

② 梁启超《变法通议·论幼学》,《饮冰室合集》文集之一,第53页。

③ 《杭州白话报》第2年第26期转录了《新小说》"杂歌谣"栏中发表的《出军歌》。

1907)等。这些专栏里发表了大量的歌谣作品,或是传播新知识、新思想,或是批判陋俗、振砺民气。从形式上看,这些作品可以分为两类:一是用旧有的民歌曲调写成的作品,属于"旧曲新篇";一是自由的歌词创作,属于"新事新办"。第一类作品中值得注意的是"粤讴"的写作。二十世纪初年"粤讴"的写作比较兴盛,出现了专集《新粤讴解心》(珠海梦余生)、《歌台》(此为广东地方戏曲集,内收粤讴几十首)等,光绪三十一年(1905)的《有所谓报》也一直用粤讴来作抵制美货的宣传。这时期粤讴的一个重要变化就是突破了原来写男女之情的老路,目光已经触及包括政治、启蒙在内的其他许多社会内容①。这种创作上的复兴现象和内容上的转变都与梁启超的提倡有密切关系——珠海梦余生的不少作品就发表在《新小说》中;内容的现实性也是梁氏所倡导的"杂歌谣"创作的一个重要原则。相比较以粤讴为代表的"旧曲新篇",二十世纪初兴起的"新事新办"的歌词创作似乎更值得注意,它在形式上更自由、更具创新性。这一时期此类歌词创作的繁荣从歌集的频繁出版亦可见一斑:

教育唱歌集　曾志忞　1904

学校唱歌初集　沈心工　1904

最新妇孺唱歌书　上海越社　1904

新中国唱歌集　金一　1905

国民唱歌　金一　1905

国学唱歌集　李叔同　1905

怡情唱歌集　王文君　1906

女子新唱歌　叶中泠　1907

这种繁荣景象的出现主要得力于二十世纪初中国音乐教育的兴起,

---

① 参见陈寂、陈方评注的《粤讴》之"前言",广东人民出版社 1986 年版。

但梁启超的倡导似乎也不可忽视。他不但通过自己的《饮冰室诗话》来为音乐教育、歌词创作推波助澜①,还亲自参加音乐会组织(亚雅)并为他们撰写歌词②。他的这种做法带动一些文学修养比较深的精英人士加入到歌词的创作中来,如黄遵宪、高旭、马君武、章太炎、杨度等人③,这有利于提高歌词创作的地位,提高歌词的艺术水平,扩大唱歌的影响。

"诗界革命"虽然没有走向白话诗,但它却倡导了一种诗体变革的理念——这种变革理念十分重要,可以说是为新文学白话诗变革做了观念上的准备;并且,"诗界革命"还从反面提供了一些教训,从而使人们得以绕过"以旧风格含新意境"这个暗礁,在新的高度上思考诗歌变革这一问题。

整体上观察十九世纪末二十世纪初的"诗界革命",我们可以看到:它主要在三个方向上汲取变革的资源,即文人诗歌、民间文学和西方思想。前二者是中国古代优秀诗人所共有的经验,后者则是十九世纪末二十世纪初在西学东渐的文化语境中出现的新鲜事物。对照后来的新文学运动——他们也大体上是从这三个方面获取资源来进行诗歌变革的,为什么他们取得了成功,而失败的苦果却要由"诗界革命"的先行者们来品尝呢?我觉得由二者与传统文化和西方思想接触程度的不同所造成的文学经验以及随之而形成的文学变革视野的不同,是思考这个问题的关键。以梁启超为代表的"诗界革命"的先行者们是在旧式教育中成长起来的,传统的典籍教育规定了他们的文学经验,也限制了他们的变革视野;这一代人对西方思想、文

---

①　参阅《饮冰室诗话》,《饮冰室合集》文集之四十五(上),第 48、62—63、77、79 页;《饮冰室诗话拾遗》,《古代文学理论研究》(第七辑),第 256 页。

②　见《饮冰室诗话》,《饮冰室合集》文集之四十五(上),第 79 页。

③　黄遵宪有《军歌》,高旭有《军国民歌》,马君武有《中国公学校歌》,章太炎有《逐满歌》,杨度有《黄河》等。

学的了解比较肤浅,其所获得的新的文学经验更少得可怜,甚至谬误百出,还不足以突破旧文学经验所形成的重重包围。以胡适为代表的新文学家们,则大多成长于新式教育之中,而且许多都有留学外国的经历,他们对西学的了解更为深入,受西方文学影响所形成的新文学经验也深厚得多,具体到诗歌上,就是言文合一的自由体(白话体)创作;在这样的新文学经验基础上形成的文学变革视野呈现出前所未有的广阔,他们变革的勇气和方向都获得了世界文学经验的支持①。变革者的知识背景显示出潜在而强大的决定性力量。

三、创新与歧途

上面以"政治小说"和"诗界革命"为中心,分析了梁启超对十九世纪末二十世纪初中国文体变迁的影响。可以看出:梁启超在对小说和诗歌两种文体进行创新的同时,却没有想到也在引导中国文学走上一条发展的歧途。"政治小说"的倡导,催生了世纪初小说创作的非文学化倾向;而"诗界革命",由于向旧诗体制的回退,最终没有在形式上实现更大的突破。所以在这一方面,梁启超提供给文学史的更多的是教训,而非经验。显然,创新并不意味着优秀文学作品的产生,而守旧,却又非天才作家所心安。一切选择都要经历时间淘洗之后,才能见出分晓。

---

① 参阅杨扬《晚清宋诗运动与"五四"新文学》,《天津社会科学》1998 年第 5 期。

第五章　在杂志与小说之间

现在回顾二十世纪,可以发现自十九世纪末二十世纪初年以来的中国文学,其发展和繁荣与作为传媒的报纸杂志的发展和繁荣有密切关系,这正如曹聚仁所说:"中国的文坛和报坛是表姊妹,血缘是很密切的。"①由于印刷与出版技术的飞速进步②,传统的文学传播媒介和传播方式在十九世纪末二十世纪初的中国发生了巨大变化,这就是以报纸和杂志为代表的大众传播媒介的出现及其对文学的深层介入,从中我们可以看到可复制技术所具有的可怕的文学塑造能力。

其中尤可注意的是小说,在它从文体的边缘而跃为"文学之最上乘"并成为二十世纪中国文学主流文体的过程中——甚至包括小说自身的发展演变和调整,报纸杂志都为功甚伟。这一切似乎可以从很早说起,但梁启超于光绪二十八年(1902)所创刊的《新小说》杂志无疑是最理想(重要)的开端,下面展开的分析将会不断证明这一点。

一、《新小说》的创刊

在《新小说》创刊(1902)之前,小说(主要是翻译小说)已经开始在中国的大众传媒(报纸杂志)上出现,如《申报》同治十一年(1872)

①　曹聚仁《年轻时代的上海》,《文坛五十年》,东方出版中心1997年版,第8页。

②　参阅宋原放、李白坚《中国出版史》,中国书籍出版社1991年版;方汉奇《中国近代报刊史》,山西教育出版社1981年版。

的《谈瀛小录》和《一睡七十年》,《瀛寰琐记》同治十二年(1873)蠡勺
居士译的《昕夕闲谈》(3—28 卷),《时务报》光绪二十二至二十三年
(1896—1897)张坤德所译四篇柯南·道尔的侦探小说、光绪二十四
年(1898)曾广铨译解佳的《长生术》,《清议报》光绪二十四至二十六
年(1898—1900)梁启超译的《佳人奇遇》、光绪二十六至二十七年
(1900—1901)周洪业译的《经国美谈》,《中国官音白话报》光绪二十
四年(1898)朱树人译的《穑者传》,《励学译编》光绪二十七至二十八
年(1901—1902)蟠溪子译的《迦因小传》,《新民丛报》光绪二十八年
(1902)梁启超与罗普合译的《十五小豪杰》等。并且即使说到小说杂
志,《新小说》也不是第一份,早在十年前的光绪十八年(1892),小说
杂志《海上奇书》①就已经由《申报》馆代售了。但《海上奇书》的销售
似乎比较惨淡,它除了成就《海上花列传》,对中国小说发展的推动作
用甚微;而从影响的角度来看,梁启超光绪二十八年十月十五日
(1902 年 11 月 14 日)在日本"横滨市山下町百五十三号"创刊的《新
小说》,无疑是中国小说杂志史上的一块里程碑,它的出现,标志着小
说与现代大众传媒的全面联姻。

　　《新小说》的创办并不是如梁启超本人所说,是"发愿专为"《新中
国未来记》的写作而刊②——这种说法有避重就轻之嫌;可也不像他
十年之后在《鄙人对于言论界之过去及将来》(1912)中"专欲鼓吹革
命"的自述③——这更多的是在自我标榜。《新小说》之所以出刊,其
宗旨中已经说得清清楚楚:"专在借小说家言,以发起国民政治思想,

---

　　① 《海上奇书》由韩邦庆于光绪十八年二月初一日创办,共出十五期,前
九期为半月刊,后改为月刊。
　　② 梁启超《新中国未来记》绪言,《新小说》第 1 号,引自《资料》,第 37 页。
　　③ 梁启超《鄙人对于言论界之过去及将来》,《饮冰室合集》文集之二十
九,第 3 页。

激厉其爱国精神。"①这从可以视为《新小说》宣言的梁启超《论小说
与群治之关系》一文中也可以看出。刊登在《新民丛报》第 14 号上的
《中国唯一之文学报〈新小说〉》则告诉我们:《新小说》的出刊是一个
精心策划的结果。这虽然不见于明白的文字交代,但其明确的指导
思想、完备的栏目设置、庞大的编辑计划②,无不显示了这一点。此
外从这一年八月,黄遵宪与梁启超的一封讨论"杂歌谣"体诗的信中
也可以获知③:最迟从八月开始,梁启超已经在开始筹划《新小说》的
出版。

　　正式出版的《新小说》杂志为月刊,一共刊行了二十四期,但由于
延期,最后一期的发刊已是光绪三十一年十二月(1906 年 1 月)。最
初在日本横滨出版,由新小说社发行,编辑兼发行者署"赵毓林",实
为梁启超主持。从第 2 卷第 1 号(光绪三十一年元月)起,改在上海
出版,由广智书局负责发行④。从这一期开始,《新小说》的封面也改
换了,原来的封面是右侧一枝曲折下垂的藤花,左侧直书"新小说"三
字,现在变成了中间直书"新小说"三字,右侧为出版时间,左侧是"上
海广智书局发行"八个字,下面则印着定价和本期卷号,自第二卷第
二号开始,更为简化,直接把左右两边的文字都去掉了,只剩下光秃
秃的"新小说"和卷号悬在那里。封面的变迁似乎可以看作是《新小

---

　　①　新小说报社《中国唯一之文学报〈新小说〉》,《新民丛报》14 号,引自《资
料》,第 41 页。

　　②　参见《中国唯一之文学报〈新小说〉》中的叙述,引自《资料》,第 41—
47 页。

　　③　黄遵宪《与梁任公书》(壬寅八月二十二日),引自钱仲联《黄公度先生
年谱》,《人境庐诗草笺注》,第 1245 页。

　　④　广智书局于光绪二十四年(1898)由广东人冯镜如、何澄一等在上海创
办,是资产阶级维新派的出版机构,出版翻译日本人所著师范教育、社会科学等
书和梁启超、吴沃尧等人的著作,1925 年停业。请参阅朱联保《近现代上海出
版业印象记》(学林出版社 1993 年版)中的"广智书局"条。

说》举步维艰的反映,其不断的延期和补印也是一个明证①。

《新小说》寄售在《新民丛报》的代派处,所以当我们下面谈到它的影响时,除了要感谢梁启超本人的魅力、政治风气的变迁、文坛走向的转换和印刷出版技术的进步,也不能忘了《新民丛报》所建立起来的庞大的销售网络。在《新小说》创刊的光绪二十八年十月,《新民丛报》已在上海、长崎、仁川、天津、烟台、北京、南京、安庆、苏州、无锡、杭州、扬州、南昌、成都、汉口、福州、温州、汕头、香港、广东、吉隆、檀香山、域多利、温哥华、旧金山、雪梨等城市和地区设立了 75 处代售点②,以后又不断扩展,到光绪二十九年(1903),已增加到 87 处③。这一销售网络是《新民丛报》得以风行的保障,同时也使《新小说》的传播可以顺畅地在一个很高的基础上起步,而不必白手起家。

梁启超在风靡海内外的《新民丛报》之外,特别创办了小说杂志《新小说》,这不能不归功于他的远见卓识,但他可能没有想到:他的这种选择,对中国小说的发展将产生巨大影响,中国文学从此改变。

二、《新小说》与小说杂志:《新小说》影响之研究(上)

《新小说》第 1 号出版后二十多天,隐卧家山的黄遵宪读到了这期杂志,他在与梁启超的信(光绪二十八年十一月十一日)中说:"《新小说报》初八日已见之,(仅二旬余得报,以此为最速,缘汕头之洋务局中每有专人飞递故也。)果然大佳,其感人处,竟越《新民报》而上之矣。仆所最贵者,为公之关系群治论及世界末日记,读至'爱之花尚

---

① 《新小说》延期补印情况请参阅郭浩帆博士论文《中国近代四大小说杂志研究》第二章"《新小说》"。

② 见《新民丛报》第 20 号,光绪二十八年十月十五日。

③ 见《新民丛报》第 24 号,光绪二十八年十二月十五日。

开'一语,如闻海上琴声,叹先生之移我情也。"①许多第一次读到《新小说》的人,可能都会产生类似于黄遵宪的这种惊喜。这是一种全新的读物——它的物质形式与书籍仿佛,但却是定期连续发行,内容比一本书丰富得多,且能适应不同的阅读口味,所以《新小说》一出版就受到了人们的喜爱,第 1 号发行后不到半个月就已告罄,《新小说》杂志社不得不"加工急速再版",以应读者的阅读需求。并且《新小说》中的一些作品还被其他报刊所转载,如《广益丛报》第 4、5、12、40 期上连载了《新中国未来记》;《萃新报》第 1—3 期转载了《新小说》第 2 号中的《俄皇宫中之人鬼》,第 4 期转载了《新小说》第 2 号中的《冥闹》;《安徽俗话报》第 9 期转载了《新小说》第 8 号上的《团匪祸》②;《杭州白话报》第 2 年第 26 期转录了《新小说》"杂歌谣"中的《出军歌》,亦可见它在当时的影响力。《新小说》对当时的读者和中国文坛的震动是很大的,虽然有人从种种方面论列了小说与报刊的对立和不同③,但更多的人则是在对小说启蒙作用接受的同时,开始逐渐认识到了小说与报刊结合的必要:

　　　　尚惧夫季观之莫继,而任胅之未遍也,因缀胅集鲭,用杂志体例,月出一册,以餍四方之求,即标曰《小说林》。④
　　　　虽然,知是数者,徒为小说无益也,不可不作小说报。是何也?夫萃种种小说而枒比之,其门类多,其取材富,其收值廉。近日所出单行本,浩如烟海。其中非无佳构;然阅者因限于资,

----

①　黄遵宪《与饮冰室主人书》(光绪二十八年十一月十一日),引自丁文江、赵丰田编《梁启超年谱长编》,第 300 页。

②　参见郭浩帆博士论文《中国近代四大小说杂志研究》第二章"《新小说》"。

③　参见亚荛《小说之功用比报纸之影响为更普及》,《中外小说林》第 1 年第 11 期,引自《资料》,第 216—218 页。

④　摩西《〈小说林〉发刊词》,《小说林》第 1 期,引自《资料》,第 234 页。

　　而顾此失彼者有之；阅不数册，不愿更阅者有之；名目烦多，无人
　　别择，不知何所适从者又有之。惟创为丛报，则以上诸弊免。且
　　月购一册，所费甚鲜。又可随阅者性之所近，而择一以研究之。
　　是不啻以一册而得书数十种也。①

　　摩西等人主持的小说林社在成功地出版了多种小说之后，又创
办《小说林》杂志一种，主要是从不断地满足四方读者的阅读要求来
考虑；而天僇生则从取材的丰富和精当、价格的低廉和内容对读者性
情的适应等方面解释了小说杂志出现的必要性。因此，在《新小说》
的倡导之下，随着小说地位的不断上升和人们阅读小说风气的形成，
小说杂志的发展出现了欣欣向荣的局面，中国文坛上小说杂志此消
彼长，一时蔚为大观。正如邯郸道人在《〈月月小说〉跋》(1908)中所
云：“当二十世纪，为小说发明时代，杰作弘构，已如汗牛充栋。以小
说附报者，比比皆是；以小说名报者，更指不胜计。”②耀公亦云：“二
十世纪开幕，为吾国小说界发达之滥觞……迄于今，报界之潮流，更
趋重于小说……故小说一门，隐与报界相维系，而小说功用，遂不可
思议矣。”③这一时期许多小说杂志的寿命比较短暂，旋生旋灭，如报
癖《〈扬子江小说报〉发刊辞》(1909)中所说：“是以《新小说报》倡始于
横滨，《绣像小说》发生于沪渎，创为杂志，聊作机关，追踪曼倩、淳于，
媲美嚣俄、笠顿，每值一编披露，即邀四海欢迎，吐此荣光，应无憾事。
畴料才华遭忌，遂令先后销声，难寿名山，莫偿宏愿。况复《新新小

---

　　① 天僇生《论小说与改良社会之关系》，《月月小说》第 1 年第 9 号，引自
《资料》，第 264 页。
　　② 邯郸道人《〈月月小说〉跋》，《月月小说》第 1 年第 12 号，引自《资料》，第
318 页。
　　③ 耀公《小说与风俗之关系》，《中外小说林》第 2 年第 5 期，引自《资料》，
第 302 页。

说》发行未满全年,《小说月报》出版仅终二号,《新世界小说报》为词穷而匿影,《小说世界日报》因易主而停刊,《七日小说》久息蝉鸣,《小说世界》徒留鸿印,率似秋风落叶,浑如西峡残阳,盛举难恢,元音绝响,文风不竞,吾道堪悲;虽《月月小说》重张旗鼓于前秋,《小说林报》独写牢骚于此日,而势力究莫能澎涨,愚顽难遍下针砭。"①可见那时小说杂志出版的艰难,但可乐观的是,小说杂志在旋生旋灭的同时,也在顽强地旋灭旋生着,虽然定一所说的"沪滨所发行者,前后不下数百种"实属夸张之言②,但在十九世纪末二十世纪初的不到三十年中,小说杂志的创刊之数确在半百之上。下面是郭浩帆在其博士论文《中国近代四大小说杂志研究》(1999)中提供的1892—1919年间中国所存小说杂志简表③,"期数"栏中加括号的数字表示已知出版期数:

刊名	刊期	出版年月	编辑者	出版地点	期数
海上奇书	半月、月刊	1892.2—1892.11	韩子云	上海	15
新小说	月刊	1902.11—1906.1	梁启超	日本横滨 上海	24
绣像小说	半月刊	1903.5—1906	李伯元	上海	72
新新小说	月刊	1904.9—1907.4	陈景韩 龚子英	上海	(10)
小说世界日报	日刊	1905.2—	刘韵琴	上海	

①　报癖《〈扬子江小说报〉发刊辞》,《扬子江小说报》第1期,引自《资料》,第351页。

②　定一《小说丛话》,《新小说》第15号,引自《资料》,第82页。

③　此对郭氏原表略作调整,删除了"印刷者"和"发行者"二项及与注三中重出的《小说世界》一种,增加了郭浩帆后来发现的《小说月报》(哈尔滨)和《新民小说报》两种。

续表

刊名	刊期	出版年月	编辑者	出版地点	期数
新世界小说社报	月刊	1906.7—1907.1	警　憎 （孙延庚）	上海	9
小说七日报	周刊	1906.8—	谈小莲	上海	(5)
粤东小说林	旬刊	1906.9—		广州	
月月小说	月刊	1906.11—1909.1	庆　祺 吴趼人 许伏民	上海	24
小说林	月刊	1907.3—1908.10	徐念慈 黄　人	上海	12
小说世界	旬刊	约 1907.1—		香港	(4)
中外小说林	旬刊	约 1907.6—1908.5	黄伯耀 黄世仲	广州	(28)
广东戒烟新小说	周刊	约 1907.9—1908.1	李　哲	广州	(13)
竞立社小说月报	月刊	1907.11—	亚东破佛	上海	(2)
新小说丛	月刊	1908.1—	林子虬等	香港	(2)
白话小说	月刊	1908.11—	姥下余生	上海	(2)
扬子江小说报	月刊	1909.5—约 1909.9	胡石庵	汉口	(5)
宁波小说七日报	周刊	1909.6—1909.9	蛟西颠书生 （倪铁池）	宁波 上海	12
十日小说	旬刊	1909.9—	环球社	上海	(11)
小说时报	月刊	1909.10—1917.11	包天笑 陈景韩	上海	33
扬子江小说日报	日刊	1909.11—	胡石庵	汉口	(30)
小说画报	月刊	1910.1—1910.6			6
小说月报	月刊	1910.8—1931	王蕴章 恽树玉等	上海	22 卷

刊名	刊期	出版年月	编辑者	出版地点	期数
中华小说界	月刊	1914.1—1916.6	沈瓶庵	上海	3卷30期
亚东小说新刊	旬刊	1914.4—	韩天啸	上海	(2)
小说丛报	月刊	1914.5—1919.8	徐枕亚 吴双热	上海	44
礼拜六	周刊	1914.6—1923.2	王钝银 孙剑秋 周瘦鹃	上海	200
礼拜三	周刊	1914.7—	无竞	上海	(1)
小说杂志		1914.8—	杜文馨	上海	(1)
小说旬报	旬刊	1914.9.10—1914.9.30	羽白 英蜚 剪瀛	上海	3
朔望	月刊	1914.11—	冯孤舟 郁拙拿	上海	(2)
七襄	旬刊	1914.11—1915.2	小凤 陈倦鹤	上海	9
眉语	月刊	1914.11—1916.3	俪华馆主 (高剑华)	上海	18
十日新	旬刊	1914.12—1915.1	十日新社	上海	4
小说海	月刊	1915.1—1917.12	黄山民	上海	3卷36期
小说新报	月刊	1915.3—1923.9	李定夷 许指严 包独醒等	上海	94
风雅杂志		1915.5—	我负此生	无锡	(1)

刊名	刊期	出版年月	编辑者	出版地点	期数
摩尼	旬刊	1915.5—	陈血香 庄病骸 陆蛰民	上海	(2)
小说大观	季刊	1915.8—1921.6	包天笑	上海	15 集
秋星		1915.9.10—	徐知希 徐惕子	上海	(1)
春声	月刊	1916.2—1916.6	姚锡均	上海	6 集
小说日报	日刊	1916.6.6—1916.7.3	徐枕亚	上海	28 号
小说画报	月刊	1917.1—1920.8	包天笑 钱病鹤	上海	22
小说革命军	不定期	1917.2—	胡寄尘	上海	(3)
说丛		1917.3—	许指严	北京	(2)
说梓		1917.6—	骆无涯	上海	(1)
汉口小说日报	日刊	1917.10—	何铺山	汉口	
小说俱乐部	月刊	1918.1—	苦海余生 (刘哲庐)	上海	(1)
小说月报	月刊	1918 初—	王润之	哈尔滨	(2)
新民小说报	旬刊	1918.2/3—	高新民	天津	(3)
小说季报	季刊	1918.8—1920.5	徐枕亚	上海	4 集
小说霸主	不定期	1919—	姚哀民	上海	

表中共列出了小说杂志 52 种，如果加上郭浩帆因缺乏具体资料而未列入简表的 11 种，合计 63 种。从《新小说》算起，平均每年都有至少两种专门的小说杂志诞生，这是一个可观的数字，大体上可以见出当时人们热切的心情。

由于小说阅读风气的形成，其他许多非小说类文艺报刊，甚至许多非文艺性报刊都开始刊登小说,以吸引读者,扩大自身的影响。这类报刊可谓"比比皆是",它们和小说杂志一起,为十九世纪末二十世纪初小说的发表提供了充裕的空间,对中国小说的成长做出了贡献。

虽然中国的第一种小说杂志是《海上奇书》,但它的影响甚微,那个时代的人们在谈起小说杂志的创办时,几乎都认同了《新小说》的导夫先路:

> 挽近士人皆知小说为改良社会之不二法门,自《新小说》出,而复有《新新小说》踵起,今复有《小说林》之设。①
>
> 汪子惟父,继横滨《新小说》之后,创办《月月小说》报,海内风行,有目共鉴。②
>
> (《月月小说》之创办)诚有鉴夫饮冰《小说与群治之关系》之言,而为此《新小说》之嗣响。③
>
> 是以《新小说报》倡始于横滨,《绣像小说》发生于沪渎,创为杂志,聊作机关,追踪曼倩、淳于,媲美嚣俄、笠顿,每值一编披露,即邀四海欢迎,吐此荣光,应无憾事。④
>
> 小说报最先发行者,为横滨《新小说》,其后有上海之《绣像小说》《新新小说》《小说林月报》《月月小说》等。⑤
>
> 《新小说》创始于梁任公,为小说报之最先出现者⋯⋯《月月

---

① 定一《小说丛话》,《新小说》第 15 号,引自《资料》,第 82 页。

② 邯郸道人《〈月月小说〉跋》,《月月小说》第 1 年第 12 号,引自《资料》,第 317 页。

③ 倪承灿《〈月月小说〉祝词》,《月月小说》第 2 年第 2 期,光绪三十四年二月。

④ 报癖《〈扬子江小说报〉发刊辞》,《扬子江小说报》第 1 期,引自《资料》,第 351 页。

⑤ 佚名《小说丛话》,《秋星》第 1 期,1915 年 9 月 10 日。

小说》为吴趼人、周桂笙二君所组织,以继《新小说》之后者。①

整体上来看二十世纪初小说杂志的创办,确实可以发现《新小说》对此后小说杂志的示范作用,在创办宗旨、栏目设置和页码编排等方面,《新小说》对二十世纪初的小说杂志都产生了深刻的影响。

在小说杂志的宗旨上,自《新小说》提出"发起国民政治思想,激厉其爱国精神"之后,这种开化民智、振起民气的办刊思路笼罩了小说杂志达十年之久,下面是自《新小说》创刊后大约十年中(1902—1914)主要小说杂志的宗旨对照表:

杂志名称	创办宗旨
新小说	发起国民政治思想,激厉其爱国精神。
绣像小说	借思开化下愚。
新新小说	演任侠好义忠群爱国之旨……以一变旧社会腐败堕落之风俗习惯。
月月小说	改良社会,开通民智。
小说七日报	开进德智,活泼新知。
中外小说林	启迪国民,以觉迷自任,为文明之先导。
竞立社小说月报	保存国粹,革除陋习,扩张民权。
新小说丛	变国俗,开民智。
扬子江小说报	借齐东语,醒亚东民。
小说月报	移译名作,缀述旧闻,灌输新理,增进常识。
新说书	灌输新智识,改铸新国民。
中华小说界	作个人之志气,祛社会之习染,救说部之流弊。

---

①　新廎《月刊小说平议》,《小说新报》第 1 卷第 5 期,引自《资料》,第 497—498 页。

从表中可以看出，大家几乎在说着同一句话，那就是：以小说来启蒙民众。这一声音的形成固然受了政治大环境的影响，有责任心的士人要借此来洒他们爱国的热忱、尽他们救国的责任，但梁启超《新小说》的先声绝不可视而不见，是它在自己的宗旨和宣言（《论小说与群治之关系》一文可以看作《新小说》的宣言）中首先吹响了小说启蒙的号角，吸引了一大批"同志"团结在这一旗帜之下。直到民元之后，后来被称为"鸳鸯蝴蝶派"的作家和杂志——出现，小说杂志的创办宗旨和思想倾向才发生了转变，开始脱离《新小说》的道路，渐渐走向了自娱娱他和情怀寄托——当然，这一转向的根源仍在于社会政治形势的起落及由此引起的读书人对自身定位的改变（见第一章所论）。

小说杂志在二十世纪初的中国是个新生事物，在栏目设置这一点上，《海上奇书》没给后来者提供什么可资借鉴的东西，对中国小说杂志栏目设置产生重要影响的仍然是《新小说》。请看下面包括《新小说》在内的十八种小说杂志栏目设置对照表：

栏目名称 ＼ 杂志名称	新小说	新新小说	新世界小说社报	月月小说	小说林	竞立社小说月报	扬子江小说报	十日小说	小说时报	小说月报	中华小说界	礼拜六	小说旬报	七襄	小说海	小说大观	小说俱乐部	小说季报
图画	＋		＋	＋	＋	＋	＋	＋	＋	＋	＋	＋			＋	＋		
论说	＋		＋	＋	＋													
历史小说	＋	＋		＋	＋													
政治小说	＋	＋																
科学小说	＋			＋	＋													
哲理小说	＋																	
侦探小说	＋			＋	＋													
语怪小说	＋	＋																

续表

栏目名称＼杂志名称	新小说	新新小说	新世界小说社报	月月小说	小说林	竞立社小说月报	扬子江小说报	十日小说	小说时报	小说月报	中华小说界	礼拜六	小说旬报	七襄	小说海	小说大观	小说俱乐部	小说季报
冒险小说	+																	
外交小说	+																	
法律小说	+																	
写情小说	+	+		+	+													
社会小说	+	+		+	+													
奇情小说	+				+													
札记小说	+			+														
传奇	+			+						+	+			+	+		+	
戏剧	+			+					+	+	+		+	+		+		
杂录	+	+	+	+	+	+	+	+	+	+	+					+		+
杂歌谣	+																	
游戏文章	+							+		+								
附录	+	+		+														
心理小说		+																
军事小说		+		+	+													
虚无党小说				+														
理想小说				+														
侠情小说				+														
国民小说				+														
滑稽小说				+														
航海小说				+														

续表

栏目名称 \ 杂志名称	新小说	新新小说	新世界小说社报	月月小说	小说林	竞立社小说月报	扬子江小说报	十日小说	小说时报	小说月报	中华小说界	礼拜六	小说旬报	七襄	小说海	小说大观	小说俱乐部	小说季报
家庭小说				＋	＋													
寓言小说				＋														
弹词小说				＋								＋			＋			
苦情小说				＋														
立宪小说				＋														
警世小说				＋														
教育小说				＋														
奇侠小说				＋														
文苑					＋	＋	＋		＋	＋	＋				＋			
词林							＋											
诗坛				＋														
评林				＋	＋					＋								
译丛									＋	＋								
笔记										＋	＋	＋	＋			＋	＋	
时评			＋			＋												
小说			＋				＋	＋										
短篇小说				＋	＋				＋	＋	＋	＋	＋	＋	＋	＋	＋	＋
长篇小说									＋	＋	＋	＋	＋	＋	＋	＋	＋	＋

注：1.本表中"＋"表示该小说杂志中设置了该栏目。

2.本表统计主要依据《中国近代期刊篇目汇录》（上海人民出版社）和《辛亥革命时期期刊介绍》（人民出版社）进行。各小说按创刊时间排列。所统计栏目包括所涉小说杂志各期中曾经开设的栏目。

3.本表"栏目名称"中所列出的栏目有的进行了相近合并,计有插画归入图画;社说、社文归入论说;怪异小说归入语怪小说;广东戏本、忠勇戏剧、脚本新译、剧本新剧、新剧、戏曲等归入戏剧;名著杂译归入译丛;杂记、杂志、丛录、杂纂、谈丛、挥麈谈、余墨、杂记随笔、报余丛载等归入杂录;谐乘、谐谈归入游戏文章;战争小说归入军事小说;诙谐小说归入滑稽小说;弹词归入弹词小说;词章归入词林;诗文、文艺归入文苑;短篇、短篇新作、短篇名译等归入短篇小说;长篇、长篇新作、长篇名译归入长篇小说。

从此表可以看出:《新新小说》《月月小说》《小说林》等杂志基本上袭用了《新小说》的分栏思路,只是略有增减而已①。这种将每种类型的小说设为栏目的做法,虽然略显杂乱,但却有力地突显了各类小说,对读者很有冲击力,"为醒目计,自无不可"②。并且,在杂志前面插入图画这一思路几乎为此后所有小说杂志所承袭,又一次证明了梁启超的眼光。许多杂志也像《新小说》一样,辟有"论说"栏或刊登小说理论文章:对于《新小说》而言,它显示了梁启超对小说理论的重视;从二十世纪初小说杂志的总体来看,众多"论说"专栏的开辟,促进了中国小说理论的进步。

从上表还可以看出:这种《新小说》式的栏目设置模式也在逐渐地被突破,在光绪三十二、三十三年(1906,1907)间,有的小说杂志已经不采用《新小说》的分栏方法,而将所有的小说归在"小说"一栏下面(如《新世界小说社报》《竞立社小说月报》《扬子江小说报》《十日小说》等);到了民元前后,随着长篇、短篇观念在中国文坛的确立,"小说"一栏又被分为"长篇"和"短篇"两个栏目,并成为一种十分流行的小说分栏方法(如《小说时报》《小说月报》《中华小说界》《小说旬报》《小说海》《小说大观》《小说俱乐部》《小说季报》《七襄》等)。但有一点应该予以注意:这些栏目之中刊发的小说,大都在其名称之前冠以

---

① 关于《月月小说》承袭《新小说》的方方面面,请参阅郭浩帆的博士论文《中国近代四大小说杂志研究》第四章"《月月小说》"。

② 铁樵《论言情小说撰不如译》,《小说月报》第 6 卷第 7 号,引自《资料》,第 506 页。

了其所属于的小说类型,也就是类似于当年《新小说》那些栏目的名称,从这一角度来看,这种新兴的分栏方法不过是在当年《新小说》分栏基础之上,以篇幅长短为标准予以重新分类罢了。从《新小说》栏目设置的整体来看,它所体现的是一种以刊发小说为主,兼及其他文体的办刊思想,它之后的大部分小说杂志也都采纳了这一在吸引读者方面具有显著效果的办刊思路。

页码编制在中国杂志初兴的时期存在两种形式,其一是以期或卷为单位进行累积编排,和今天的编排方式相仿,其二则为以栏目或文章为单位累积编排——这种方式在今天已经极为罕见。前者称为"西式",后者可称为"中式","中式"这种期刊书籍化表现被认为反映了以书籍为正宗的传统的阅读观念。"中式"页码编制形式虽然给读者的阅读带来了不便——不能顺畅地根据页码检索到所要阅读的文章,但它从汇编成书的角度考虑了读者的阅读口味和需求——若干期之后,读者可以将自己喜欢的某篇文章从各期刊物中抽出,装订成一本书,页码一以贯之,很是便利①。《新小说》的页码编制比较独特,它兼取二者,在装订处标明以本期为单位的页码,属西式;在版口处标的则是以专栏或单篇文章为单位的顺序页码,为中式,所以它的页码编制方式可谓"中西合璧"。而在目录页中,《新小说》所标页码则是"西式"编码。这样一来,《新小说》就解决了杂志中式编码页码检索和西式编码汇编成书时将会遇到的不便检索这一问题。有人认为,《新小说》的这种处理方式——将中式页码置于版口处而将西式页码置于装订处——表明了梁启超内心深处在文化价值选择上的重中轻西的倾向②,我倒觉得他主要是为了方便读者:阅读刊物时能顺利检索,汇编成书时也前后有序。(试想如果是西式编码在版口处的

----

① 参见李频《也谈对中国近代期刊页码编制的评价》,《中国人民大学学报》1994年第6期。

② 参见李频《也谈对中国近代期刊页码编制的评价》。

话,汇编装订后岂不是十分不便?)其后的《绣像小说》《小说林》都是中式页码编制,《月月小说》则承袭了《新小说》的页码编制方式,同时又略有变易:它将中式编码和西式编码同时放在杂志的版口处,上为中式编码,下为西式编码,都用汉字标注;自第2年第1期(戊申人日)起,西式编码标在天头边口处,以阿拉伯数字标注。这种处理进一步便利了小说杂志的阅读检索。二十年代的《创造季刊》和《小说月报》在页码编制上也还都有《新小说》的影子。

三、《新小说》与小说理论及创作:《新小说》影响之研究(下)

《新小说》以及由它所引发的小说杂志的繁兴,其最终也是最重要的影响当然是表现在小说本身,包括小说理论和创作两个方面。在这里真正显示了传播(媒介)对文学发展的渗透力度。

随着小说杂志的增多和各杂志论说栏的开辟,小说理论文章的数量激增,这促进了中国小说理论的进步拓展,同时尤为值得注意的是,二十世纪初的中国小说理论以不同的小说杂志为中心形成了几个不同的流派[①]。第一派以梁启超的《新小说》为中心,包括后起的《绣像小说》《新新小说》《月月小说》《中外小说林》《竞立社小说月报》等杂志;第二派以徐念慈、黄人主办的《小说林》为中心;第三派以《礼拜六》等一大批所谓的鸳鸯蝴蝶派小说杂志为中心。因为二十世纪初中国的小说杂志多为同人期刊,所以在每种杂志周围集中了一批在政治见解和艺术观念上都比较接近的人们,这是以小说杂志为中

---

① 陈平原、袁进和程华平等人都已经注意到了这一点,参见陈平原《二十世纪中国小说史》(北京大学出版社1989年版)、袁进《试论晚清小说理论流派》(《江海学刊》1990年第6期)和程华平《近代小说观念的转化与报刊业的作用》(《华东师范大学学报》1998年第2期)。

心形成不同小说理论流派的根本原因之所在。例如以《新小说》为中心的第一派：在《新小说》及相关杂志周围集中的是具有救国抱负的政治家，如梁启超、狄楚青、侠人、定一、黄世仲和黄伯耀等人，和追随他们的报人、作家，如李伯元、吴趼人、周桂笙、冷血（陈景韩）等。他们关注时局，心系救国，所以强调的是小说的启蒙功能，在他们的小说理论文章中弥漫着浓郁的功用气息。《小说林》一派则把自己定位在《新小说》派的对立者的位置上，反对强调小说的政治功用目的，而欲图凭借自己有限的西方文艺理论修养，构建一个小说审美的理论体系，虽然他们在对西方文论的接受上有不少误读之处，但无疑是他们更加接近了艺术的审美属性。《礼拜六》一派的出现与时局的变化有关，同时也是文学内部演变的结果。他们在对小说作用的认识上从伟大的启蒙退回到休闲娱乐、寄托情怀，基本上可以看作是对《新小说》派的一个反驳。正是靠小说杂志所提供的诸多阵地，不同的人们才得以集结在不同的旗帜之下，并及时地发表自己的见解，或响应或反驳，共同推动着中国小说理论不断地进行纵深思考。当然，这三个以小说杂志为中心形成的小说理论流派并非共时的存在，而是有着先后顺序的演进脉络。

在小说理论中一个重要的方面就是一种"新小说"分类观念在二十世纪初年的形成。这一形成与《新小说》的刊行有密切关系。当时的人们认为，中国的旧体章回小说可以"英雄、美女、神怪"三者尽之①，并且表现出对旧小说的普遍不满。《新小说》光绪二十八年（1902）创刊，它不但以"新小说"这一概念为人们提供了新的理论视野、思考角度和努力方向，而且使一种新的分类观念开始为文坛所接受，这就是由《新小说》的栏目设置所暗示的依据内容对小说进行分类的观念。《新小说》栏目中有历史小说、政治小说、哲理科学小说、

---

①　参见梁启超《小说丛话》，《新小说》第 7 号，引自《资料》，第 67 页；管达如《说小说》，《小说月报》第 3 卷第 5、7—11 号，引自《资料》，第 375 页。

军事小说、冒险小说、侦探小说、写情小说、语怪小说等设置，从栏目设置看，这无疑失之琐碎，不是很科学，光绪三十三年（1907）前后所发生的小说杂志栏目设置的变化已经证明人们认识到了这一点；但由之而形成的小说分类方式却在二十世纪初流行起来，尽管有人批评这种分类方法"举一端以概之，恒有失之疏略者"①，但它仍以自己简明直接、醒人耳目的标签功能赢得了众人的心②。我们看短篇长篇的分栏模式形成之后，编辑者仍在每篇小说前面贴上分类的标签，就可以明白这种分类方法的受欢迎程度。甚至寅半生撰写《小说闲评》③，在每种小说之前，不忘了冠以各自所属的类型；顾燮光的《小说经眼录》④，仍是按照政治、科学、侦探、儿女、冒险、神话等来分门编排的。分别在1912年和1914年出现的两篇具有总结意味的小说理论文章《说小说》（管达如）和《小说丛话》（成之），都对这种分类方式做了论述。《说小说》在研究"小说之分类"时所提出的"文学上之分类"（文言体、白话体和韵文体）和"体制上之分类"（笔记体和章回体）并不太受时人关注，置于最后的"性质上之分类"才是那个时代人们焦点之所在。该文举出了作为性质上分类的九种小说类型：武力、写情、神怪、社会、历史、科学、侦探、冒险和军事⑤。《小说丛话》对于小说的分类则"自种种方面观察"，在陈述了从理论上所作的抽象分类之后，成之简单分析了自书中所述事实对小说进行分类这种方法的局限与可行性，他说："今人所锡小说种种名目，则皆按其书所述之事实，而一一为之定名者。质而言之，则因材料之异同，而为具体的

---

① 　觉我《余之小说观》，《小说林》第9期，引自《资料》，第312页。

② 　铁樵《论言情小说撰不如译》中云："盖小说必有其主旨，就主旨定名，为醒目计，自无不可。"引自《资料》，第506页。

③ 　《小说闲评》刊于《游戏世界》第1—8号，阿英《晚清文学丛钞·小说戏曲研究卷》收录，第467页。

④ 　见阿英《晚清文学丛钞·小说戏曲研究卷》，第533页。

⑤ 　管达如《说小说》，引自《资料》，第373—376页。

分类也。此种分类,名目甚多,而其界说甚难确定。往往有一种小说,所包含之材料甚多,归入此类既可,归入他种,亦无不可者。自理论上言之,实不完全之分类法也。"然而"人之爱读小说者,其嗜好亦往往因其材料而殊。是则按其所载之事实,而锡之以特殊之名称,于理论上虽无足取,而于实际亦殊不容已也"①。成之也举出九类:武事、写情、神怪、传奇、社会、历史、科学、冒险和侦探,与管达如所举只是略有不同,他说:"不过举见今最流行之名目,略一评论之而已。"②可见这些名目在民初已经是流行文坛的定型之说。

从创作的角度来看,这种分类方式实际上在很大程度上参与了二十世纪初中国小说发展的规划,成为小说家们写作的某种潜在依据。小说杂志的栏目设置实际上是在暗示投稿者:什么样(类型)的作品被采用的可能性比较大。或者说,小说杂志的栏目是投稿者的航向标:某种类型的小说在各期杂志中出现的频率,无疑反映了编辑者们的欣赏口味和编辑倾向(内中不乏商业考虑),其中所包含的信息将成为小说家们的"投稿指南"。这也提供了解释十九世纪末二十世纪初社会小说、"某情小说"等小说类型发达甚至泛滥的一个角度:读者口味影响编辑倾向,编辑倾向导引作家创作。具体到作家的实际写作,作家们将依据自己对某种类型小说的理解,或仿照已经刊发过的小说作品,更多的可能是依据小说杂志对栏目的规定来进行,尤其是那些非本土的小说类型,如政治小说在二十世纪初的写作,《新民丛报》中《新小说》广告所规定的"政治小说者,著者欲借以吐露其所怀抱之政治思想也。其立论皆以中国为主,事实全由于幻想"一定产生了不可小觑的影响③。

---

　①　成之《小说丛话》,引自《资料》,第 426 页。

　②　成之《小说丛话》,引自《资料》,第 430 页。

　③　新小说报社《中国唯一之文学报〈新小说〉》,《新民丛报》第 14 号,引自《资料》,第 44 页。

如果换个角度来观察，我们会发现：这种类型观念也是小说创作的限制。从总体上来看，二十世纪初的小说难逃由这些类型所织就的法网，并且还出现了创作的一窝蜂现象，在某些类型上产生了许多雷同模式的作品，成为创作和阅读的双重浪费。同时，小说类型的自身规定也是作家写作的制约因素，政治小说的创作情况就是一个很好的证明。

正如我们前面所讨论到的：在《新小说》的倡导之下，二十世纪初出现了小说杂志繁兴的局面。根据前面小说杂志一览表我们又得到一个 1902—1919 年间年度所存小说杂志数目表：

1902	1903	1904	1905	1906	1907	1908	1909	1910	1911	1912	1913	1914	1915	1916	1917	1918	1919
1	3	4	5	8	8	6	6	3	2	2	2	13	14	12	13	10	8

注：此表所做的统计依据上面所引用的"1892—1919 年间中国近代小说杂志简表"进行，包括正表和郭浩帆表后注三中所提及的有时间标记的小说杂志。凡不能确定其终刊年月的杂志只按其创刊年月做一次性统计，这样我们得出的是一个最低限度的年度所存小说杂志数目表。

在一个小说阅读和创作风气刚刚开始形成的年代里，每年有多至 8 种甚至 14 种小说杂志进行周期出版，加之众多的非小说类报刊所开辟的小说专栏和大批单行本的印行，这可以说是一个比较广大的小说发表空间，它需要有更多的人投入到小说创作领域来支持这些出版活动的正常运转。事实上也是，出于政治（启蒙之类）、经济（谋生）等方面的考虑，确实有越来越多的人开始写作小说，包括政治家、普通读书人（新、旧式文人）等，甚至科举落榜生。其中的许多人本来只是一般的小说读者，他们本来对小说的写作一窍不通，却趁着印刷、出版技术的进步，出于这样那样的原因写起了小说。如那些因科举制度废除而无所事事的八股家们，就混入了这股小说创作的洪流之中，寅半生《〈小说闲评〉叙》（1906）中说："十年前之世界为八股世界，近则忽变为小说世界，盖昔之肆力于八股者，今则斗心角智，无不以小说家自命。于是小说之书日见其多,著小说之人日见其夥,略通虚字者无不握管而著小说。"[1]他们"东剿西袭,以作八股之故智,从而施之于小说,不伦不类,令人喷饭"[2]。如其所述,素质平庸(指小说写作修养而言)的小说作者的加入导致了大量平庸作品的出现,所以虽然这一时期小说作品的数量是前所未有的多,但其总产量中所含渣滓的比重之高也同样前所未有,"求一良小说足与前小说媲美者卒鲜"[3]。因此可以说:二十世纪初小说杂志、专栏等的大量出现所带来的小说发表空间的拓展,要为这近二十年中的小说作品多如牛毛但精品却寥若晨星负一定责任。

同时,在这一问题上,我们还应该关注小说稿费制度在这一时期的形成。虽然我国新闻出版界支付稿酬(包括画稿)开始于十九世纪八十年代的《申报》,但现代小说稿费制度的形成却要推迟到二十年后的《新小说》。光绪二十八年十月初一日(1902 年 10 月 31 日),在《新小说》创刊前半个月,《新民丛报》第 19 号上刊出了《新小说社征文启》(此启事后又刊发在重印的《新小说》第 1 号上),启事云:"本社为提倡斯学、开发国民起见,除社员自著自译外,兹特广征海内名流杰作,绍介于世。"接着在中国历史上第一次开出了小说稿费标准清单,它针对的是"章回体小说在十数回以上者及传奇曲本在十数出以上者":

自著本甲等	每千字酬金	四元
同　乙等	同	三元
同　丙等	同	二元

---

①　寅半生《〈小说闲评〉叙》,《游戏世界》第 1 期,引自《资料》,第 182 页。

②　新庵《〈海底漫游记〉》,《月月小说》第 1 年第 7 号,引自《资料》,第 257 页。

③　寅半生《〈小说闲评〉叙》,引自《资料》,第 182 页。

同	丁等	同	一元五角
译本	甲等	每千字酬金	二元五角
同	乙等	同	一元六角
同	丙等	同	一元二角①

如果说《新小说》支付稿费主要是为了吸引更多的人参与小说创作的话，那么在后来的《月月小说》《小说林》《小说月报》等杂志那里，稿费支付则成为在杂志林立的环境中进行组稿竞争的一种手段。这种将艺术产品商品化的稿费制度对二十世纪初的小说发展产生了重要影响。支付稿费使依靠小说写作谋生成为可能，这在吸引人们参与小说创作上所起的推动作用可想而知，而且在这个过程中，一批具有写作实力的小说作者成长为职业作家。但不可避免的，稿费制度也培养起了小说家们的市稿心态，有人谓"今之投笔于小说界者，亦有三解"，其一即"为利者也"②。趋利之求的主要原因即是稿费制度的形成。为了能在有限的时间里挣得更多，有的作者甚至不惜从流媚俗，粗制滥造，弃作品的艺术品位于不顾，而仅仅是忙于点钞活动③。

主观上这种不健全的商品意识和前面所谈到的客观上作家写作修养的平庸，共同绘制二十世纪初年小说平庸化的历史图景。

在此起彼伏的诞生和消亡里，小说杂志自身的属性规定（即所谓的"报章体例""报格"）对小说写作产生的影响更为深刻，这种影响至少可以从小说杂志的定期连续出版和文体要求两个方面来分析。

---

① 新小说社《新小说社征文启》，《新民丛报》第 19 号，光绪二十八年十月初一。

② 佚名《论小说与社会之关系》，《时报》乙巳(1905)五月二十七日，引自《资料》，第 151 页。

③ 关于稿费制度的形成及意义参阅郭浩帆《近代稿酬制度的形成及其意义》一文，《山东大学学报》1999 年第 3 期。

　　定期连续出版是小说杂志及其他一切报刊的通性。对于小说杂志的这种属性规定将会给小说写作带来的影响，梁启超在《新小说》的创办之际已经意识到了，《〈新小说〉第一号》中所举出的小说写作五难，其中三项就是通过对比书籍小说与杂志小说而得出的杂志小说写作之难。这三难包括：一、"一部小说数十回，其全体结构，首尾相应，煞费苦心，故前此作者，往往几经易稿，始得一称意之作。今依报章体例，月出一回，无从颠倒损益，艰于出色"。二、"寻常小说一部中，最为精采者，亦不过十数回，其余虽稍间以懈笔，读者亦无暇苛责。此编既按月续出，虽一回不能苟简，稍有弱点，即全书皆为减色"。三、"寻常小说，篇首数回，每用淡笔晦笔，为下文作势。此编若用此例，则令读者彷徨于五里雾中，毫无趣味，故不得不于发端处，刻意求工"①。后两难实际上是说：杂志小说阅读方式的转变——书籍小说是全文连续阅读，杂志小说是全文断续阅读——为小说的写作提出了更高要求；第一难则说：造成小说阅读方式转变的定期连续出版本身，正是达到这一要求的障碍之源。梁启超对小说杂志自身所处困境的分析合情合理。杂志的定期连续出版在改变阅读方式的同时，也改变了写作方式，它使作者失去了对已刊行作品（数回）的修改权，即不能像从前以书籍形式出版小说那样随时前删后改，颠倒损益，从结构、情节、人物等方面做整体性的把握经营之后再出版其作品，他只能顺着已刊行部分作品的思路前行，有时只好将错就错，或者不惜以前后矛盾为代价，调整小说情节、人物等的发展方向，有时甚至这种前后矛盾是在不知不觉中产生的——作品刊行的时间太长了，以至于作者自己都忘了前面写了些什么，何况作者本身的思想也在变。梁启超在他的《〈新中国未来记〉绪言》中就预言道："此编月出一册，册仅数回，非亘数年，不能卒业，则前后意见，矛盾者宁知多少。

---

　　①　新小说报社《〈新小说〉第一号》，引自《资料》，第 40 页。此文当为梁启超作。

况以寡才而好事之身,非能屏除百务,潜心治此。计每月为此书属稿者,不过两三日,虽复殚虑,岂能完善。故结构之必凌乱,发言之常矛盾,自知其决不能免也。"①所以他名《新中国未来记》为"稿本",应是准备此后随时订改,以期某年月日能写成定本。梁启超掣肘之事比较多,但他在撰稿时总算还能专心于一部小说的写作,却仍然有这样的担忧,后来的那些专业小说家,同时在多种杂志上连载小说数部,其"结构之必凌乱,发言之常矛盾"看来是真的"决不能免"了。人们比较熟悉的例子是李涵秋,他在编辑《小说时报》时期(1922 年前后),同时在报刊上连载五六部长篇小说,有"《新闻报》的《镜中人影》,《时报》的《自由花范》,《晶报》的《爱克司光录》,《快活》的《近十年目睹之怪现状》,《小说时报》的《怪家庭》,还有《商报》的一种似乎有一个鸾字的",周瘦鹃说他能够"按部就班的一种种做下去,不缠误,不中断"②,我总不敢相信。一个现成的例子是刘云若。"刘云若的长篇小说大都在报刊连载,且常常要同时写好几部作品,有的作品自开始到完成竟连载一、二年,这种写作条件也给刘氏的许多作品带来缺陷……《红杏出墙记》第四回至第六回写余家三姐妹的名字是丽莲、丽琨、丽玲,隔了第七回一段插曲,到第八回以后,余家姐妹的名字忽然变成式琨、式莲,显然是刘氏记错了,且钱畏先、柳如眉等的性格前后判若两人,钱、柳性格的转变,虽然也可解释为经受了重大精神打击的结果,但毕竟变得太不像本人了。刘氏当年写小说,同时兼顾几部作品,写得很匆忙,有时被编辑追索续稿,竟随手撕下报纸边上的一条白纸当作稿纸,即席命笔,写完一二千字,再将最后一句撕下留待再续时检视,这种写法自然难免造成前后不一的漏洞。"③这

---

① 　梁启超《〈新中国未来记〉绪言》,引自《资料》,第 37—38 页。

② 　周瘦鹃《民国旧派小说名家小史·李涵秋》,魏绍昌、吴承惠编《鸳鸯蝴蝶派研究资料》(上),上海文艺出版社 1984 年版,第 588 页。

③ 　张赣生《民国通俗小说论稿》,重庆出版社 1991 年版,第 234 页。

些虽然已是二十世纪二十年代以后的事情,但由此可以想见那些处在同一境况之下的中国第一代职业作家们的表现。小说杂志的定期连续出版本来已经在时间上给作家们造成了一种逼迫感,再加之作家们希望多挣两个儿,不嫌手上活儿多的急切心情,精雕细琢自然只能是水中月镜中花了。

　　连续定期出版也影响到了二十世纪初小说的结构,其中最明显的就是集锦结构①。集锦结构的"谴责小说"在二十世纪的繁荣是一个很重要的现象,一般论者将其归为此一时期中国社会的黑暗和《儒林外史》的影响②,这当然很有道理,但往往忽略另外一个因素,那就是许多此类小说首先是为小说杂志写作并刊于其上。集锦结构小说的写作很能配合杂志的定期连续出版。成之在《小说丛话》中已指出《儒林外史》的结构与向来的长篇小说不合,"篇幅虽长,其中所包含之事实虽多,然其事实,殆于个个独立,并无结构之可言(非合众小事成一大事)。与向来通行之长篇小说,体例不合,实仍短篇小说之体裁耳"③,后来鲁迅先生更把它概括为"惟全书无主干,仅驱使各种人物,行列而来,事与其来俱起,亦与其去俱讫,虽云长篇,颇同短制"④。这部集锦结构的《儒林外史》写得比较成功,这不但是因为在看似短篇连缀的结构之下,有一条统一的潜在线索,更主要的是靠它

---

　　①　所谓"集锦结构"即鲁迅先生在《中国小说史略》中评论《儒林外史》时所说:"虽云长篇,颇同短制;但如集诸碎锦,合成帖子。"见《鲁迅全集》(九),第221页。

　　②　如鲁迅、阿英等,将谴责小说的繁荣主要归于社会黑暗的刺激。《新小说社征文启》中有云:"本社所最欲得者为写情小说……又如《儒林外史》之例描写现今社会情状,借以警醒时流,矫正弊俗,亦佳构也。"(《新民丛报》第19号),这是《新小说》倡导学习《儒林外史》的明证,详论参见郭浩帆《〈新小说社征文启〉的价值和意义》,《清末小说通讯》第58号。

　　③　成之《小说丛话》,引自《资料》,第420页。

　　④　鲁迅《中国小说史略》,《鲁迅全集》(九),第221页。

干净洗练的笔墨、不露声色的描写和精微独到的叙事,但到了二十世纪初年的模仿者那里,大多只学习了它的集锦形式,而堕落为"类书"。这比较适合中国读者要读一个完整故事的阅读习惯,更重要的是它为杂志小说作家的写作提供了方便:只要围绕一个主题,将所有各种相关事件、人物行列写来,一期一回或数回,一回或一期写一事,不必费心去考虑结构上前后照应的问题,就避开了小说杂志在这一点上带来的无从斟酌修改的遗憾;当然,也同时舍弃了对小说整体结构完美的追求。所以集锦结构与小说杂志一拍即合。在各种故事或事件之间添加一个起贯穿作用的功能人物,就成了所谓的"游记体"小说,它可以视为集锦结构的进一步发展——它将"小说杂志"所承担的贯穿功能移交给一个人物。功能人物在小说中不停地走来走去,讲着自己的所见所闻,将各种故事串在一个时间的链上,这很像一个摄影记者,不停地将镜头转向所见的种种。在小说杂志的诱导和推波助澜之下,集锦结构和"游记体"小说得以发达,前者如《活地狱》《负曝闲谈》《官场现形记》,后者如《二十年目睹之怪现状》《文明小史》《老残游记》《冷眼观》等。

至于文学语言的转换,我们更不可忽视十九世纪末二十世纪初的小说创作,大量白话小说(或通俗语体小说)的创作锻炼了作家的白话表达能力,也培养了读者的白话阅读和接受能力,为"新文学"白话文学时代的到来谱写了序曲。然而,尽管人们在当时已经普遍认识到白话小说是小说的正格、正宗[①],而且也是小说发展

---

①　如《〈小仙源〉凡例》:"原书并无节目,译者自加编次,仿章回而出以文言,固知不合小说之正格也。"管达如《说小说》:"(白话体)此体可谓小说之正宗。"成之《小说丛话》:"以文言、俗语二体比较之,又无宁以俗语为正格。"吴曰法《小说家言》:"以俗言道俗情者,正格也;以文言道俗情者,变格也。"铁樵《〈小说家言〉编辑后记》:"小说之正格为白话,此言固颠扑不破。"分别见《资料》第119、373、416、495、496 页。

之趋向①，但小说报刊作为一种大众传播媒体的平民化取向，在作家写作语体的选择上，仍然起到了一种潜在的强制作用。在十九世纪末二十世纪初人们已经普遍认识到：为启蒙民众之用，报纸杂志文体应走通俗一路。人们对报刊文体的这种认识成为写作小说的一个前提。在创作之际，作者会自觉地遵循报刊的这种属性规定，如光绪三十三年(1907)北京进化报社成立时，总务松友梅为《(北京)进化报》写作小说《小额》以"引人心之趋向，启教育之萌芽，破迷信之根株，跻进化之方域"②，他本打算用文言写出，但"因碍于报格，不得已仍用平浅文字，登于小说一栏"③。如果不是自觉遵守报刊文字要通俗这一要求，我们看到的将是一部文言小说，而无从体味如今这部京味(话)小说所拥有的情采和韵味。不过二十世纪初小说杂志对小说文体要求的处理，大多采取了一种变通原则。《新小说》虽是志在启蒙下愚，但对作品的语言却是主张"文言、俗语参用；其俗语之中，官话与粤语参用"④，并不完全拒绝文言。此后的《新新小说》《小说林》《小说月报》《小说大观》等都明言了文白参用的变通原则⑤，下文中四大小说杂志所刊白话、文言小说篇目及页码比例表则是其编辑实

---

　　①　如饮冰《小说丛话》："文学之进化有一大关键，即由古语之文学，变为俗语之文学是也……宋后俗语文学有两大派……其二则小说也。"楚卿《论文学上小说之位置》："俗语文体之嬗进，实淘汰、优胜之势所不能避也。"陆绍明《〈月月小说〉发刊词》(1906)："中国小说分两大时代：一为文言小说之时代，一为白话小说之时代。"分别见《资料》第 65、63、180 页。

　　②　德洵《〈小额〉序》，引自《资料》，第 337 页。

　　③　杨曼青《〈小额〉序》，引自《资料》，第 336 页。

　　④　新小说报社《中国唯一之文学报〈新小说〉》，引自《资料》，第 41 页。

　　⑤　《〈新新小说〉叙例》："本报文言、俚语兼用。"小说林社《募集小说》："词句不论文言、白话。"《〈小说月报〉特别广告》："文言白话，兼擅其长。"《〈小说大观〉例言》："无论文言俗语，一以兴味为主。"分别见于《资料》第 125、237、393、487 页。

践中这一变通原则运用的明证。小说杂志的这种编辑策略主要出于下面两点考虑：一、许多作家在写作的过程中都体会到了用白话行文的困窘，如梁启超、周树人、姚鹏图、宇澄等人，他们的诉说基本上可以代表二十世纪初作家们的共同感受①。这种在白话写作中所遇到的艰难与他们自小所受的文言教育有直接关系。二、小说杂志编者们的预想读者是下层社会的人们，因此臆想之中，"似白话小说，当超过文言小说之流行"②，但据觉我（徐念慈）的观察，实际读者则多来自知识阶层，并且"其百分之九十，出于旧学界而输入新学说者，其百分之九，出于普通之人物，其真受学校教育，而有思想、有才力、欢迎新小说者，未知满百分之一否也？"因此当时的实情是，"文言小说之销行，较之白话小说为优"，而林琴南先生成为"今世小说界之泰斗"，也就不是什么稀奇的事情③。各小说杂志的编者们对这一现实不应该一无所知。所以尽管有人以为"今值学界展宽（注：西学流入），士夫正日不暇给之时，不必再以小说耗其目力。惟妇女与粗人无书可读，欲求输入文化，除小说更无他途"④，则小说当以俗语白话为主，但实际情况却是，小说杂志在小说文体的选择上对二十世纪初的作家语言能力和读者阅读现实作出了暂时的屈从，以保证自己稿源不涸和读者群体稳定。

---

①　少年中国之少年《〈十五小豪杰〉译后语》："本书原拟……纯用俗话，但翻译之时，甚为困难。参用文言，劳半功倍……译者贪省时日，只得文俗并用。"周树人《〈月界旅行〉辨言》："初拟译以俗语，稍逸读者之思索，然纯用俗语，复嫌冗繁，因参用文言，以省篇页。"姚鹏图《论白话小说》："鄙人近年为人捉刀，作开会演说、启蒙讲义，皆用白话体裁，下笔之难，百倍于文话。"宇澄《〈小说海〉发刊词》："吾侪执笔为文，非深之难，而浅之难；非雅之难，而俗之难。知此中甘苦者，当不以吾为失言。"分别见于《资料》第47、51、135、483页。

②　觉我《余之小说观》，《小说林》第10期，引自《资料》，第313页。

③　觉我《余之小说观》，引自《资料》，第313—314页。

④　夏曾佑《小说原理》，《绣像小说》第3期，引自《资料》，第61页。

不过如果我们集目光于小说杂志所刊发的小说作品,仍然会发现白话小说所占的优势,以四大小说杂志(《新小说》《绣像小说》《月月小说》《小说林》)为例:

四大小说杂志所刊白话小说与文言小说篇目比例表

杂志名称	新小说	绣像小说	月月小说	小说林
白、文篇目比例	16/10(160%)	26/14(186%)	42/72(60%)	12/23(52%)

注:本表所统计的小说以种来计算,如《新小说》中所刊的《新聊斋》包括数篇短篇文言小说,此处不分开计数,视为一种。又:此表的小说不包括剧本和传奇。

此表数据似乎还不能确切显示白话小说在小说杂志中所处的位置,尤其是考虑到白话小说多为长篇章回作品、进行数期连载,而文言小说多为短篇、一期就完结的话,而下面这张小说杂志中白话小说与文言小说的页码分量比例表也许可以使我们对白话小说在杂志中所处的地位有更为鲜明的感性认识:

四大小说杂志每期所刊白话小说与文言小说页码比例抽样统计表

杂志名称	新小说	绣像小说	月月小说	小说林
白、文页码比例	147/10(1470%)	46/18(256%)	76/107(71%)	55/103(53%)

注:本表的统计数字,是以《新小说》1—5期、《绣像小说》1—10期、《月月小说》1—5期、《小说林》1—5期为对象,求出的各杂志每期白话小说与文言小说的平均页码。

大量白话读物,通过密布全国的销售网络行销各地,对白话文能够在未来得以推行所起到的作用不可估量,正如《母夜叉》(1905)一书的闲评中所云:“现在的有心人,都讲着那国语统一,在这水陆没有通的时候,可就没的法子,他爱瞧这小说,好歹知道几句官话,也是国语统一的一个法门。我这部书,恭维点就是国语教科书罢。”[①]这种期待同样适合于小说杂志,它们与其他白话书籍一起,对中国社会进行着

---

① 《〈母夜叉〉闲评八则》,引自《资料》,第157页。

现代白话的启蒙。

四、杂志：双刃剑

上面以《新小说》为中心，分析了它对二十世纪初中国小说杂志发展的影响，以及由它们共同构成的传播媒介的变化对中国文学主要是小说发展的有力塑造。毫无疑义，传播媒介在中国文学发展中所产生的影响是深远而广泛的，从灰色的理论到鲜活的创作，从表面的繁荣到内在的危机，从作品的结构到语言的选择，等等，无一不有传播媒介浸染的痕迹。传播媒介是一把双刃剑，文学凭借它在江湖中一展神威的同时，也在自己的内心深处留下了难以治愈的重创。

第六章　梁启超与新文学

从影响的角度来看,梁启超与后来的新文学运动脉系相联,这一点我们已经在第二章《梁启超与启蒙文学》里略有论及。本章主要讨论身在新文学运动中的梁启超,看他对新文学的反应。

一、国语之创造

民国五年(1916),梁启超南下斡旋反对袁世凯帝制,中经父丧,于民国六年(1917)1 月 6 日始返回北京,即于 9 日赴教育部演讲中国教育之前途与教育家之自觉,其中论及中国教育欲求自存应注意的四个方面,其中第四点专论国语之创造。梁氏仍从中国"言文不一致"的弊端讲起,虽是清末的老话题,但已不复清末开启民智的老思路,而是认为"足以阻科学之进步也"。在此时梁启超的眼中,我国现在的文字仍是"古时之文字",只适宜"对古人用之","讲来讲去,皆是古来学问","纸的学问",用这种文字"学现在世界之科学,欲其进步,殆绝不可能之事",并引欧美各国古文今文之情形相比,指出这些国家"古文惟用于经典,研究科学,绝不用之",像德国,其科学所以能在近百年间"如此发达者,实因国语独立",而我们国家之"国语",还处于"对古人之不独立"的状态,至此,梁启超提出,教育部"不可不乘此时机,造成一种国语"①。

---

① 　梁启超《在教育部之演说(中国教育之前途与教育家之自觉)》,夏晓虹辑《〈饮冰室合集〉集外文》(中册),北京大学出版社 2005 年版,第 670 页。

梁启超为何专门提出创造国语这一问题？当然不是一时心血来潮，而是"闻贵部久已注意"此事。现代国语之创造关乎国家科学之进步，亦即关系国家之前途，因此梁氏颇为注意，并深许教育部对此事之注意，"可谓卓识"。梁启超所云"贵部久已注意"之事，应是指自民国元年即已动手筹备的国语"读音统一会"。民国元年(1912)12月2日，教育总长范源濂签发《读音统一会章程》，准备审定"法定国音"，吴稚晖被聘为会长，欲于"古今南北不齐之读音"中，择定"国音"，"异日就国音而发近文之雅语，作为全国交通"之"国语"①。"读音统一会"正式开幕于民国二年(1913)2月15日，闭幕于5月22日，与会代表40余人经过三个多月的激烈论争，最终投票通过了国音方案，但因为民国政局之动荡，民国八年(1919)12月24日，教育部才批准了由吴稚晖起草、钱玄同、黎锦熙等人修订的《国音字典》②。

梁启超于民国六年(1917)重提言文合一、国语创造之问题，当是有感于"读音统一会"闭幕多时，而国音统一方案仍踪影皆无的可怪现实，有提示和批评教育部的意味。不过不仅如此，梁启超也借机表达了自己对于国语统一的意见。他主张："所谓国语者，非用一地方之俚语也，其程度必视寻常之语言稍高，视寻常之文字较低。"③由此可知，梁启超反对用某一地之方言(俚语)作为通行全国的国语。他说的"寻常之语言"似指口语方面，具体似指官话；"寻常之文字"指文字方面，应即指彼时通行的书面文言文。可见梁氏的"言文合一"即

① 吴稚晖《读音统一会进行程序》，《吴稚晖先生全集》第5卷，第104—105页，转引自王东杰《声入心通：国语运动与现代中国》，北京师范大学出版社2019年版，第311页。

② 参阅王东杰《声入心通：国语运动与现代中国》，第311—318页。

③ 梁启超《在教育部之演说(中国教育之前途与教育家之自觉)》，夏晓虹辑《〈饮冰室合集〉集外文》(中册)，第670页。

不是言合于文,也非文合于言,而是要对既有的官话、文言进行改造,然后将言文合成一种较官话更典雅,但比文言更通俗的国语。梁启超进一步敦劝教育部,以此新国语"编纂教科书,以利教育,诚目前非常重要之事"①。求得教育之普及、科学之进步,梁启超又回到了言文不一"足以阻科学之进步"这个问题上来。

国语创造问题的讨论,自晚清以来,到"五四"前后,乃至后来的三四十年代,有种种变相,政治、文化、学理、地域、古今、阶级等诸种力量参与其中,众声喧哗,但论题本身有其连续性,看法亦有轮回反复。从这个角度来看,梁启超几乎与胡适、陈独秀等人同时关注了新文化运动最重要的问题——言文统一,亦即稍迟胡适提出的国语创造。在这个问题上,梁与胡、陈看法不同。如前文所述,梁启超是改造"寻常"言、文两方面以成就言文统一之国语,而胡、陈等新文学家则以文就言,具体而言即是提倡白话文、反对文言文,"话怎么说就怎么写"。而在胡适、陈独秀白话文学大潮兴起之时,不少反对者仍对晚清以来梁启超的"新文体"写作念念不忘,甚至在民国八年(1919)给予许多反对胡、陈"以语体代文言"的人以信心,其时梁正游欧洲,"群士方望梁归,有以正之",但梁启超欧洲归来的心血之作《欧游心影录》"乃效胡体为俚语,于是士友失望"②。《欧游心影录》的写作似乎可以看作梁启超对胡、陈白话文写作主张的认同和对"新文体"写作的放弃。这一转变显然令寄于厚望的诸位"士友"大感"失望",但若虑及梁启超始终如一的普及教育、开启民智的语言功能观和他晚清时所表达的从古语之文学到俗语之文学的语言历史观,这一转变其实颇为合情合理。而更为重要的是,《欧游心影录》并非他光绪二

---

　　①　梁启超《在教育部之演说(中国教育之前途与教育家之自觉)》,夏晓虹辑《〈饮冰室合集〉集外文》(中册),第 670 页。

　　②　李肖聃《星庐笔记·梁启超》,夏晓虹编《追忆梁启超》,中国广播电视出版社 1997 年版,第 43 页。

十八年(1902)翻译《十五小豪杰》时尝试的令他"甚为困难"的"纯用俗话"写作①,而是与他民国六年(1917)教育部演讲所言"视寻常之语言稍高,视寻常之文字较低"相一致的国语文学写作,我们来看《欧游心影录》,可以说一落笔就写出了那个时代称得上最美的文章:"白鲁威离巴黎二十分钟火车,是巴黎人避暑之地。我们的寓庐,小小几间朴素楼房,倒有个很大的院落。杂花丰树,楚楚可人,当夏令时,想是风味绝佳,可惜我都不曾享受。到得我来时,那天地肃杀之气,已是到处弥满。院子里那些秋海棠野菊,不用说早已萎黄凋谢,连那十几株百年合抱的大苦栗树,也抵不过霜威风力,一片片的枯叶,蝉联飘堕,层层堆叠,差不多把我们院子变成黄沙荒碛。还有些树上的叶,虽然还赖在那里挣他残命,却都带一种沉忧凄断之色,向风中战抖抖的作响,诉说他魂惊望绝,到后来索性连枝带梗滚掉下来,像也知道该让出自己所占的位置,教后来的好别谋再造。欧北气候,本来森郁,加以今年早寒,当旧历重阳前后,已有穷冬闭藏景象,总是阴霾霾的欲雨不雨,间日还要涌起蒙蒙黄雾。那太阳有时从层云叠雾中瑟瑟缩缩闪出些光线来,像要告诉世人,说他还在那里,但我们正想要去亲炙他一番,他却已躲得无踪无影了。"②这段对所居寓庐院落的描写,带着少许文言词汇的残留,但读来却比同时代胡适等人"话怎么说就怎么写"、时不时地来个"的么了哩"的白话文简练、精彩、耐读得多,是当时白话文写作的一个重要面向。

梁启超在民国九年(1920)转向白话文写作,当然是胡、陈等人提倡的新文学运动的大收获。但梁启超在阅读和作文方面,与胡、陈等人的弃绝文言、专尊白话不同,他有更通达、更温和的主张。民国十一年(1922)他发表的"专为中学以上作文科教师讲授及学生自习之

① 少年中国之少年《〈十五小豪杰〉译后语》,《新民丛报》第6号,引自《资料》,第47页。

② 梁启超《欧游心影录节录》,《饮冰室合集》专集之二十三,第1—2页。

用"的《作文教学法》中,一上来即开宗明义地谈到自己对于教材和写作所用语言(文言或语体)的看法。他认为,小学阶段修习语体文已经足够,中学以上的作文教学,"无专门教授语体文之必要",所以,"本讲义所用教材专限于文言文"。并且,在梁启超看来,文言文历史悠久,"许多精深的思想和优美的文学作品皆用他来发表",中学以上的学生实有阅读理解之必要;相反,"语体尚在发达幼稚时代,可以充学校教材的作品不很多",选择起来也颇为不便。再加上"文言和语体""是一贯的","文法所差有限得很,会作文言的人,当然会作语体。或者可以说文言用功愈深,语体成就愈好。所以中学以上在文言下些相当工夫,于语体文也极有益"。至于学生的写作,"不妨语文并用,或专作语体亦无不可",梁启超认为,会作文与作得好坏,"所重不在体裁而在内容"①。

梁启超的阐说,表明他对彼时白话文写作成绩的惨淡有清晰的认识——这一点大概也能得胡、陈等人的认同,但他对白话文教学所表现出来的某种程度的轻视和对文言文价值的深度认同,当是无从取得新文学家们的谅解。尤其是,他主张现代青年的写作,"文言白

---

　　①　梁启超《作文教学法》,《饮冰室合集》专集之七十,第1—2页。此文"战纪"以前部分,曾以《中学以上作文教学法》为题,刊于《改造》第4卷第9号(1922年5月15日),民国十一年(1922)8月梁在东南大学暑校作同题讲演,后于民国十四年(1925)由中华书局据卫士生、束世澂的讲演笔记即以《中学以上作文教学法》为题刊行。但中华书局本与《合集》本内容有异,故夏晓虹所辑《〈饮冰室合集〉集外文》将中华书局单行本收入,见中册第870—899页。卫士生、束世澂在中华书局本《中学以上作文教学法》的《序言一》里说:"关于中学的国文教授法,世澂曾两询梁先生。他说'中学作文,文言白话都可;至于教授国文,我主张仍教文言文。因为文言文有几千年的历史,有许多很好的文字,教的人很容易选得。白话文还没有试验的十分完好,《水浒》《红楼梦》固然是好;但要整部的看,拆下来便不成片段'。"(夏晓虹辑《〈饮冰室合集〉集外文》中册,第870页)梁启超的回答,正可以与《饮冰室合集》本《作文教学法》开篇的阐述参看。

话随意"①，这与胡适文白死活的论断背道而驰；而他"所重不在体裁而在内容"的解释，更与胡适所认识到的"'文字形式'往往是可以妨碍束缚文学的本质的""一部中国文学史只是一部文字形式（工具）新陈代谢的历史""历史上的'文学革命'全是文学工具的革命"大相径庭②。在这一点上，梁启超似乎仍固守着他在清末谈论"诗界革命"时所提出的"革命者当革其精神，非革其形式"的主张③。所以，夏晓虹说：胡适是"在梁启超止步之处"，"发力前奔"④。

二、白话诗歌

尽管在对待文言文的态度、对白话文应用范围的认识和精神形式的关系等问题上，梁启超与作为文学革命主将的胡适、陈独秀等人存在着不小的观念上的差异，但其表述都比较温和；而且从写作实践的角度来看，梁启超也算是积极参与到了白话文运动之中。但当我们把目光转到诗歌方面的时候，看到的却是另一番风景。

因为有不同程度的历史积淀，新文学家对白话小说和白话文的提倡，阻力并不很大，唯有诗歌方面，旧诗以其严格的体制规定和千年历史传承所形成的审美偏爱，成为旧文学最坚固的堡垒，也是新文学家们亟盼攻破的当然之选。而起志进行"文学革命"的胡适"自信颇能用白话作散文，但尚未能用之于韵文"，所以在美国时即开始"练习白话韵文"，要为中国"新辟一文学殖民地"⑤。民国九年（1920）3

---

① 梁启超《作文教学法》，《饮冰室合集》专集之七十，第 41 页。

② 胡适《逼上梁山——文学革命的开始》，姜义华主编《胡适学术文集·新文学运动》，中华书局 1993 年版，第 200 页。

③ 梁启超《饮冰室诗话》，《新民丛报》第 29 号，光绪二十九年三月十四日。

④ 夏晓虹《梁启超：在政治与学术之间》，东方出版社 2014 年版，第 119 页。

⑤ 胡适《再答任叔永》，引自《〈尝试集〉自序》，姜义华主编《胡适学术文集·新文学运动》，第 379 页。

月《尝试集》的出版，即是胡适白话诗"试验的结果"的集中展示，他在自序里谈及"为什么赶紧印行这本白话诗集"时说："因为这一年以来白话散文虽然传播得很快很远，但是大多数的人对于白话诗仍旧很怀疑；还有许多人不但怀疑，简直持反对的态度"，所以把自己的白话诗集印出来，"也许可以引起一般人的注意，也许可以供赞成和反对的人作一种参考的材料"；同时，胡适也很期待有人把他的白话诗歌"仔细研究一番，加上平心静气的批评"，以使他知道"这种试验究竟有没有成绩，用的试验方法，究竟有没有错误"①。胡适的前辈梁启超，即是"仔细研究"的人之一。

　　梁启超所看到的《尝试集》，为胡适赠送，大概在民国九年（1920）的9月25日②。梁氏读后很是兴奋，他在10月14日回复胡适的信中云："《尝试集》读竟，欢喜赞叹，得未曾有，吾为公成功祝矣！"③显然是在肯定胡适"诗界革命"的成就，也是对胡适自序最后所引《尝试篇》"自古成功在尝试"的一个回答。但梁启超笔锋一转，接着写道：

　　　　然吾所尤喜者乃在小词，或亦夙昔结习未忘所致耶？窃意

---

　　①　胡适《〈尝试集〉自序》，姜义华主编《胡适学术文集·新文学运动》，第381页。

　　②　夏晓虹据胡适日记及民国九年（1920）9月26日梁启超致胡适书等文献，推断胡适赠《尝试集》给梁启超以9月25日梁赴胡寓探望胡适之时为宜。见《梁启超：在政治与学术之间》，第159—161页。又，夏晓虹认为胡适所赠当为民国九年9月再版之《尝试集》。若考虑出版发行之周转，推论似可再作讨论。我倾向于认为胡适所赠为初版之《尝试集》。

　　③　《梁启超信十三通》，耿云志主编《胡适遗稿及秘藏书信》第33册，黄山书社1994年版，第15页。此书为抄件，末署"十四日"，夏晓虹推断此书应作于民国九年（1920）10月14日。稍晚些时候梁启超所作《晚清两大家诗钞题辞》亦云："我也曾读过胡适之的《尝试集》，大端很是不错。"（《饮冰室合集》文集之四十三，第75页。）

韵文最要紧的是音节。吾侪不知乐，虽不能为必可歌之诗，然总须努力，使勉近于可歌。吾乡先辈招子庸先生创造《粤讴》，至今粤人能歌之，所以益显其价值。望公常注意于此，则斯道之幸矣。

梁氏所谓"小词"，指《尝试集》中标明词牌和虽没标示词牌但按着词的音节来写的一些作品，如《沁园春》《生查子》《百字令》《如梦令》等和《鸽子》《新婚杂诗》等作品。但这些诗歌不过是胡适"最初爱用词曲的音节"做试验的产物，在他白话诗写作的历程里，只是过渡形态，他只是想以此"供新诗人的参考"，但并不看重。所以胡适在再版自序里说："我自己只承认《老鸦》《老洛伯》《你莫忘记》《关不住了》《希望》《应该》《一颗星儿》《威权》《乐观》《上山》《周岁》《一颗遭劫的星》《许怡荪》《一笑》——这十四篇是'白话新诗'。其余的，也还有几首可读的诗，两三首可读的词，但不是真正白话的新诗。"[1]这显然与梁启超的"尤喜"大异其趣。梁启超顺着"小词"进一步提示并勉励胡适："韵文最要紧的是音节"，尽力使诗和乐而"可歌"，才能使诗"益显其价值"。他之"尤喜""小词"，很重要的一面即在于词和乐可歌。而他对诗乐合一的重视、视《粤讴》为学习典范，其实都是清末《新小说》时代的旧调重弹，亦即其所自问："或亦夙昔结习未忘所致耶？"

对胡适《尝试集》的阅读，成为梁启超深入思考新文学运动所提倡的白话诗写作的一个契机，他于上所引 10 月 14 日书之后第四天即 1920 年 10 月 18 日写给胡适的信里说："超对于白话诗问题，稍有意见，顷正作一文，二三日内可成，亦欲与公上下其议论。"[2]看来梁启超是想与胡适就白话诗问题来一番对话。这篇打算"二三日内可

---

① 胡适《〈尝试集〉再版自序》，姜义华主编《胡适学术文集·新文学运动》，第 409 页。

② 丁文江、赵丰田编《梁启超年谱长编》，第 922 页。

成"的文章即《晚清两大家诗钞题辞》,但该文在写作的过程中,一方面因为梁启超本人"移治他业",另一方面因为蒋百里对文中关于白话诗的意见"颇有异同",劝梁修改,致使在完成论白话诗的前半篇之后,"久未续成"①。好在梁启超"对于白话的意见""已具"于此残篇中,此处就以《晚清两大家诗钞题辞》为中心,讨论一下梁氏对于新文学运动中白话诗写作的"意见"。

与新文学家们强调新、旧文学对立决裂的革命思维不同,梁启超则在认同引进"外国文学"的同时,特别重视"在本国文学上有相当的素养"。在他看来,"文学是一种'技术',语言文字是一种'工具',要善用这工具,才能有精良的技术。要有精良的技术,才能将高尚的情感和理想传达出来",所以只有接武中国自己的文学传统,将语言文字这一"公用的工具操练纯熟",再从中国文学、外国文学中"得有新式运用的方法",改良文学写作的技术,才能创造出所谓"新文学"②。这是梁启超对于文学革新创造的总体看法,他强调了新、旧文学之间以及作为工具的语言文字古、今之间的连续性,在今天看来,要比胡、陈等人当年一刀切的主张更为科学合理。

在这样的总体观念的支撑之下,梁启超在文章的第二部分中将他"向来对于诗学的意见"作了较详尽的说明,提出三种关于诗的"见解"。

第一,梁启超主张恢复诗歌"广义的观念",摆脱"格律的束缚"。他认为将诗限制在"三百篇"和"古近体"的范围里,实在过于狭隘,骚、赋、七、谣、乐府、词、曲本、山歌、弹词等这些"古近体"之外的韵文作品,都应归入诗的范围。在这个观念转变的基础上,梁启超认为,原来"古近体"诗写作时的"苦人之具"格律——这个后起之物,无形

---

① 夏晓虹《新见梁启超致胡适书》,氏著《梁启超:在政治与学术之间》,第182页。

② 梁启超《晚清两大家诗钞题辞》,《饮冰室合集》文集之四十三,第71页。

中就失去了它的对应物,消融在众多的格律之中——规则纷歧,即等于无规则。摆脱掉格律的束缚,一样可以写出"好诗""真诗"①。

第二,梁启超认为诗应该注重"修辞和音节",这是"诗是……一种美的技术"的内在要求。修辞是诗人使诗歌呈现"精严调协"之面貌,使读者产生"一种愉快的感受"的技术,但修辞不是"堆砌古典僻字,或卖弄浮词艳藻",古人名作其实都是"文从字顺,谢去雕凿",在"选字运句"中,体现一种修辞的匠心②。这一点大概在回应胡适《文学改良刍议》"八事"中的"六曰不用典""五曰务去烂调套语"③,暗示胡适,好的旧诗与胡适的要求是一致的,实际上是不承认胡适对旧诗的攻击。诗的音节问题是梁启超最看重的,他说:"我总以为音节是诗的第一要素。"这一点延续了他在 10 月 14 日致胡适信中的感受和思考,仍然从诗乐合一的角度来谈音节的重要性。梁启超认为,"诗之为物,本来是与'乐'相为体用",后来诗乐分途,诗人不懂音乐,如今作诗,"虽不必说一定要能够入乐,但最少也要抑扬抗坠,上口琅然"。梁氏对于音节问题,尤其重视押韵,他反对时人学习欧洲的"无韵诗",也不能赏会古人所作"半有韵半无韵"的诗歌④。

前面这两点谈论的都是诗歌写作的技术方面,第三点则转向诗歌之实质,即诗家只要删汰掉"个人叹老嗟卑和无聊的应酬交际之作",专门"从天然之美和社会实相两方面着力,而以新理想为之主干",即能写出具有"新境界"的诗。梁启超认为,这是中国旧诗名家所走过的路,也是"中国诗界大革命"的方向。所谓"个人叹老嗟卑",

---

① 梁启超《晚清两大家诗钞题辞》,《饮冰室合集》文集之四十三,第 71—72 页。

② 梁启超《晚清两大家诗钞题辞》,《饮冰室合集》文集之四十三,第 72 页。

③ 胡适《文学改良刍议》,《新青年》第 2 卷第 5 号(1917 年 1 月 1 日),转引自姜义华主编《胡适学术文集·新文学运动》,第 20 页。

④ 梁启超《晚清两大家诗钞题辞》,《饮冰室合集》文集之四十三,第 72—73 页。

梁启超引自己早年《自励二首》"平生最恶牢骚语,作态呻吟苦恨谁"一句,来说明自己一直反对中国旧诗家的"厌世气味太重",这实际上是向胡适"八事"中"四曰不作无病之呻吟"一点致意,他所引来作证的蒋百里《谈外国文学之先决条件》中的一段话,简直与胡适《文学改良刍议》中对"不作无病之呻吟"一点的阐发毫无二致①。

这三点"诗学的意见",当然十分重要,但从篇幅来看,只占梁启超《晚清两大家诗钞题辞》的三分之一,其余三分之二的篇章,都在讨论因"修辞和音节"所引发的"目前一个切要的问题"②——对白话诗的意见。虽然他说"顺带着评一评白话诗问题"③,但这其实是他这篇文章的重点所在,所谓欲与胡适"上下其议论"也。

梁启超采取了欲抑先扬的策略,上来就说自己早在十七年前《新民丛报》上写作《饮冰室诗话》时,已经"很说白话诗应该提倡",并且,中国文学史上白话诗的成绩"已经粲然可观",因此自己"并不反对白话诗"。但他反对"一派新进青年,主张白话为唯一的新文学,极端排斥文言"的偏激之论,以为此与视白话诗为洪水猛兽的"那些老先生""不相上下"④。"新进青年"的代表当然就是胡适,他《尝试集》初版自序里就说:白话"实在是新文学的唯一利器","白话可作韵文的唯一利器"⑤。梁启超则与之相反,认为文言、白话都可以写出好诗,但从技术的层面来看,用"现行通俗语"写作的白话诗,相较于文言诗,存在四大弊端:冗长而不简约,浅露而不含蓄,字词缺乏而易笼统,不懂音乐、枝词太多而音节难保。前三者为修辞方面,后者为音节方

---

　　①　梁启超《晚清两大家诗钞题辞》,《饮冰室合集》文集之四十三,第78—79页。

　　②　梁启超《晚清两大家诗钞题辞》,《饮冰室合集》文集之四十三,第78页。

　　③④　梁启超《晚清两大家诗钞题辞》,《饮冰室合集》文集之四十三,第73页。

　　⑤　胡适《〈尝试集〉自序》,姜义华主编《胡适学术文集·新文学运动》,第382页。

面。在有关音节的论述里，梁启超再提胡适《尝试集》中"依着词家旧调谱下来的小令"[①]，认为这是一个值得尝试的使白话诗保有音节的方法。所以，梁启超认为，白话诗技术若求其精良，"恐怕要等到国语经几番改良蜕变以后"[②]，对当前白话诗写作充满了悲观。但他接着指出，"等到国语进化之后，许多文言都成了'白话化'"，并且写诗之人"都有相当音乐智识和趣味"之后，白话诗的写作将迎来它的"大成功"，但"需以时日"[③]。

针对当前的新诗写作，梁启超提出所谓的"四排斥""五应该"。"四排斥"为："押险韵，用僻字"；"用古典作替代语"；美人芳草而陈陈相因成"无聊的谜语"；律诗。前二者要"绝对排斥"，后二者则"相对排斥"[④]。其中第二点"用古典作替代语"，与胡适"八事"之"六曰不用典"主张极相近。胡适论"不用典"时进行了广义用典与狭义用典的区分，他所反对的乃狭义用典，即"以典代言"，而非"取譬比方之辞"（此即广义用典）[⑤]。第四点排斥律诗，因为律诗有"篇幅"和"声病"的限制，此点亦与胡适"八事"之"七曰不讲对仗"同一精神。胡适认为骈文律诗"字之多寡，声之平仄，词之虚实"都有规定，"束缚人之自由过甚"，因此"佳作终鲜"，故主张"废骈废律"，至低也要"视为文学末技，非讲求之急务"，实乃相对排斥之意也[⑥]。"五应该"包括：诗句长短自由；诸体并用（骚赋词曲诸体入诗）；"选词以最通行的为主"；纯文言体、纯白话体均可；用韵"惟以现在口音谐协为主"，"却不

①③　梁启超《晚清两大家诗钞题辞》，《饮冰室合集》文集之四十三，第75页。

②　梁启超《晚清两大家诗钞题辞》，《饮冰室合集》文集之四十三，第73页。

④　梁启超《晚清两大家诗钞题辞》，《饮冰室合集》文集之四十三，第78页。

⑤　胡适《文学改良刍议》，姜义华主编《胡适学术文集·新文学运动》，第25页。

⑥　胡适《文学改良刍议》，姜义华主编《胡适学术文集·新文学运动》，第27页。

能没有"①。第一点即突破旧诗四言、五言、七言的限制,诗句不必整齐划一;第二点是突破传统韵文体裁之间的壁垒,骚赋词曲与诗融通;第三点指诗歌的语言选择,与胡适"八事"之"八曰不避俗字俗语"相类,但初期(1917)胡适"主张今日作文作诗,宜采用俗语俗字"②,而在梁启超读的《尝试集》的自序里,已经"进化"到"白话可作韵文的唯一利器"③,所以梁氏"俚语俚句,不妨杂用,只要能调和"的话,带有不同意胡适的意味;第四点维持文白并行的看法,显然针对的是胡适等人白话诗唯一之论。第五点的重点在"韵却不能没有,没有只好不算诗"一句,针对的是所谓无韵诗的提倡和创作。从梁启超的论述来看,尽管他在很多方面接受了胡适的"诗界革命"主张,但也有反对之处,如坚持保留文言诗、主张押韵等,所以,梁启超对白话诗的接受显然是有所保留的,所以他在谈完"四排斥""五应该"之后,补充了白话体诗歌"自然可用"的两个条件:第一,"凡字而及句法有用普通文言可以达意者,不必定换俚字俗语";第二,语助词如"的了么吗"之类,"愈少用愈好"。他接着说,白话诗做到这二点,和"普通文言诗"已经"没有很显明的界线"④。强调的仍然是旧诗传统的保留和入诗白话的改造。

其实,梁启超对白话诗的态度,建立在他对文言、白话关系的一般看法之上。他在提出"四排斥""五应该"之前,专门谈及这个问题。首先他认为,文言、白话"本来没有根本差别",其主要差别不过是"语助词有些变迁",或是单音词改为复音词。其次,他眼中的文字不过是一种表达的工具,只要能"把自己的思想和感情完全传达出来",又

---

①④　梁启超《晚清两大家诗钞题辞》,《饮冰室合集》文集之四十三,第78页。

②　梁启超《晚清两大家诗钞题辞》,《饮冰室合集》文集之四十三,第28页。

③　胡适《〈尝试集〉自序》,姜义华主编《胡适学术文集·新文学运动》,第382页。

能让读者"确实了解"，就是可以存在的合格的工具。从作者表达的角度来看，文言、白话"各有各的特长"和适用之领域；从读者阅读一端来看，文言、白话作品也都各有自己难解的字词和深意。故而，梁启超欢迎白话文之提倡，这使"文学界得一种解"，但他以为，若因为提倡白话即"极端的排斥文言"，只"标榜白话文的格律义法"，其实与"桐城派"毫无二致。因此，梁启超在语言观上奉行"绝对自由主义"，主张"白话文言，都可尊尚"①。

　　梁启超在论及文言、白话没有根本差别时，特别拈出当时在谈及言文合一问题时，人们经常举以类比的欧洲语言变迁的实例进行分析，他反对人们"将文言比欧洲的希腊文拉丁文，将改用白话体比欧洲近世各国之创造国语文学"，在他看来，这种比较思路"夸张太甚，违反真相"②。在他的观察中，希腊拉丁文与英法德语在语法、字体上本自不同，与语法、字体差异极微的中国文言、白话，不具可比性，与中国文白情形可比拟的，是"没有根本不同"的"索士比亚时代英国古文"与"现在英国通俗文"。所以，现在英国人排斥希腊拉丁文"是应该的，是可能的"，而排斥索士比亚时代的英国古文则"不惟不应该，而且不可能"，现代英文是在对英国古文的承续中，创造出新的文体，而不是完全摆脱它③。与此类似，中国的言文关系也应该如此处理。梁启超的这一段论述大概是他的心得之笔，所以他在 12 月 18 日将此文送给胡适评阅的书信里特别点出："篇中希腊、拉丁之喻，百里不谓然。公谓何如？"④梁启超这话有点"公然挑衅"的意思。他论

述白话文言之关系,应该读过胡适民国六年(1917)1 月发表在《新青年》上的《文学改良刍议》,在三年前的那篇文章里,胡适正是以拉丁文比拟中国之文言,标为"死文学",而意、德、英、法诸国文豪如但丁、路德等"以其国俚语著作",为"活文学",来助势中国白话取代文言之"伟业"①。梁启超这段针对性十分强的论述,显然在批评胡适拟比不伦。梁氏的看法在 1922 年 1 月胡先骕发表的《评〈尝试集〉》一文里得到了呼应。作为胡适的文友、研究植物学的胡先骕批评胡适的比拟:"以不相类之事,相提并论",不是"以图眩世欺人,而自圆其说",就是"不学少思"。胡先骕明确表示:"希腊拉丁文之于英德法,外国文也","恰如汉文与日本文之关系"②。他的驳斥思路,与梁启超如出一辙。面对梁启超和胡先骕的批评,胡适并没有放弃自己的希腊拉丁文之比拟,他在 1922 年 3 月撰成的《五十年来中国之文学》这篇宏文中,专门就此事回应胡先骕:"中国人用古文作文学,与四百年前欧洲人用拉丁文著书作文,与日本人作汉文,同是一样的错误,同是活人用死文字作文学。至于外国文与非外国文之说,并不成问题。瑞士人,比利时人,美国人,都可以说是用外国文字作本国的文学;但他们用的是活文字,故与拉丁文不同,与日本人用汉文也不同。"③可见胡适的着眼点是一种文字是否与当代人口语相一致,非当代人口语的,是死文字,如拉丁文之类,如中国之文言、日本之汉文;只要是当代人日常交流所用之语言文字,即使是外国文字,亦是活文字。所以,胡适的拉丁文比拟,不是差异大小问题,也不是本国外国问题,而是言文合一的问题,是以当下白话为中心的问题。看来

---

① 胡适《文学改良刍议》,姜义华主编《胡适学术文集·新文学运动》,第28 页。

② 胡先骕《评〈尝试集〉》,《学衡》第 1 期,1922 年 1 月。

③ 胡适《五十年来中国之文学》,姜义华主编《胡适学术文集·新文学运动》,第 159 页。

梁、胡二人都打偏了靶。

　　总的来看梁启超对于新诗的见解，有几点是当时人们共同关注的话题：

　　一、新诗的"句法"。梁启超与胡适同一见解，认为新诗句子不必整齐，每句字数自由。但胡怀琛发表于 1919 年 11 月的《新派诗说》却认为，这种学自欧美的不整齐句式，乃是"新体诗"的短处之一，而整齐正是中国文字独有的特性，也是中国文字相较于欧洲文字的优长之处，中国新诗不应舍长取短①。所以胡怀琛所倡导的有别于胡适"新体诗"的"新派诗"写作，体制规定之一即诗句整齐，作为"新派诗"示范的他的《大江集》，从诗句来看，就是中国古代的五言诗、七言诗。胡怀琛的这一主张得到了"觉我"的认同②，"学衡派"的干将胡先骕也在 1922 年 1 月发表的《评〈尝试集〉》里予以呼应。胡先骕从诗起源于歌谣和中国人的心理，论证了"诗歌句法整齐，反较不整齐为自然也"，并引数位外国诗家对于西方诗歌 Meter 的论述，来佐证"句法整齐之必要"③。

　　二、新诗的押韵。像梁启超一样，反对胡适④，主张押韵的人颇多。胡怀琛认为有韵是成诗的一个必要条件，但与梁启超"以现在口音谐协为主"不同，他主张"用韵以通行本诗韵为准"⑤，即仍依旧诗韵。"觉我"则感觉胡怀琛的依据韵书"似尚拘束"，不妨更"解放"一些，"准之作者自己喉舌间"⑥。看法与梁启超一致。胡先骕针对胡

---

　　①⑤　胡怀琛《新派诗说》，《妇女杂志》第 5 卷第 11 期，1919 年 11 月。

　　②　觉我《读胡怀琛〈新派诗说〉》，《俭德储蓄会月刊》，1920 年 4 月。此文原刊《南通报》，《俭德储蓄会月刊》系转载。

　　③　胡先骕《评〈尝试集〉》，《学衡》第 1 期，1922 年 1 月。

　　④　胡适新诗试验初期，尝试过有韵诗，但那不过是词曲调的诗，他眼中真正的新诗，自然是不用韵的。

　　⑥　觉我《读胡怀琛〈新派诗说〉》，《俭德储蓄会月刊》第 1 卷第 3 期，1920 年 4 月。

适的有韵诗,批评他所押"京韵"之简陋;针对胡适的废韵,他通过征引西方诸诗家有关叶韵的论述,说明押韵之于诗人思想表达之切要。

　　三、新诗的音节。这是新、旧立场讨论批评新诗的人都关心的议题。所谓音节,大体可以理解为韵律之起伏(声音之高下)、节奏之长短。梁启超自然是不满意于白话诗在音节方面的表现,他从中国诗歌合乐的传统出发,指出新诗的写作,"虽不必说一定要能够入乐",但至少也要做到"抑扬抗坠,上口琅然"①。也就是说,梁启超虽然反对律诗过度讲究声律(所谓"声病"),但必要的平仄押韵还是要讲求的,这是诗歌谐婉入乐的保障。早于梁启超注意"新体诗""无音节"之弊的胡怀琛,和梁启超一样,都征引《尧典》里"诗言志,歌咏言,声依永,律和声"来追溯中国诗歌合乐的伟大传统②,并且指出:所谓诗,即"能唱""偏于情"的文学③,新诗的希望,在诗体方面,除了"自然",还要"能唱","不能唱不算诗"④。胡先骕则注意到,中西诗歌均表现出对音节的特别重视,中国诗歌"以平仄或四声以表示之",西方诗歌以音之长短或高下表示,他通过分析中国古诗平仄谐适这一出于人工又近于天籁的技艺表现,驳斥胡适对旧诗音节没有变化、没有自然音节的指责,并指出,如《尝试集》这样一种"音节一如白话之音节"的"无纪律之新体诗",已不具诗之资格⑤。梁启超与胡怀琛、胡先骕,都认为音节是诗歌美感形成的重要因素,是诗歌所以动人的根源所在。而且,三人也都是主要从中国本土诗歌传统来反思、论断中

---

　　①　梁启超《晚清两大家诗钞题辞》,《饮冰室合集》文集之四十三,第72页。

　　②　胡怀琛《新派诗说》,《妇女杂志》第5卷第11期。又氏著《诗与诗人》,《民铎杂志》第2卷第3期,1920年10月15日。

　　③　胡怀琛《诗学研究》,《美育》第5期,1920年。

　　④　胡怀琛《诗与诗人》,《民铎杂志》第2卷第3期,1929年10月15日。

　　⑤　胡先骕《评〈尝试集〉》,《学衡》第1期,1922年1月。

国诗歌发展的未来方向,由之我们可以看到中国诗歌传统的巨大力量[①]。

　　而他们三人批评的胡适,可以说从尝试写作白话诗的一开始,即对白话诗的音节问题,有着清醒的自觉,即其于《尝试集》初版自序里所说的:"做种种音节上的试验。"[②]六个月后再版之时,胡适于《再版自序》里,着重交代了自己音节试验的"种种":旧诗的音节,词曲的音节,双声叠韵,自然的音节。前二种是实验过渡形态,第三种乃偶尔游戏,最后一种才是胡适白话诗音节的理想。胡适在这篇序言里只是借着朱执信"诗的音节是不能独立的"一句话,引申出"凡能充分表现诗意的自然曲折,自然轻重,自然高下的,便是诗的最好音节"的结论,并引标志着自己新诗写作成立新纪元的《关不住了》一诗作为例证,但并没有展开论述何为"自然的音节"[③]。这大概是因为在一年前所写的《谈新诗》一文里,他已经详细分析了何谓"自然的音节"。在这篇发表于1919年"双十节"《星期评论》纪念号的文章里,胡适专辟一节,针对攻击"新诗没有音节"的人论述新诗的音节问题,他从新诗写作的实践出发,指出:新诗对旧诗音节的采用,只是"新旧过渡时代"一种有趣味的尝试,至于新诗的发展大势,是趋向"自然的音节"——诗句的节奏,"依着意义的自然区分与文法的自然区分来分析";诗句的声调,取决于朗读声音"自然的轻重高下","语气的自然区分",而"有无韵脚都不成问题"。正是在这种认知的基础上,胡适在这节的一开始即断言:旧诗必守的押韵、平仄,在新诗中都不重

---

①　胡先骕于西方诗歌表现及理论颇有引述,但也不过处于辅助地位。

②　胡适《〈尝试集〉自序》,姜义华主编《胡适学术文集·新文学运动》,第382页。

③　胡适《〈尝试集〉再版自序》,姜义华主编《胡适学术文集·新文学运动》,第404—408页。

要①。这样一种崭新的音节美学,自然超轶大多数读者的认知框架,更不要说浸淫于中国旧诗多年的梁、胡等人了,他们仍是押韵、平仄、合乐,他们对胡适新诗美学的不能赏会和认同,正意味着中国诗歌写作迎来巨变时刻。

四、诗歌的语言。针对胡适"不避俗语俗字"——更透彻的说法是白话为新诗的唯一工具,这其实是他最重要的写作诉求——的"文学改良"主张,梁启超较为宽容,主张"绝对自由主义",纯白话、纯文言、文白错杂均可,只要能把诗人的情感和思想表达出来又能为读者所了解即可,但所用白话应该是一种经过改良的简洁白话,所以他认为纯白话体的成功,要等到国语经过改良之后。胡先骕的思路与梁启超有相似之处,他亦认为语言之文白,并非决定文学死活的标准,但他反对胡适的"尝试",他认为之于诗歌而言,文言较白话更重要,在他眼中,胡适《尝试集》的"价值与效用,为负性的",是一种"偏激"的"创乱",只是证明"此路不通"②,看来他是否定中国诗歌走白话这条道路的。胡怀琛倒是觉得白话是胡适新体诗的优长,但应该是一种"明白简洁"的白话,而不是如胡适等所用"繁冗"的白话③。不过在所有人的论述里,有一点是共通的,那就是都视语言为文学表情达意的工具,而文学的实质(内容)是情感与思想。

从上面以《晚清两大家诗钞题辞》为中心的细读中,我们可以感受得到,梁启超对于胡适的诗歌革命(白话新诗)主张,与胡先骕、胡怀琛等人相比,总体态度是较为温和的,他以一个年长的曾经"诗界革命"者的身份,支持胡适的许多尝试,并为新诗的发展"支招"。但梁氏毕竟对白话新诗的某些方面颇有怀疑,又因为他在中国文化界

---

① 胡适《谈新诗》,姜义华主编《胡适学术文集·新文学运动》,第391—397页。

② 胡先骕《评〈尝试集〉》,《学衡》第2期,1922年2月。

③ 胡怀琛《新派诗说》,《妇女杂志》第5卷第11期,1919年11月。

的重要地位和巨大舆论影响力，所以当胡适于 1920 年 12 月接到梁启超 18 日寄来请求"有所教"的《晚清两大家诗钞题辞》未完稿的时候，胡适似乎是有一些慌张的，1921 年初他在写给陈独秀的信里说："你难道不知他们现在已收回从前主张白话诗文的主张？（任公有一篇大驳白话诗的文章，尚未发表，曾把稿子给我看，我逐条驳了，送还他，告诉他，'这些问题我们这三年中都讨论过了，我很不愿他来"旧事重提"，势必又引起我们许多无谓的笔墨官司！' 他才不发表了。）"①梁启超的这篇"题辞"，竟给胡适留下了反对白话诗文的印象，难怪他会反应如此强烈，要"逐条驳了"，并劝梁氏不要发表。梁启超也应了胡适的要求，没有正式发表此文，可以看作是他对白话新诗写作的一个回护。

　　从梁启超的诗歌写作实践来看，他自 1912 年 9 月归国之后，因与赵熙、陈衍等人颇多游从，诗歌写作从当年的"诗界革命"取向，回归了旧趣味，开始宋诗写作，一直至其病逝，与新文学白话诗走的是两条道路。不过，他在 1925 年 6、7 月间，忽然"词兴"大发，写了不少"白话词"，并与胡适书信往来，就其中的七首多有讨论，这是梁启超白话诗写作的一种尝试，恰与他 1920 年读毕《尝试集》后对集中"小词"颇为激赏呼应。而梁氏这种实验性的小词写作兴致，也是促使胡适三十年代新诗写作中重视词调的因素之一②。

---

　　①　耿云志、欧阳哲生编《胡适书信集》（上），北京大学出版社 1996 年版，第 262 页。

　　②　关于梁启超与胡适在"白话词"写作上的因缘往来，可参阅夏晓虹《1920 年代梁启超与胡适的诗学因缘》，氏著《梁启超：在政治与学术之间》，第 168—180 页。

三、文学情感研究

　　二十世纪二十年代的梁启超,其文学论述的核心,已经由光绪二十六年(1900)前后的启蒙,转换为情感,是对文学本体和个人趣味的一次回归,我们可以称其为文学情感论。而梁启超文学情感论的提出,并不是孤立的现象,而是有其认知上的根基。

　　首先是他对情感本身的尊崇。

　　梁启超接受了康德的说法,认为人的心理包含知、情、意三部分。按他的理解,知乃判断,情为情感,意是意志,三者必须全备并且发达至智仁勇的境界,一个人才算具备了为人的资格。而在知、情、意中,二十世纪二十年代的梁启超谈论得最多的是"情"。

　　梁启超认为:"天下最神圣的莫过于情感。"①为什么呢? 他从情感与理智有巨大区别的角度解释道:"用理解来引导人,顶多能叫人知道那件事应该做,那件事怎样做法,却是被引导的人到底去做不去做,没有什么关系;有时所知的越发多,所做的倒越发少。用情感来激发人,好像磁力吸铁一般,有多大分量的磁,便引多大分量的铁,丝毫容不得躲闪。"②理性在使人的思考具化为行为的时候表现出一定的局限,而情感却具有巨大的激发力量,它使人产生行动的欲念并全身心地投入到某种活动中去。所以梁启超把情感视为一种催眠术,是人类一切动作的原动力。对于人类情感的这种巨大魔力,他有一段十分典型的"梁启超式"概述:"情感的性质是本能的,但他的力量,能引人到超本能的境界;情感的性质是现在的,但他的力量,能引人到超现在的境界。我们想入到生命之奥,把我的思想行为和我的生命进合为一,把我的生命和宇宙和众生进合为一,除却通过情感这一

──────────

　　①②　梁启超《中国韵文里头所表现的情感》,《饮冰室合集》文集第三十七,第71页。

个关门，别无他路。所以情感是宇宙间一种大秘密。"[①]这固然有些夸张，但当剥离掉众人所知而他也从不讳言的叙述策略的外衣之后，我们所面对的则是梁启超对情感的尊重和崇敬。情感于人类生命境界的超越有着巨大的推动，甚至决定性的作用，这种认识是梁启超文学情感论的根基之一。

其次是他对情感教育的重视。

在尊崇情感的基础上，梁启超于二十世纪二十年代开始倡导情感教育。在他眼中，情感教育的提倡有其现实需要。第一，学校中出现了知、行割裂的不良学风，学生每日以吃书为业，对社会上的实际情形毫无所知，每日只是空谈学问，而无实行。梁启超对这种风气深表忧虑，曾发表《颜李学派与现代教育思潮》《王阳明知行合一之教》等文章来呼吁要知行合一，要重视践行。而要有真正彻底的"行"，则需要情感的激发。第二，现代教育出现了严重的结构失衡。梁启超认为教育应包含知育、情育、意育三方面。但现在学校里，知育还有一些，情、意二育简直可以说没有，这种失衡于学生人格的培养不利。第三，情感确是人之本能，生而有之，但天生的情感却有善恶之别，正如趣味有好坏之分。丑恶的情感会时常到处乱碰乱迸，可能造成可怕的后果，这就需要情感教育的施行，以抑制恶的情感，净化人的情感。第四，人虽有审美的本能，但感受美的器官因为不常用或不用，其感受能力会变得迟钝，甚至麻木，不能体会到美，人由此而陷入一种枯燥无趣的生活。而通过接受情感教育，人们的审美能力将会得到砥砺。

所以梁启超提出了情感教育："古来大宗教家大教育家，都最注意情感的陶养。老实说，是把情感教育放在第一位。"[②]

当然，在二十世纪二十年代标举情感教育（实即美育）已不是什

---

① ②　梁启超《中国韵文里头所表现的情感》，《饮冰室合集》文集第三十七，第 71 页。

么新异之事。蔡元培在《二十五年来中国之美育》(1931)一文中说：
"最近二十五年，受欧洲美术教育的影响，始著手各方面的建设，虽成
绩不甚昭著，而美育一名词，已与智育德育体育等同为教育家所注
意。"①他认为"美育"一词是自己在民国元年从德文译出的，其实早
在1903年，王国维就已在《论教育之宗旨》一文中使用了这一词语：
"教育之事亦分为三部：智育、德育（即意育）、美育（即情育）是也。"并
同时指出："美育者一面使人之感情发达，以达完美之域；一面又为德
育与智育之手段，此又教育者所不可不留意也。"②蔡元培首次使用
"美育"是在1912年的《对于教育方针之意见》一文中。1917年，他
在讲演《以美育代宗教说》中云："鉴激刺感情之弊，而专尚陶养感情
之术，则莫如舍宗教而易以纯粹之美育。纯粹之美育，所以陶养吾人
之感情，使有高尚纯洁之习惯，而使人我之见，利己损人之思念，以渐
消沮者也。"③可以看出，二十世纪之初的美育倡导者都将美育与情
感联系在一起，甚至以美育等同于情育。值得注意的是，王、蔡都使
用了"美育"一词，而梁启超使用的却是"情感教育"，正凸显了梁氏对
情感的推尊。

　　情感教育，在梁启超看来，有许多切实的目的：比如将人们已经
麻木的审美器官恢复到鲜活敏感的状态，使人们坏掉的审美胃口恢
复原状，以常常吸收趣味的营养，享受一种健康的生活；比如发挥人
们情感中善的美的方面，淘汰涤荡那些恶的丑的方面，以使人们能够
生活在善美的情感之中，并在这种情感的激发之下，从事有益社会的
活动；又比如作为情感教育途径之一的美术教育，其目的除了培养出
专门的艺术家之外，更要紧的是普及可以享用艺术的普通人，辟出一

---

　　① 　蔡元培《二十五年来中国之美育》，《蔡元培美学文选》，北京大学出版
社1983年版，第186页。
　　② 　王国维《论教育之宗旨》，《王国维文集》（第三卷），第57—58页。
　　③ 　蔡元培《以美育代宗教说》，《蔡元培美学文选》，第70页。

条人人可由的大路,令国民成为"美化"的国民;等等。而情感教育更深远的目的,则在于使人的情感进化到一种圆满发达的状态,即所谓"仁",它是孔子眼中的三达德——智、仁、勇——之一。何者谓仁?"仁者不忧。"因此,情感教育的目的,换句话说也就是要使人的心中无忧无患。为什么仁者可以不忧? 梁启超认为要明白这个道理,必须先明白中国先哲的人生观是怎样的。在梁启超看来,"仁"之一字包容了儒家人生观的全体大用,但"仁"到底是什么很难说清楚,勉强可用"普遍人格之实现"来解释。孔子的"仁者人也"将人格的完成名为"仁",但人于天地之间,其人格不是仅以一己之身便可表见的,而是要通过人与人之间的关系表现出来,人我交感成为一体,然后一个人的人格才能实现。因此,个人的人格实际上是一种普遍人格。所以每个个人都应该认识到:"宇宙即是人生,人生即是宇宙,我的人格和宇宙无二无别。"①只有如此,才能成为仁者。仁者所以不忧,就在于他的人生观里所包含有两种观念:第一,宇宙和人生永远不会圆满,正如《易》终于"未济"。这一认识使人们充满创造进化的力量,不断进取,同时又意识到所得进步不过是宇宙进化轨迹中的径寸之地,不足以称成功;但不做却连这径寸也得不到,是为真正的失败。仁者参透了其中奥妙,知道只要做便无所谓失败,所以"君子以自强不息";但所得又绝非什么成功,故而不息正是"知其不可而为之"。成即是败,败即是成,成败之限已失,故当仁者行事之时,心中无成败之忧。第二,人我不分,宇宙人生一体。一旦有了这种观念,东西也就无所谓你我之别,你的就是我的,我的即是你的;你所失即是你所得,你所得又何尝不是你所失? 人们已无得失之念,都是为学问而学问,为劳动而劳动,心中已无要取得某种东西的念头,如此何来得失之忧? 成败之忧既失,得失之心又无,那天地间还有何物可忧,何物可患呢? 因此,梁启超归结说:具备了"仁"的人生观,"自然会觉得'天

---

① 梁启超《为学与做人》,《饮冰室合集》文集之三十九,第107页。

地与我并生,而万物与我为一';自然会'无入而不自得'。他的生活,纯然是趣味化艺术化",这就是"最高的情感教育"①。从上面的论述可以看出,情感教育的目标,是要改造人们的人生观,在深层次重塑人们对宇宙人生的看法,从而得以使人们在缺憾永恒、天人合一观念的指引下,积极进取,而又无忧无虑,享有一种趣味化、艺术化的生活。

这种情感教育目的之实现,依赖于情感教育的施行,这个施行过程实质上是一个移情过程,而移情过程的完成,需要借助某种中介,即艺术。梁启超说:"情感教育最大的利器,就是艺术:音乐美术文学这三件法宝,把'情感秘密'的钥匙都掌住了。"②为什么艺术可以成为情感教育的最大利器?梁启超所基于的正是前面所提及的信念:只有情感能变易情感,理性绝对不能变易情感。而"艺术是情感的表现"③,音乐、美术、文学成为情感教育的利器顺理成章。于是,重视情感教育成为梁启超文学情感论提出的根基之二。

文学作为艺术的一种,它当然是"情感的表现",又因为梁启超本人对文学的稔熟,文学遂成为他进行情感研究最主要的领域,尤其是古典文学。其实梁启超本人对文学情感论本身并未进行多么深入地理论思考,而是将主要精力花在了对古典文学作品情感及其表达方法的研究上。这些研究集中在 1922 年的《中国韵文里头所表现的情感》《情圣杜甫》《屈原研究》等三篇讲演中。

1922 年春季在清华学校讲国史之间隙,梁启超应校中文学社诸生之请所讲的《中国韵文里头所表现的情感》,集中讨论了中国"有音节的文字"——"从三百篇楚辞起,连乐府歌谣古近体诗填词曲本乃

---

① 梁启超《为学与做人》,《饮冰室合集》文集之三十九,第 108 页。

② 梁启超《中国韵文里头所表现的情感》,《饮冰室合集》文集之三十七,第 72 页。

③ 梁启超《情圣杜甫》,《饮冰室合集》文集之三十八,第 37 页。

至骈体文都包在内"——"表现情感的方法",即梁氏所谓的"表情法"。他从中国韵文中归纳出三种表情法。第一种称作"奔迸的表情法",即作者的"情感突变","烧到'白热度'",便以"一毫不隐瞒""一毫不修饰""一泻无余"的方式,按照"情感的原样子,迸裂到字句上"。这样的情感表达"是和那作者的生命分劈不开"的,"语句和生命是迸合为一"的,梁启超认为此类文字是"情感文中之圣"。但这种表情法在中国韵文中不是太多,且多是"表悲痛"之情感①。第二种称作"回荡的表情法","是一种极浓厚的情感蟠结在胸中,像春蚕抽丝一般,把他抽出来"。若"看他专从热烈方面尽量发挥"情感一面,这种表情法与"奔迸的表情法"是相同的,但"奔迸"者采"直线式","回荡"者走"曲线式"。前者是情感突变时刻的单纯表达,后者的情感则"有相当的时间经过,数种情感交错纠结起来,成为网形的性质"②。"回荡的表情法"中国韵文操练得十分精熟,从三百篇到后来的曲本,诗词曲中均有十分优秀的作品。其中,梁氏认为《诗经》开创了螺旋式、引曼式、堆叠式、吞咽式四种经典的回荡表情法,形成中国温柔敦厚的诗教传统,笼罩后来,但到杜甫手中,回荡表情法才真正"成功"。第三种称作"含蓄蕴藉的表情法",相对于前两种"热的"表情,这种表情法是"温的","是拿灰盖着的炉炭"③。梁启超将此类表情法分作四种不同的类型:第一类是"用很节制的样子去表现"很强的情感,"以淡写浓","像用虎跑泉泡出的雨前龙井"④;第二类"不直写自己的情

---

①　梁启超《中国韵文里头所表现的情感》,《饮冰室合集》文集之三十七,第 77 页。

②　梁启超《中国韵文里头所表现的情感》,《饮冰室合集》文集之三十七,第 78 页。

③　梁启超《中国韵文里头所表现的情感》,《饮冰室合集》文集之三十七,第 109 页。

④　梁启超《中国韵文里头所表现的情感》,《饮冰室合集》文集之三十七,第 109—111 页。

感",而是"用环境或别人的情感烘托出来"①;第三类是隐藏起作者的情感,"专写眼前实景(或是虚构之景),把情感从实景上浮现出来";第四类是"虽然把情感本身照原样写出",但是"另外拿一种事物"来象征隐藏起来的所感对象②。此应即梁启超在提纲里打算单独讲述的"象征派的表情法",实际写作时并为含蓄表情法的第四类。梁氏认为含蓄表情法是中国文学最擅长的,是中国文学之正宗。

以上三种表情法,都是从中国韵文实际出发所进行的归纳,可以视为"中国立场"。本来梁启超开篇谈讲演的目的时即说,他首先要弄清楚中国韵文表情方法"有多少种,那样方法我们中国人用得最多用得最好"③,以上三种表情法的归纳赏会,即在完成这一目标。不过他同时也想把中国的表情法与西洋文学进行比较,发现我们所缺乏的种类(短处),以施补救。所以接下来他循着西方视角,以欧洲近代文坛"迭相雄长"的浪漫派和写实派的表情方式为依据,来重新审视中国韵文,他认为中国古代没有"两派划然分出门庭"的情形,"但各大家作品中""很有些分带两派倾向的"④。浪漫派是用想象力构造超现实的美感境界,他从《楚辞》讲起,讲到陶渊明、李白、李贺,并特别表彰了卢仝的《月蚀诗》"用想像力构造"奇谲怪诞世界的本领,"替诗界作一种解放"⑤。写实派"作者把自己情感收起","将客观事

① 梁启超《中国韵文里头所表现的情感》,《饮冰室合集》文集之三十七,第113页。

② 梁启超《中国韵文里头所表现的情感》,《饮冰室合集》文集之三十七,第117页。

③ 梁启超《中国韵文里头所表现的情感》,《饮冰室合集》文集之三十七,第72页。

④ 梁启超《中国韵文里头所表现的情感》,《饮冰室合集》文集之三十七,第127页。

⑤ 梁启超《中国韵文里头所表现的情感》,《饮冰室合集》文集之三十七,第133—134页。

实照原样"忠实、详尽地写出来,即"替人类作断片的写照",他以汉乐府《孤儿行》作为中国第一首纯写实派诗歌,后又举到《孔雀东南飞》、左思《娇女诗》、杜甫的几首作品,而白居易的《秦中吟》和《新乐府》,他认为是"完成写实派壁垒"之作①。从梁启超的言语间我们可以体会得到,浪漫派和写实派的表情法,正是中国韵文所缺乏的,我们应该拿来学习补救,这正是梁氏讲演之深意所在。

　　《情圣杜甫》是梁启超于 1922 年 5 月 21 日在北京为诗学研究会所作讲演,但它实际上是《中国韵文里头所表现的情感》一讲的自然延伸。在《中国韵文里头所表现的情感》中,梁启超多次表彰杜甫表情技艺的高超,杜甫应该是引用分析篇幅最大的一位诗人,尤其是谈到回荡表情法时,认为由《诗经》开创的此种表情法,如果不是杜甫予以新的创造和提升的话,也是在杜甫手中真正获得成功。并且,正是在这篇讲演中,梁启超第一次以"情圣"来命名杜甫:"后人上杜工部的徽号叫做'诗圣',别的圣不圣,我不敢说,最少'情圣'两个字,他是当得起。"②而《情圣杜甫》第二节的一开始,梁启超重复此话,并从情感内容的极丰富、真实、深刻和表情方法的极熟练两个方面,概括解释杜甫何以得称"中国文学界写情圣手"③。这一讲,也即从这两个方面来解读杜甫。《中国韵文里头所表现的情感》专注于表情法的研究,于"情感种类"未作探讨,而《情圣杜甫》则弥补了这一缺憾,分析了杜诗中对社会底层、对朋友、对亲人、对君国时事的同情和关怀;对于杜甫的表情之法,大概因了《中国韵文里头所表现的情感》已经有很好的归纳和举例,此讲没有什么新的突破,只是特别讲到杜甫写

---

　　① 　梁启超《中国韵文里头所表现的情感》,《饮冰室合集》文集之三十七,第 135、139 页。

　　② 　梁启超《中国韵文里头所表现的情感》,《饮冰室合集》文集之三十七,第 87 页。

　　③ 　梁启超《情圣杜甫》,《饮冰室合集》文集之三十八,第 38 页。

景,于景物都有"观察入微"的表现,但多是"把那景物做象征","做表情的工具"①。

《屈原研究》是梁启超于 1922 年 11 月 3 日在南京东南大学文哲学会所作的讲演。在《中国韵文里头所表现的情感》一文中,屈原主要是作为中国文学浪漫精神的起源被梁启超所表彰,认为他的楚辞的最大价值是"这种超现实的人生观,用美的形式发抒出来,遂为我们文学界开一新天地"②。而《屈原研究》则集中讨论屈原的人格,梁启超从屈原的自杀入手,指出屈原身上存在着"极高寒的理想"与"极热烈的感情"这样一对矛盾③,他那高寒之理想遭遇挫折,不能实现,又深恋国家与社会,难以割弃,但却遭到祖国的放逐,于是唯有自杀,表达自己的刚强和不可凌辱。实际上,梁启超对屈原人格的分析,即是对屈原作品中情感内容的分析,这是此次讲演的重点,至于屈原文学上的技术表现,不过在讲演的最后略带而过。

梁启超 1922 年以中国古代韵文为研究对象所作的这三篇讲演,当然有情感教育的考虑(尤其后两篇),但其中所表现出来的与新文学对话的面向,尤其值得我们关注。

第一,梁启超选择古代韵文作为研究对象,并给予很高评价,恰与新文学家们对文言诗歌的蔑弃形成对照。梁启超在《情圣杜甫》进入讲演本题前,曾有两点说明:一、他认为情感"不受进化法则支配",现代人的情感不一定比古人"优美",既然"艺术是情感的表现",那么艺术的"老古董"不但"不可轻轻抹煞",甚且"尤为有特殊价值"④。这显然是从文学的情感思想层面反对新文学家们对古典文

---

① 梁启超《情圣杜甫》,《饮冰室合集》文集之三十八,第 48—49 页。

② 梁启超《中国韵文里头所表现的情感》,《饮冰室合集》文集之三十七,第 128 页。

③ 梁启超《屈原研究》,《饮冰室合集》文集之三十九,第 55 页。

④ 梁启超《情圣杜甫》,《饮冰室合集》文集之三十八,第 37 页。

学艺术价值的否定。二、他认为中国文学若想表现"丰富高妙的思想"，必须仰仗其表达工具——中国语言文字——的纯熟操练①。杜甫在表情方法上的诸种精妙，以及《中国韵文里头所表现的情感》中所归纳的三种表情法，实即古代韵文于文字上操练纯熟的表现，是中国文学的宝贵遗产，可资现代新诗创作之用。这是从表现技艺层面反对新文学家们对古典文学艺术价值的否定。正是鉴于以上两点，梁启超希望"现代研究文学的青年"，"对于本国二千年来的名家作品"下一番功夫赏会研究，希望"情圣"杜甫的精神"有一部分注入现代青年文学家的脑里头"②，其言外之意当然是，古代文学对现代文学的创造有滋养之用，强调的仍然是今古、新旧之间的连续性，和今古与新旧之间的非对等性。

在二十世纪二十年代初的中国，虽有像郑振铎这样坚决主张新旧不可调和的论者，但也出现了不少主张新旧调和、汲取旧文学的养分以创造新文学的声音。沈雁冰在 1920 年 1 月就表达过"想把旧的做研究材料，提出他的特质，和西洋文学的特质结合，另创一种自有的新文字出来"的想法③；1921 年的庐隐也认为，不了解旧文学的真面目，想创造真正的新文学，"自是不可能的事"，"而在今日中国的情形，整理旧文学，实比较创造新文学更要紧"④。而作为新文学运动领袖的胡适，更早在 1919 年 12 月就已经提出"研究问题，输入学理，整理国故，再造文明"的倡导⑤，在文化再造观念上，与梁启超已经十分接近。可见，经过《新青年》同人激进的文化文学主张"洗礼"之后，虽然书面白话的使用渐渐深入人心，但在如何对待传统文化这个问题上，

① 梁启超《情圣杜甫》，《饮冰室合集》文集之三十八，第 37 页。
② 梁启超《情圣杜甫》，《饮冰室合集》文集之三十八，第 37、50 页。
③ 《小说新潮栏宣言》，《小说月报》第 11 卷第 1 号，1920 年 1 月。
④ 庐隐《整理旧文学与创造新文学》，《文学旬刊》第 9 期，1921 年 7 月 30 日。
⑤ 胡适《新思潮的意义》，《新青年》第 7 卷第 1 期，1919 年 12 月 1 日。

更为温和的调和主张,或是注重汲取传统文化优美特质的主张开始表现出它强大的影响力,这似乎是更为"科学"的文明再造之路。

第二,梁启超《情圣杜甫》在分析赏会了杜诗的社会现实之作和写景之作之后,结语里专门来回应当时文学研究会"为人生的艺术"与创造社"为艺术的艺术"二者之间的论争。"应该为做诗而做诗"还是"应该为人生问题"而作诗,梁启超说,他"不能"也"不愿""作极端的左右祖",在他眼中,人生和美都不是"单调"的:"爱美本来是人生目的的一部分",而人生痛苦和黑暗所引起的刺激,也是美之"快感之一"。所以,人生与美(艺术)是一体的,好的文学作品当然既是"人生"的,也是"艺术"的。他以杜甫为例:"像情感怎么热烈的杜工部,他的作品,自然是刺激性极强,近于哭叫人生目的那一路,主张人生艺术观的人,固然要读他;但还要知道,他的哭声,是三板一眼的哭出来,节节含着真美,主张唯美艺术观的人,也非读他不可。"①也就是说,杜甫诗歌即是融合人生与艺术的典范。

而梁启超本人,用世之心如此深厚的他,同时也是一个注重生活趣味,以为美(艺术)像布帛菽粟一样,乃"生活必需品"的人②。生活的艺术与趣味,是他1922年讲演的重要主题,4月10日在直隶教育联合研究会讲演《趣味教育与教育趣味》,8月6日在东南大学为暑期学校学员讲演《学问之趣味》,8月14日在上海中华职业学校讲演《敬业与乐业》,12月27日在苏州为学生联合会讲演《为学与做人》等,都在强调趣味之于人生的重要,他多次直言,自己的信仰就是趣味主义。尤其是8月13日在上海美术专门学校所作《美术与生活》的讲演,更是从人类普遍心理的角度,分析了艺术、趣味与生活交融的根源,坐实人类"生活于趣味"的论断。如此看来,梁启超自己即是一个——至少是主张——人生与艺术融合的典范。

---

① 梁启超《情圣杜甫》,《饮冰室合集》文集之三十八,第49—50页。
② 梁启超《美术与生活》,《饮冰室合集》文集之三十九,第22页。

所以,梁启超是反对艺术创作"为人生"与"为艺术"相分离的。作为艺术的文学,不过是情感的表现,而情感怎么能脱离开现实人生而存在呢? 同时,情感的书写,又不能不依赖操练纯熟的表情法,成为"艺术的表现"。梁启超对杜甫、屈原的赏会分析,对韵文表情法的挖掘,实在是对文学研究会与创造社文学主张论争的最好回答。

第三,在重视民族文学遗产的前提下,梁启超主张引进西洋文学,以与"我们文学"比较,知道自己的所长与所短,施展"补救"。所以,他在《中国韵文里头所表现的情感》一篇讲演中,在表完中国自己的三种表情法之后,把当时正时髦的从欧洲引入的浪漫派和写实派的文学理论,作为一把尺子,来衡量"我们文学"。但他与新文学家站在欧洲近代浪漫派和写实派立场来贬抑中国文学和切断中国传统文学与浪漫派、写实派的关联的做法不同,他认为中国古代虽然没有两派"划然分出门庭"的情形,但诸大家的作品中,是"很有些分带两派倾向的"①。然后他给听众梳理出中国浪漫文学和写实文学的谱系,并总结中国浪漫文学和写实文学的特征。梁启超没有丝毫自卑,倒表现出正视西方和自己文学传统的坦然和勇气。

其实在十九世纪末二十世纪初时,梁启超的文化立场表现出很强的西化色彩。他在《新民说》中"释新民之义"时,虽然排举出"淬厉其所本有而新之"和"采补其所本无而新之"两条道路——即"因材而笃与变化气质",虽然自云"吾所谓新民者,必非如心醉西风者流,蔑弃吾数千年之道德、学术、风俗,以求伍于他人;亦非如墨守故纸者流,谓仅抱此数千年之道德、学术、风俗,遂足以立于大地"②,但他所做的工作则主要是"采补其所本无而新之",反映的正是他对西方的信仰。但后来1918年12月至1920年3月的欧洲之行,目睹经过一

---

① 梁启超《中国韵文里头所表现的情感》,《饮冰室合集》文集之三十七,第127页。

② 梁启超《新民说》,《饮冰室合集》专集之四,第5、7页。

战欧洲的残破劫毁,想借欧洲之行长些学问的梁启超感受到的却是"西洋文明破产""科学万能之梦"破灭的时代思潮转捩。在这个基础上,梁启超反思"中国人对于世界文明之大责任",他批评国中抱残守缺和沉迷西化者:"国中那些老辈,故步自封,说什么西学都是中国所固有,诚然可笑;那沉醉西风的,把中国甚么东西,都说得一钱不值,好像我们几千年来,就像土蛮部落,一无所有,岂不更可笑吗?"他自信地认为,中国的责任在于"拿西洋的文明来扩充我的文明,又拿我的文明去补助西洋的文明,叫他化合起来成一种新文明"。他为中国青年指出承担这一责任的路径:"第一步,要人人存一个尊重爱护本国文化的诚意;第二步,要用那西洋人研究学问的方法去研究他,得他的真相;第三步,把自己的文化综合起来,还拿别人的补助他,叫他起一种化合作用,成了一个新文化系统;第四步,把这新系统往外扩充,叫人类全体都得着他好处。"[①]梁启超对人类文化命运的反思、对科学有限性的认知以及对中国传统思想的重新发现,当然首先是他自身思想的一次重大转变,几乎整个二十世纪二十年代他的学术思想工作,都可以放在这个转变中来观察和思考,如《中国韵文里头表现的情感》中浪漫派和写实派表情法的引用,即是践行"用那西洋人研究学问的方法去研究他",为创造中国新文学做准备。其次,也是更为重要的,梁启超具有世界眼光的这些表述,是在与当时推重科学、民主的新文化人对话,提醒他们,对中国传统文化资源的蔑弃,对西方文明的过度迷信,可能是一个巨大的陷阱。

四、余论

1925 年 8 月 27 日,胡适在他那篇著名的《老章又反叛了》一文中,顺便表彰梁启超说:"梁任公也是不甘心落伍的,但任公这几年来

---

① 梁启超《欧游心影录节录》,《饮冰室合集》专集之二十三,第 35—37 页。

颇能努力跟着一班少年人向前跑。他的脚力也许有时差跌，但他的兴致是可爱的。"①梁启超确实是不甘落伍的，既然欧行前夕与朋辈通宵彻谈时有"决然舍弃"政治活动、"要从思想界尽些微力"的反省②，归国后自然要跟着包括胡适在内的"一班少年人"，思考学术思想界的前沿问题。他当然已经不复十九世纪末二十世纪初《时务报》《新民丛报》时期登高一呼、应者云集的领袖潮头之风采，但仍然是二十世纪二十年代思想界稳健派的"带头大哥"，他在许多文学、学术、思想问题上的看法，与他跟跑的"新青年"们也颇有些不同，这不同大概即是胡适所云之"差跌"。这些"差跌"与其他异于《新青年》的声音一起，折映出二十世纪二十年代中国文学界、思想界的多重面向，而它令胡适感到的紧张，我们也能在胡适 1921 年初写给陈独秀信里对"敌人包围"的排比列举中③，有切肤之受。当然，最终时代选择了白话文学，但梁启超的那些"差跌"，反而让今天的我们有戚戚之感；而他追随"一班少年人"的"兴致"，在他那一代人里尤其显得可贵。

———————

①　胡适《老章又反叛了》，《国语周刊》第 12 期（1925 年 8 月 30 日），引自姜义华编《胡适学术文集・新文学运动》，第 165 页。

②　梁启超《欧游心影录节录》，《饮冰室合集》专集之二十三，第 39 页。

③　胡适《致陈独秀》："你难道不知我们在北京也时时刻刻在敌人包围之中？你难道不知他们办共学社是在《世界丛书》之后，他们改造《改造》是有意的？他们拉出他们的领袖来'讲学'——讲中国哲学史——是专对我们的？（他在清华的讲义无处不是寻我的瑕疵的。他用我的书之处，从不说一声；他有可驳我的地方，决不放过！但此事我倒很欢迎。因为他这样做去，于我无害而且总有点进益的。）你难道不知道他们现在已收回从前主张白话诗文的主张？（任公有一篇大驳白话诗的文章，尚未发表，曾把稿子给我看，我逐条驳了，送还他，告诉他，'这些问题我们这三年中都讨论过了，我很不愿他来"旧事重提"，势必又引起我们许多无谓的笔墨官司！'他才不发表了。）你难道不知延聘罗素、倭铿等人的历史？（我曾宣言，若倭铿来，他每有一次演说，我们当有一次驳论。）"见耿云志、欧阳哲生编《胡适书信集》（上），第 262 页。

结语　从梁启超说起

　　梁启超在将近而立之年时（1901），曾以"著论求为百世师""自励"，但十年之后（1912），他已经解悟了龚自珍"但开风气不为师"的妙谛。在 1920 年写作的《清代学术概论》中，他回忆总结自己在晚清思想界的所作所为，以"烈山泽而辟新局"的陈涉自视，没有因为自己"破坏力确不小而建设则未有闻"而追悔，并且客观地指出，像他这种"每一学稍涉其樊，便加论列"的"卤莽疏阔手段"确为时代所需①；可见他彼时"但开风气不为师"的自觉。所以后人挽他云："三十年来新事业、新智识、新思想，是谁唤起"，"开中国风气之先，文化革新，论功不在孙黄后"②。

　　在梁启超去世之后，人们提及他时，往往惊叹于他对晚清思想界的风气开启；即使他本人，在最后十年中，也几乎没有说起自己对十九世纪末二十世纪初中国文学的转变所产生的影响。是因为更具革命性的文学革新运动正在展开？还是觉得文学背后有更深沉的目的存在？不管这种漠视出于什么原因，而事实却是，梁启超对十九世纪末二十世纪初中国文学的转变产生了巨大而深刻的影响。如同他对十九世纪末二十世纪初中国思想界的风气开启一样，对于这一时期的中国文学，他同样是开一代风气之师。

　　在十九世纪末二十世纪初，人们说起"文学"，其概念已与前代大

---

　　①　梁启超《清代学术概论》，《饮冰室合集》专集之三十四，第 65 页。
　　②　前联为沈商耆作，后联为唐蟒作，见丁丑《梁任公死时各方挽联忆述》，刊《春秋》1969 年 11 月第 297 期，收入夏晓虹编《追忆梁启超》，第 441 页。

不一样，这里面的一个重要区别即是文学文体格局的变化：此前是诗文居于主流地位，此时则是小说由边缘移至中心。这一变化无论是在理论倡导还是文学创作上，都表现得清清楚楚。而这种小说从边缘到中心位移的实现，梁启超在其中起了关键作用——光绪二十八年（1902）《论小说与群治之关系》的发表是小说"浮出水面"的一个里程碑。在这篇文章里，梁启超凭借自己对小说品格的理解、对中西小说历史的观察和经历政治挫折后对中国现实危机的重新思考，一改传统士夫对小说文体的鄙视，推出了"小说为文学之最上乘"和"新小说以新民"两个核心观点。从此之后，小说的理论研究、翻译创作出现了前所未有的繁荣，并迅速蔚为大观。这一时期，梁启超的文学革新运动还涉及诗歌、散文、戏剧等文体领域。在所有这些文学革新倡导中，都渗透了梁启超的新民启蒙思想，并在他人的响应之下，形成了弥漫整个文坛的文学启蒙思潮。这种带有很强功用色彩的启蒙思潮成为这一时期的强势话语，压抑了关于文学性自身的思考：启蒙的文学与文学的启蒙——如果把它们比作天平两端的话，此时则呈现出严重的倾斜姿态。文学启蒙话语在1914年前后遭遇了致命的反驳，但仍然为后来的"新文学"运动所承继；当然这一前一后发生了很多变化，"新文学"时期的人们对文学自身的启蒙已经有了深沉得多的自觉。中国文学史上的文学启蒙传统就这样形成了，无论其为功为过，这确是梁启超所给予中国文学的最大影响之一。

　　"新文学"的最大收获即完成了中国文学话语从文言到白话的转变。然而这种转变仍要上溯到十九世纪末就已经开始的自觉的通俗文（白话文）的倡导和写作。梁启超从觉世新民的角度出发，并从对历史的观察中认识到言文合一、俗语写作是历史的潮流，成为中国文学语言革新的先行者之一。而他对中国文学语言转变做出的最大贡献则在于他的"新文体"创作，那些振聋发聩风行海内外的文章，无疑是中国文白转变在十九世纪末二十世纪初的重大收获。当然，这些"新文体"文章还不是现代白话文，它们最多只能称作"通俗文"，然而它正是以这种过渡形式承担了中国文学语言转变的任务。词汇方面，大量双音词的运用使汉语的表情达意更为准确，而外来"新名词"的输入则使汉语可以更好地描写现代世界和表达现代思想，提高了汉语世界理解和接受西方世界的能力。语法方面，梁氏"新文体"创作受日本文影响较深，同时在表达的严密性上也有很大提高。词汇的双音化、句法的严密化是古代汉语向现代汉语演化的两个最为鲜明的表征，梁启超"新文体"散文在这两个方面都进行了极好的实践，这一实践靠着文章思想的进步、语言的通俗和极富个性的修辞所形成的海内外风行对这一时期中国文学语言的转换产生了深刻影响。

梁启超"新文体"创作不但对中国文学语言转换产生了重大影响，同时也为中国散文文体转变做出了贡献，但在小说、诗歌、散文、戏剧等四种文体中，梁启超最为关心的无疑是小说的革新。然而，虽然他的倡导带来了小说理论、创作的繁荣，但就小说文体发展本身来看，他极力倡导的"政治小说"带给中国小说的非文学化倾向，却值得后来者时刻戒惧。在诗歌体裁方面的革新应该分开两个层面来看：一个是以精英阶层为读者定位的"诗界革命"，一个是以普通大众为读者定位的"杂歌谣"体实验。二者以《清议报》《新民丛报》《新小说》为阵地，集结了不少志趣相投的诗人，在创作上取得了一定的成绩。不过"诗界革命"止于"以旧风格含新意境"，"杂歌谣"体实验也主要是引发了民间俗调的翻作热潮和歌词创作的繁荣，它们都没有最终走向白话诗，但它显示了旧诗在体制内变革的可能性。这场诗歌革新运动给予"新文学"的启发，主要在于观念方面，关于这一点，朱自清先生早已指明。

而梁启超的文学启蒙观念、话语转换倡导、文体革新实验之所以能在十九世纪末二十世纪初的中国产生如此重大的影响，在很大程度上要归功于这一时期传播媒介的巨大发展——主要指印刷术的进步和报纸杂志的繁荣。梁启超不但是这一历史进程的受益者，同时也是这一进程的参与者。仅就文学角度来看，《清议报》《新民丛报》

对诗歌实验的推动作用是有目共睹的，尤其《新小说》的创办，不但成为小说与现代大众传媒全面联姻的标志，并且被视为小说杂志的源头所自和办刊范式，在办刊宗旨、栏目设置、页码编制等方面，影响了不少后起的小说杂志。《新小说》的创办带动了小说报纸杂志的繁荣，在报纸杂志上刊出成为这一时期小说发表的主要形式。这种密切结合使杂志对小说的发展形成了巨大影响。杂志的同人性质使得在不同的小说杂志周围出现了不同的小说理论派别；稿酬制度的形成一边促成了小说创作的繁荣，一边也要对小说创作水平的平庸负一定责任；小说杂志的定期连续出版不但给作家写作造成了一定难度，使小说创作难臻至美，而且影响到小说的创作结构；报纸杂志对文体通俗的要求，促使大量白话小说出现，这锻炼了作家的白话表达能力，并进而培养了读者的白话阅读和接受能力，为真正的白话"新文学"时代的到来准备了作家和读者。"新文学"时代文学杂志更是百花齐放、百家争鸣，甚至称作"杂志文学时代"也不为过，而这一切都与十九世纪末二十世纪初梁启超的倡导一脉相承。

启蒙，话语，文体，传播：梁启超在十九世纪末二十世纪初关于文学的所思所想、所作所为，通过或直接或曲折的方式，都在"新文学"中有所表现。可以说，中国文学是在梁启超的倡导之下，经由艰难的转变，走到了"新文学"这一步。所以，就我的观察，讨论"新文学"实在应该从梁启超说起。然而这并不是说：梁启超的价值取决于他与"新文学"的亲合程度。在新文学运动时期，他在国语建设、诗歌革命方向等问题上，见解与胡适等人保持了一定距离，他虽然颇有兴致地追随胡适、陈独秀等人向前跑，确也有不少脚力上的"差跌"。所以，以今例古，并不是明智的尺度。梁启超的价值在于他曾经引领了十九世纪末二十世纪初中国文学转变这一历史事件，并产生了巨大影响——无论其影响得以绵延，还是中途夭折。

附　录

一、参考文献

罗家伦《驳胡先骕君的中国文学改良论》,《新潮》1919 年第 5 期

沙莲香主编《传播学》,中国人民大学出版社 1990 年版

郭延礼《传媒、稿酬与近代作家的职业化》,《齐鲁学刊》1999 年第 6 期

康有为《长兴学记·桂学答问·万木草堂口说》,中华书局 1988 年版

刘晴波、彭国兴主编《陈天华集》,湖南人民出版社 1982 年版

赵树贵编《陈炽集》,中华书局 1997 年版

张法《从诗歌革命到革命诗歌》,《中国人民大学学报》1997 年第 5 期

周秀萍《从"文学误国"到"文学救国"》,《湘潭大学学报》1999 年第 1 期

陈平原、夏晓虹编《二十世纪中国小说理论资料(第一卷)》,北京大学出版社 1989 年版

严家炎编《二十世纪中国小说理论资料(第二卷)》,北京大学出版社 1997 年版

陈平原《二十世纪中国小说史(第一卷)》,北京大学出版社 1989 年版

王宏志编《翻译与创作》,北京大学出版社 2000 年版

黎锦熙《国语运动史纲》，上海书店民国丛书据商务印书馆本影印

[日]山田敬三《汉译〈佳人奇遇〉纵横谈》，《中国古典小说戏曲论集》，上海古籍出版社 1985 年版

《汉语外来语词典》，上海辞书出版社 1984 年版

汤哲声、涂小马编著《黄人》，中国文史出版社 1998 年版

姜义华主编《胡适学术文集·新文学运动》，中华书局 1993 年版

胡适《胡适留学日记》，海南出版社 1994 年版

[美]费正清编《剑桥中国晚清史》，中国社会科学出版社 1985 年版

文贵良《解构与重建——五四文学话语模式的生成及其嬗变》，《中国社会科学》1999 年第 3 期

郭浩帆《近代稿酬制度的形成及其意义》，《山东大学学报》1999 年第 3 期

王晓平《近代中日文学交流史稿》，湖南文艺出版社 1987 年版

舒芜等编《近代文论选》，人民文学出版社 1959 年版

马亚中《近代文学的非过渡性与近代歌词创作》，《苏州大学学报》1993 年第 1 期

黄霖《近代文学批评史》，上海古籍出版社 1993 年版

郭延礼《近代西学与中国文学》，百花洲文艺出版社 2000 年版

程华平《近代小说观念的转化与报刊业的作用》，《华东师范大学学报》1998 年第 2 期

陈旭麓《近代中国社会的新陈代谢》，上海人民出版社 1992 年版

郭湛波《近五十年中国思想史》，山东人民出版社 1997 年版

蒋智由《居东集》，文明书局宣统二年(1910)版

《觉民》(1—10 期)

夏晓虹《觉世与传世——梁启超的文学道路》，上海人民出版社 1991 年版

《康有为全集》（三），上海古籍出版社 1992 年版

康有为《康有为政论集》，中华书局 1981 年版

裘廷梁《可桴文存》，裘翼经堂 1942 年版

［德］本雅明《技术复制时代的艺术作品》，《经验与贫乏》，百花文艺出版社 1999 年版

程华平《梁启超报业思想对其小说理论及小说创作的影响》，《文艺理论研究》1999 年第 3 期

［日］狭间直树编《梁启超·明治日本·西方》，社会科学文献出版社 2001 年版

丁文江、赵丰田编《梁启超年谱长编》，上海人民出版社 1983 年版

沈大德、吴廷嘉《梁启超评传》，百花洲文艺出版社 1996 年版

汪松涛《梁启超诗词全注》，广东高等教育出版社 1998 年版

张芹荪《梁启超诗论的"新民"内涵》，《华南师范大学学报》1999 年第 1 期

陈鹏鸣《梁启超学术思想评传》，北京图书馆出版社 1999 年版

《梁启超研究》（2—15 期），新会梁启超研究会 1987—1999 年版

蒋英豪《梁启超与中国近代新旧文学的过渡》，《南开学报》1997 年第 5 期

蒋广学《梁启超和中国古代学术的终结》，江苏教育出版社 1998 年版

［美］张灏著，崔志海、葛夫平译《梁启超与中国思想的过渡（1890—1907）》，江苏人民出版社 1995 年版

孔范今《梁启超与中国文学的现代转型》，《文史哲》2000 年第 2 期

张朋园《梁启超与清季革命》，"中央研究院"近代史研究所 1969 年版

连燕堂《梁启超与晚清文学革命》，漓江出版社 1991 年版

夏晓虹《梁启超:在政治与学术之间》,东方出版社 2014 年版

李国俊《梁启超著述系年》,复旦大学出版社 1986 年版

孟祥才《梁启超传》,北京出版社 1980 年版

李喜所、元青《梁启超传》,人民出版社 1993 年版

丘逢甲《岭云海日楼诗钞》,上海古籍出版社 1982 年版

陈引驰编校《刘师培中古文学论集》,中国社会科学出版社 1997 年版

张德琴、陶鹤山《论近代中国话语范式转型和市民文化领导权》,《南京大学学报》2000 年第 3 期

胡适、周作人《论中国近世文学》,海南出版社 1994 年版

莫世祥编《马君武集(1900—1919)》,华中师范大学出版社 1991 年版

严莜孙等《民国旧派小说名家小史》,《鸳鸯蝴蝶派研究资料》,上海文艺出版社 1984 年版

范烟桥《民国旧派小说史略》,《鸳鸯蝴蝶派研究资料》,上海文艺出版社 1984 年版

张赣生《民国通俗小说论稿》,重庆出版社 1991 年版

翦成文辑《清末白话文运动资料》,《近代史资料》1963 年第 2 期

[日]樽本照雄编《清末民初小说年表》,日本清末小说研究会 1999 年版

徐载平、徐瑞芳《清末四十年申报史料》,新华出版社 1988 年版

桑兵《清末新知识界的社团与活动》,生活·读书·新知三联书店 1995 年版

张宝明《启蒙与革命——“五四”激进派的两难》,学林出版社 1998 年版

黄遵宪著,钱仲联笺注《人境庐诗草笺注》,上海古籍出版社 1981 年版

叶渭渠、唐月梅《日本现代文学思潮史》,中国华侨出版社 1991

年版

秦绍德《上海近代报刊史论》，复旦大学出版社1993年版

王东杰《声入心通：国语运动与现代中国》，北京师范大学出版社2019年版

郑焕钊《"诗教"传统的历史中介：梁启超与中国现代文学启蒙话语的发生》，社会科学文献出版社2017年版

《诗界潮音集》，《清议报全编》卷十六第四集《文苑下》

丘炜萲《菽园诗集》，《近代中国史料丛刊续编》第368种，台湾文海出版社1977年版

蔡尚思、方行编《谭嗣同全集（增订本）》，中华书局1981年版

钱锺书《谈艺录》，中华书局1984年版

王韬《弢园文录外编》，中州古籍出版社1998年版

谭彼岸《晚清的白话文运动》，湖北人民出版社1956年版

张永芳《晚清诗界革命论》，漓江出版社1991年版

杨扬《晚清宋诗运动与"五四"新文学》，《天津社会科学》1998年第5期

阿英编《晚清文学丛钞·小说戏曲研究卷》，中华书局1960年版

夏晓虹《晚清文学改良运动》，陈平原、陈国球主编《文学史》（第二辑），北京大学出版社1995年版

阿英《晚清文艺报刊述略》，古典文学出版社1958年版

阿英《晚清小说史》，东方出版社1996年版

欧阳健《晚清小说史》，浙江古籍出版社1997年版

王国维《王国维文集》，中国文史出版社1997年版

王力《王力文集》（第一卷），山东教育出版社1984年版

王力《王力文集》（第二卷），山东教育出版社1985年版

王力《王力文集》（第十一卷），山东教育出版社1990年版

徐松荣《维新派与近代报刊》，山西古籍出版社1998年版

马永强《文化传播与新文学的萌芽》，《西北师大学报》1999年第

5 期

曹聚仁《文坛五十年》，东方出版中心 1997 年版

[法]罗贝尔·埃斯卡皮著，于沛选编《文学社会学》，浙江人民出版社 1987 年版

张中行《文言和白话》，黑龙江人民出版社 1988 年版

孙宜君《文艺传播学》，济南出版社 1993 年版

陈万雄《五四新文化的源流》，生活·读书·新知三联书店 1997 年版

中国史学会主编《戊戌变法》，上海人民出版社 1957 年版

熊月之《西学东渐与晚清社会》，上海人民出版社 1994 年版

赵慎修校注《夏曾佑诗集校》，《近代文学史料》，中国社会科学出版社 1985 年版

宋剑华主编《现代性与中国文学》，山东教育出版社 1999 年版

陈平原《现代中国散文之转型》，陈平原、陈国球主编《文学史》（第三辑），北京大学出版社 1996 年版

钱基博《现代中国文学史》，世界书局 1935 年版

王德威《想像中国的方法：历史·小说·叙事》，生活·读书·新知三联书店 1998 年版

王照《小航文存》，《近代中国史料丛刊》第 265 种，台湾文海出版社

《小说林》（1—12 期）

阿英《小说闲谈四种》，上海古籍出版社 1985 年版

丁守和主编《辛亥革命时期期刊介绍》五集，人民出版社 1982—1987 年版

[日]樽本照雄编《新编清末民初小说目录》，日本中国文艺研究会 1997 年版

《新民丛报》（1—96 号）

吴文祺《新文学概要》，中国文化服务社 1936 年版

《新小说》(1—24 号)

何启、胡礼垣《新政真诠》,辽宁人民出版社 1994 年版

［日］中村忠行《〈新中国未来记〉论考》,《明清小说研究》1994 年第 2 期

《绣像小说》(1—72 期)

王栻主编《严复集》,中华书局 1986 年版

［美］夏志清《严复与梁启超:新小说的倡导者》,《古代文学理论研究丛刊》(第十五辑),上海古籍出版社 1991 年版

刘晴波主编《杨度集》,湖南人民出版社 1986 年版

李频《也谈对中国近代期刊页码编制的评价》,《中国人民大学学报》1994 年第 6 期

刘纳《1912—1919:终结与开端》,《中国现代文学研究丛刊》1998 年第 1 期

刘纳《1912—1919 年:骂世与避世》,《学习与探索》1998 年第 4 期

梁启超《饮冰室合集》,中华书局 1989 年影印 1936 年版

王英志《〈饮冰室诗话〉论略》,《齐鲁学刊》2000 年第 1 期

梁启超著,张海珊辑《饮冰室诗话拾遗》,《古代文学理论研究丛刊》(第七辑),上海古籍出版社 1982 年版

程华平编选《饮冰室主人自说》,江苏人民出版社 1999 年版

邹振环《影响中国近代社会的一百种译作》,中国对外翻译出版公司 1996 年版

招子庸等撰,陈寂、陈方评注《粤讴》,广东人民出版社 1986 年版

《月月小说》(1—24 号)

［美］柯文著,林同奇译《在中国发现历史》,中华书局 1989 年版

宋原放、李白坚《中国出版史》,中国书籍出版社 1991 年版

张静庐辑注《中国出版史料补编》,中华书局 1957 年版

冯光廉主编《中国近百年文学体式流变史》,人民文学出版社

1999 年版

方汉奇《中国近代报刊史》，山西教育出版社 1981 年版

李明山《中国近代编辑家评传》，河南大学出版社 1993 年版

张静庐辑注《中国近代出版史料》初编、二编，中华书局 1957 年版

张静庐辑注《中国现代出版史料》甲编、丁编，中华书局 1957 年版

郭延礼《中国近代翻译文学概论》，湖北教育出版社 1998 年版

上海图书馆编《中国近代期刊篇目汇录》，上海人民出版社 1979—1984 年版

李泽厚《中国近代思想史论》，安徽文艺出版社 1994 年版

郭浩帆《中国近代四大小说杂志研究》，山东大学 2000 年博士论文

《中国近代文学的历史轨迹》，上海书店出版社 1999 年版

郭延礼《中国近代文学发展史》，山东教育出版社 1990—1993 年版

《中国近代文学论文集（1949—1979）·诗文卷》，中国社会科学出版社 1984 年版

章培恒主编《中国近代小说大系》，百花洲文艺出版社 1988—1993 年版

［日］实藤惠秀著，谭汝谦、林启彦译《中国人留学日本史》，生活·读书·新知三联书店 1983 年版

［日］佐藤一郎著，赵善嘉译《中国文章论》，上海古籍出版社 1996 年版

袁进《中国文学观念的近代变革》，上海社会科学院出版社 1996 年版

徐德明《中国现代小说雅俗流变与整合》，社会科学文献出版社 2000 年版

袁进《中国小说的近代变革》,中国社会科学出版社 1992 年版

鲁迅《中国小说史略》,东方出版社 1996 年版

陈平原《中国小说叙事模式的转变》,上海人民出版社 1988 年版

复旦大学新闻系新闻史教研室编《中国新闻史文集》,上海人民出版社 1987 年版

胡适编《中国新文学大系·建设理论集》,上海良友图书印刷公司 1935 年版

郑振铎编《中国新文学大系·文学论争集》,上海良友图书印刷公司 1935 年版

夏晓虹编《追忆梁启超》,中国广播电视出版社 1997 年版

陈炳堃《最近三十年中国文学史》,太平洋书店 1937 年版

二、单音词、复音词统计结果

梁启超《变法通议·自序》单音词复音词之统计：

1. 单音词（189）

法　必　变　凡　在　之　间　者　莫　不　而　成　日　岁
热　销　冰　迁　累　代　大　木　鸟　飞　鱼　鼍　袋　兽　脊　彼
生　此　灭　更　代　人　选　紫　血　红　呼　炭　吸　养　相　续
一　曰　千　藉　则　也　时　动　息　矣　故　夫　为　升　造　无
事　有　非　人　所　其　目　于　守　古　庸　讵　知　自　固　已
不　万　百　或　善　焉　敝　意　智　相　去　岂　可　以　计　哉
今　天　道　或　善　焉　受　命　创　语　惟　治　亦　然　听
趋　通　吾　撰　察　渐　移　卒　至　兴　数　叶　异　祖　父
君　民　犹　偪　察　渐　旧　用　甚　顺　明　机　新　王　苟　达
义　号　汉　唐　诗　中　解　乎　易　尝　方　死　专　标　上　下
稍　缓　动　车　危　症　尝　方　死　专　标　上　下　御　裘　寒
乘　陆　车　危　症　分　类　二　我　辞
罪　足　六　十　篇　分　类　二　我　辞

2. 复音词（66）

何以　天地　昼夜　寒暑　流质　炎炎　地球　海草　螺蛤
世界　流注　体内　刻刻　生人　人类　古今　公理　贡助　租庸
调　两税　一条鞭　井乘　府兵　圹骑　禁军　学校　荐辟　九品
中正　科目上下　固然　太古　中古　近古　以至　今日　古人
道里　自然　入道　委心任运　流变　振刷　整顿　斟酌　以后
子孙　奉行　上下　前者　天下　茶然　因循　废弛　收拾　中兴
坐视　漠然　伊尹　渡河　大声疾呼　土训　诵训　矇讽　瞽谏
不得

吴汝纶《〈天演论〉序》单音词与双音词之统计：

1. 单音词（225）

严 子 既 译 英 人 所 著 以 示 日 为 我 序
之 者 西 国 言 也 其 学 二 义 综 考 动 植 蕃
耗 治 取 焉 因 物 变 深 研 乎 几 推 极 兴 坏
由 而 大 归 任 天 为 氏 起 尽 故 说 独 要 贵
持 必 究 能 使 日 即 新 永 存 赖 坠 是 谓 与
争 胜 又 皆 事 苞 同 书 博 涉 诸 学 审 析 异
衷 吾 凡 道 具 如 此 斯 信 美 矣 抑 有 则 雄
文 得 乃 益 明 自 及 教 上 至 稍 卑 犹 足 久
不 徒 尚 已 名 家 多 可 喜 篇 各 相 原 诗 一
干 易 汉 士 高 尤 继 作 扬 拟 阐 唐 出 源 本
体 宗 宋 复 见 间 摈 焉 列 当 传 率 众 枝 合
惜 哉 夫 虽 要 工 今 议 弗 词 时 耳 舍 三 无
欲 沦 民 智 莫 善 固 适 土 重 方 识 知 何 他
如 往 释 入 望 衰 旨 难 顾 当 耶 惟 盖 富 辞
危 读 怀 论 殆 助 惑 效 进 惧 意 将 待 得
欤

2. 双音词（83）

几道　赫胥黎　汝纶　天演　格物家　天择　物竞　万汇　本原　递嬗　质力　聚散　古今　万国　盛衰　以为　不可　天赋　人治　尔后　种族　争胜　天行　奥赜　纵横　希腊　竺乾　斯多噶　婆罗门　释迦　创闻　指趣　未有　圣贤　其次　六艺　晚周　以来　诸子　各自　大要　集录　统贯　建立　枝叶　扶疏　春秋　撰著　太史公　太玄　中叶　韩退之　文采　足以　自发　知言　近世　大抵　弇陋　而已　流入　文学　靡敝　大夫　矜尚　时文　公牍　说部　不足　新学　鄙夷　中国　中学　笔受　前后　作者　一类　何如　骎骎　上下　然则　学者　僻驰

严复《与〈新民丛报〉论所译〈原富〉书》单音词与复音词之统计：

1. 单音词（286）

承　赠　寄　所　刊　三　期　循　诵　为　二　十　之　而
于　若　事　亲　不　忘　尤　征　进　德　曙　曦　东　望　凡
延　跋　何　穷　篇　皆　其　极　有　鄙　爱　笔　则　行　哉
此　非　围　习　能　载　也　道　尝　诚　宜　许　已　悉　出
编　中　屡　举　言　新　又　著　将　谓　前　知　诉　仆　特
矣　至　乃　徒　增　受　亦　我　今　译　之　欲　采　炉　冶
时　是　窃　长　耳　一　日　即　同　为　厉　弃　艺　愈　富
十　年　置　可　无　俟　远　见　道　广　诸　贤　取　加　晚
限　据　逆　云　决　共　谦　入　闻　社　隆　达　故　理　精
学　师　美　未　得　门　仅　迁　务　两　转　挽　论　隋　唐
词　情　正　气　文　舍　然　谁　焉　怅　既　法　较　殆　乎
放　大　世　用　书　代　目　必　喻　且　持　责　受　业　近
直　异　佛　氏　多　使　行　诸　在　复　设　形　衍　回　播
俗　辞　饷　待　意　纤　功　韪　声　人　任　晰　传　例　听
第　混　慕　庞　张　劳　遭　巨　纷　过　盼　次　就　四　数
势　要　事　本　稿　散　抱　诸　集　声　别　生　九　种　五
条　发　岁　缘　刻　去　密　乱　约　需　幸　照　剥
月　当　自　更　藉　手　勿　了　克　爱　静　察
换　蛇　蜕　蚀　死　惟　俟
宣

2. 复音词（168）

新民　执事　丛报　首尾　风生潮长　亚洲　世纪　文明　运
会　先声　辞意　恳恻　祖国　孝子　游学　以来　几谏　关系
文字　第一　第二　第三　拘虚　单词片义　大报　学理　邃赜
流畅　锐达　畴昔　绍介　原富　精善　中学　西学　第一流　人
物　神州　惭颜　当世　贤豪　众人　圣上　学官　学术　中西

以往　辈出　才贤　不佞　前鱼之列　抑且　亲朋　挥手　现在
将来　诚诚　足以　若夫　浅深　朋友　而后　圣经贤传　所谓
宫室　百官　劳苦　所以　文辞　变化　结习　议评　以为　欣欣
理想　羽翼　情感　音声　粗犷　鄙倍　中国　司马迁　韩愈　渊
雅　文体　时代　程度　比例　战国　全盛　光明　文界　革命
欧洲　文章　高妙　比肩　古人　至于　律令　体制　几微　翻译
名义　可以　闯然　西文　取便　市井　乡僻　陵迟　从事　学僮
受益　古书　稗贩　读者　思想　国民　功候　境地　等差　藏山
不朽　名誉　苟然　浮游　旦暮　报馆　大雅　世俗　庸夫　人人
台教　对照表　友人　嘉兴　叙述　派别　源流　专科　斯密　旨
趣　卒业　所以　迟迟　抵滞　校勘　时日　问世　最后　下走
穆勒　名学　震旦　世纪　交会　目击　阽危　报答　四恩　对扬
三世　天责　区区　勤劬　珍重　旅居

朱自清《背影》单音词与复音词之统计：

1. 单音词（187）

我　与　不　相　见　已　二　年　余　了　最　的　是　他
那　死　也　从　到　着　又　地　泪　说　事　天　无　绝　人
之　路　还　办　家　中　很　为　要　回　便　时　有　同　去
日　须　上　车　北　忙　本　定　送　叫　里　陪　同　甚　但
怕　颇　十　岁　过　次　些　三　劝　只　好　江　进　大　票
太　多　得　向　行　紫　才　可　和　讲　总　钱　觉　非　就
给　拣　靠　将　做　几　毛　铺　嘱　迂　白　托　么　唉
走　吧　望　看　外　布　个　张　在　此　边　卖　等　跳　走
去　让　戴　黑　布　小　帽　穿　大　深　青　尚　难　爬　手
攀　用　脚　再　缩　左　微　倾　显　出　这　快　流　拭　干
抱　先　散　放　下　起　搀　衣　头　没　混　入　找　近　来
都　知　却　情　郁　于　发　触　怒　后　写　信　惟　举　箸

提 笔 期 远 矣 读 处 何

2. 复音词(192)

父亲 不能 忘记 背影 冬天 祖母 差使 交卸 正是
祸不单行 日子 北京 徐州 跟着 打算 奔丧 回家 看见
满院 狼藉 东西 想起 不禁 簌簌 流下 如此 不必 难过
好在 变卖 典质 亏空 借钱 丧事 这些 光景 惨澹 一半
赋闲 完毕 南京 谋事 念书 同行 朋友 游逛 勾留 第二
上午 渡江 浦口 下午 因为 熟识 茶房 再三 嘱咐 仔细
终于 放心 妥帖 踌躇 一会 其实 来往 没有 甚么 要紧
决定 还是 自己 他们 我们 车站 照看 行李 小费 过去
价钱 聪明 过分 真是 漂亮 不可 插嘴 车门 椅子 大衣
坐位 路上 小心 夜里 警醒 不要 受凉 嘱托 好好 照应
心里 暗笑 认得 而且 这样 年纪 难道 料理 现在 想想
说道 爸爸 橘子 走动 月台 栅栏 顾客 直到 穿过 铁道
下去 胖子 过去 自然 费事 本来 不肯 只好 马褂 棉袍
蹒跚 慢慢 探身 上去 可是 容易 上面 向上 肥胖 身子
努力 样子 下来 赶紧 别人 朱红 地上 一股脑儿 于是
扑扑 泥土 轻松 似的 来信 出去 进去 里边 来来往往
进来 眼泪 东奔西走 不如 少年 谋生 独力 支持 许多
大事 老境 如此 颓唐 触目伤怀 自己 家庭 琐屑 往往
渐渐 不同 往日 最近 忘却 惦记 儿子 身体 平安 膀子
疼痛 利害 诸多 不便 大约 大去 晶莹 泪光

后　记

　　这是我的博士论文，照理应该在 2001 年毕业之后好好打磨，提升其学术含量，然后尽快出版，但因为毕业后跨入一个全新的领域——中国新闻史，大半时间投入到新知识的学习和新闻史的教学活动中，同时又跟着导师郭延礼先生，接手上海古籍出版社"近代文学丛书"陈三立诗文集的整理，所以，"梁启超与中国文学的转变"这个题目就放下了，而且一放竟至十五六年。大概在 2016 年前后，郭老师一再提醒我，梁启超应该重新拾起来，这么重要的人物，又有博士期间打下的基础，放弃了有点可惜。其实 2001 年进入陈三立的文学世界时，我本有通过梁启超、陈三立打通近代文学新旧两端的构想，只是迷恋于陈三立的世界，竟恍惚了来路。郭老师的话如当头棒喝，让我把目光再次转回梁启超，于是决定以博士论文入手，重新回到梁启超。2017 年获得教育部人文社科后期项目资助，更让这次重返有了保障。

　　但真的坐下来看这近二十年的梁启超研究，才发现进步极大，自己当年幼稚的研究早已被无情地抛在了后面，加之自己对梁启超的兴趣，已非当年的文学，遂决定不对博士论文内容作大的修订，只是核对了引文，调整了不少行文表述方式，将几处论断有误者，据后来的研究予以更正，重写了绪论里学术史梳理部分，并增写了"梁启超与新文学"一章。所以，说到底，本书更主要的是一种纪念，为"少作"的幼稚和粗疏"立此存照"，激励自己去开拓前路。

　　我其实更想借这个机会，表达对导师郭延礼先生的感激之情。念书时六年追随，毕业后又幸运地待在了他的身边，他的指点和提携,一直是我前进的最大助力,虽然无法像他那样拥有纯粹宏大的学术理想,但我会勉力前行,踏实去做。同时感谢 2001 年 5 月 27 日参加我博士学位论文答辩的邓绍基老师、夏晓虹老师、袁世硕老师、张可礼老师、张忠纲老师、马瑞芳老师和王平老师,他们的宽容与呵护,使我免于"折戟沉沙"。邓老师是答辩主席,他和张可礼老师的故去,更让我生出无限哀思。夏老师一句"我是来提意见的",让我当时惊出一身冷汗,后来陪她去游趵突泉,才感觉到她是多么温和纯粹。都是二十年前的事了!

面前的这本小书,距离诸位师长的期望还很远,我愿意以后来的研究去回报师长们的信任。

2021 年 1 月 7 日济南奇寒之中